CW00765803

DOMINIUM:
SÚIL AN DAILL

An Chéad Eagrán 2021
© Darach Ó Scolaí, 2021
Leabhar Breac 2021

Ghnóthaigh an leabhar seo Duais an Oireachtais 2019

ISBN 978-1-913814-14-4

Gach ceart ar cosaint. Ní ceadmhach aon chuid den fhoilseachán seo a atáirgeadh, a chur i gcomhad athfhála, ná a tharchur ar aon mhodh ná slí, bíodh sin leictreonach, meicniúil, bunaithe ar fhótachóipeáil, ar thaifeadadh nó eile, gan cead a fháil roimh ré ón bhfoilsitheoir.

Clóchur agus dearadh: Caomhán Ó Scolaí
Clódóireacht: Clódóirí CL

Foras na Gaeilge
Táimid buíoch d'Fhoras na Gaeilge as maoiniú a chur ar fáil don fhoilseachán seo.

Tá an t-údar buíoch de Chlár na Leabhar Gaeilge a bhronn coimisiún air agus den Chomhairle Ealaíon as an sparánacht a bhronn siad air agus é i mbun pinn.

Leabhar Breac, Indreabhán, Co. na Gaillimhe.
www.leabharbreac.com 091-593592

Súil an Daill

Darach Ó Scolaí

CLÁR

AN CHLIAR

Conn Bacach agus a Mhuintir

Conn Bacach mac Coinn — Ó Néill, Tiarna Thír Eoghain (1519-1558); a phríomhháras aige i nDún Geanainn.

Feilimí Caoch mac Coinn Bhacaigh — mac Uí Néill; fearann aige i gClann Chana ar bhruach Loch nEathach.

Onóra iníon Fheilimí Bhacaigh Uí Néill Éadain Dúcharraige — bean Fheilimí Chaoich.

An Fear Dorcha mac Coinn Bhacaigh — mac Uí Néill.

Toirealach, Conn Óg, Brian agus Seán mac Coinn Bhacaigh — ceathrar mac eile le hÓ Néill.

Niall Conallach mac Airt Óig — Tánaiste Uí Néill, mac le deartháir Choinn, Art Óg (Ó Néill: 1513-1519), agus ceann fine ar theaghlach de mhuintir Néill in iarthar an Tiarnais (sliocht Airt Óig); cónaí air sa Seanchaisleán cois Moirne.

Róise Ní Dhónaill — iníon Aodha Dhuibh Uí Dhónaill (Ó Dónaill: 1505-1537) agus bean chéile Néill Chonallaigh Uí Néill.

Niallaigh Eile

Feilimí Rua Ó Néill — ceann fine ar theaghlach de mhuintir Néill sa bhFiodh i ndeisceart an Tiarnais; cónaí air sa nGlasdromainn.

Aodh mac Néill mhic Coinn Uí Néill — ceann fine ar Shliocht Airt; ar an Ómaigh atá cónaí air.

Feidhmeannaigh an Tiarnais

Conchúr Mac Ardail — feidhmeannach agus comhalta de chuid Uí Néill. Ar a chlann mhac, tá Giolla Phádraig agus Conchúr Óg.

Pádraig Óg Ó Maoil Chraoibhe — feidhmeannach de chuid Uí Néill.

An Lucht Tí (Príomhtheaghlaigh an Tiarnais)

Ó Doibhlin — ceann fine na nDoibhlineach (príomhtheaghlach an Lucht Tí), ceannaire ar cheithearnaigh Uí Néill.

Ó hÁgáin — ceann fine mhuintir Ágáin, maor ar Leac na Rí, ardfheidhmeannach de chuid Uí Néill; a phríomhháras i dTulach Óg.

Ó Donnaíle — ceann fine na nDonnaíleach, Marascal Uí Néill.

Ó Coinne — ceann fine mhuintir Choinne, ardmhaor de chuid Uí Néill.

Clann Dónaill Gallóglach

Mac Dónaill Gallóglach .i. Giolla Easpaig mac Colla Óig Mhic Dhónaill — Constábla Uí Néill, ceann fine ar ghallóglaigh Thír Eoghain; fearann aige i gCnoc na Cloiche.
Art mac Colla Óig Mhic Dhónaill — deartháir Ghiolla Easpaig.
Eoin mac Somhairle Mhic Dhónaill — ceann feadhna de chuid Chlann Dónaill Gallóglach.

Na hAlbanaigh

Alastar mac Raghnaill Bhuí Mhic Dhónaill — ceann fine ar theaghlach Albanach a raibh Leath Chathail ar chósta thoir Chúige Uladh faoina smacht.
Máire nic Raghnaill Bhuí Mhic Dhónaill — deirfiúr Alastair.

An Chléir

Aodh Ó Cearúlláin — Easpag Chlochair, séiplíneach Uí Néill.
Éamann Mac Cathmhaoil — Déan Ard Mhacha, Prióir an Chéile Dé.
Seinicín Mac Daimhín — oifiseal agus seanascal an ardeaspaig in Ard Mhacha; é ina chónaí i dTeach an Ard-Easpaig i nDroim Mairge.

Taoisigh Eile

Ó Dónaill — taoiseach ar Thír Chonaill, a phríomháras aige i mBéal Átha Seanaidh.
Mac Mathúna — taoiseach ar Oirialla; cónaí air i Muineachán.
Gearóid mac Gearóid Óig Mhic Gearailt — 'An Gearaltach Óg', Iarla Chill Dara. É ruaigthe ag na Sasanaigh as a fhearann i gCúige Laighean.

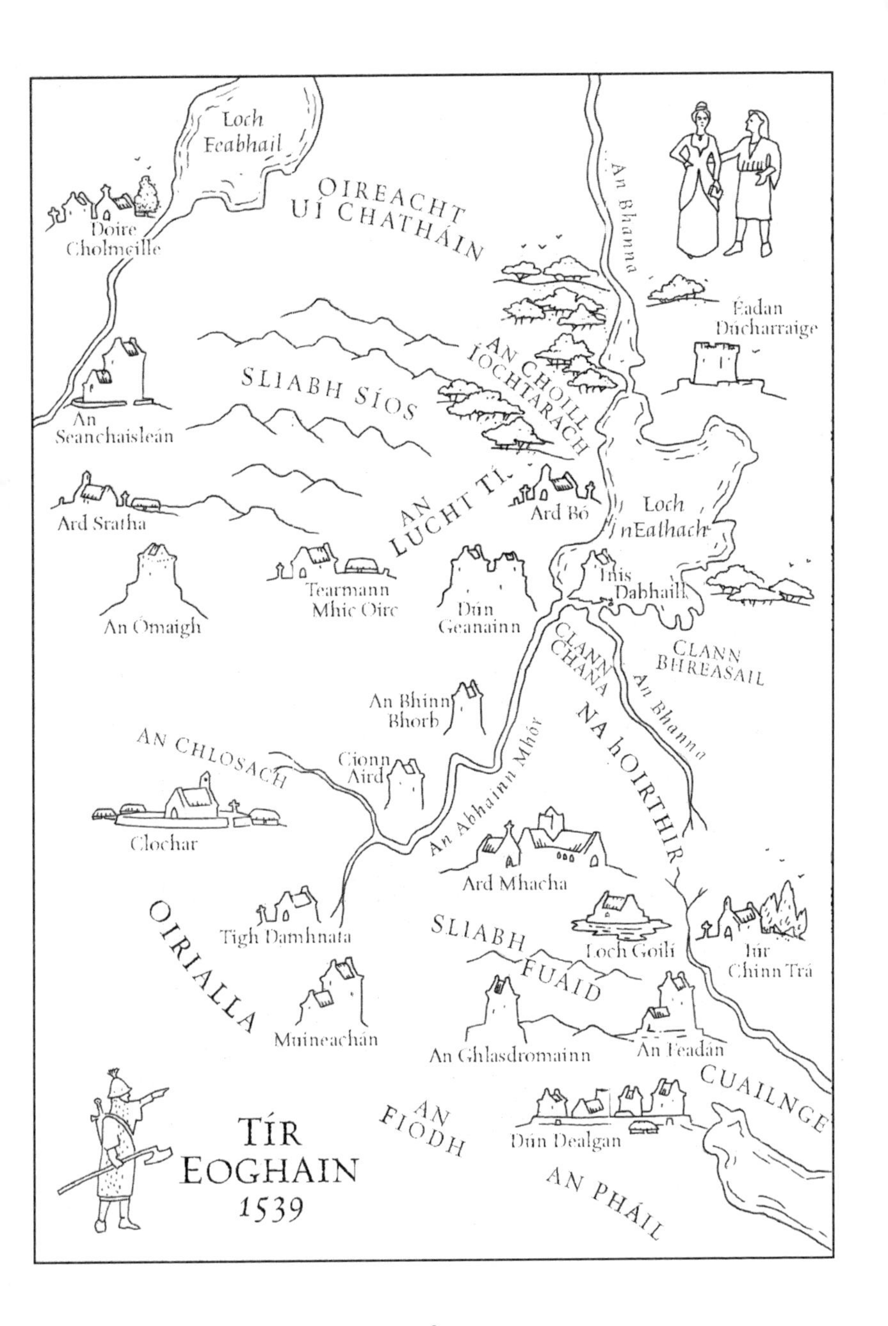
Loch Feabhail
Doire Cholmcille
OIREACHT UÍ CHATHÁIN
An Bhanna
Éadan Dúcharraige
SLIABH SÍOS
AN CHOILL ÍOCHTARACH
An Seanchaisleán
Ard Sratha
AN LUCHT TÍ
Ard Bó
Loch nEathach
Inis Dabhaill
An Ómaigh
Tearmann Mhic Oirc
Dún Geanainn
CLANN CHANA
CLANN BHREASAIL
An Bhinn Bhorb
An Bhanna
NA hOIRTHIR
AN CHLOSACH
Cionn Aird
An Abhainn Mhór
Clochar
Ard Mhacha
OIRIALLA
Tigh Damhnata
SLIABH FUAID
Loch Goilí
Iúr Chinn Trá
Muineachán
An Ghlasdromainn
An Feadán
CUAILNGE
AN FIODH
Dún Dealgan
AN PHÁIL
TÍR EOGHAIN 1539

Cnoc na Cloiche
Leac na Rí
Tulach Óg
Loch nEathach
Cluain Eo
Inis Dabhaill
Domhnach Mór
AN LUCHT TÍ
An Torann
Doire Barrach
CLANN BHREASAIL
Baile Uí Dhonnaíle
Dún Geanainn
Machaire Gréine
An Bhanna
Maigh gCaisil
CLANN CHANA
Loch Corráin
An Bhinn Bhorb
An Abhainn Mhór (An Dabhall)
MUINTIR BHEIRN
CLUAIN DABHAILL
UÍ NIALLÁIN
Loch gCál
Cionn Aird
Tuínéan
NA hOIRTHIR
Ard Mhacha
Machaire Locha Cubha
Port Mhic Fhailleagáin
Lios an Daill
CLANN CHEARNAIGH
Maigh Lorcáin
COIS DABHAILL 1539
Baile an Mhaoir
Loch Goilí

RÉAMHSCÉAL

LÚNASA na bliana 1534, tionóladh graifne is geallta each i Muineachán agus le mochshoilse na maidine tháinig macra is iníonra na tíre go glórach gáiriteach ag triall ar bhaile Mhic Mhathúna. Ar an má — idir teach, loch is mainistir — is ea a chruinnigh an slua. Cuireadh píoba á seinm, leathadh brait ar mhóta glas an tí agus dáileadh bia is deoch ar uaisle is ar ísle. Agus, le buille an mheán lae, bádh cuaille i gcré, crochadh bláthfhleasc agus, faoi spéir scamallach liath, thug na marcaigh na heacha amach ar an ré.

Ar an ordú sin dóibh go bhfacadar marcach ar chapaillín gearrchosach thar tóchar aniar chucu: bleitheach breá sagairt, a bhairéad ar feirc ar a mhullach cas órbhuí agus brat den éadach uasal os cionn a ghúna dhuibh, giolla ag marcaíocht ina dhiaidh aniar agus bromach ar srian aige. Ina shuí i mbéal a phailliúin roimhe bhí Mac Mathúna, Tiarna Oiriall, a bhantracht agus a ghiollanra mórthimpeall air faoi éide aonaigh is oireachtais. Caol díreach leis an sagart chuige gur ísligh dá chapall agus gur chrom a cheann in umhlaíocht don seantaoiseach.

'*Salve, mi domine*,' ar sé. 'Is mé Aodh Ó Cearúlláin,

séiplíneach Uí Néill, agus is ag breith bronntanais chugat ó mo thiarna a thánag.' Agus chomharthaigh dá ghiolla an bromach a thabhairt i láthair.

Dhearc an taoiseach an bromach seang fadchosach — í ar dhath an fhéich ó smut go speir — agus lig osna as. 'Tabhartas Uí Néill agus a dhá shúil ina dhiaidh, a deirid, óir níor thug Ó Néill aon ní uaidh riamh gan a dhá oiread a iarraidh ar a shon. Céard is mian leis an uair seo?'

'Le toil Dé, a Thiarna, is é mian Uí Néill mise a bheith i m'easpag ar Chlochar, agus is lena bheannacht a iarraidh ar Thiarna Oiriall a chuir sé anseo mé.'

'Bromach a thugann sé ar dheoise, an ea?'

'Bromach den phór uasal a thugann sé ar do bheannachtsa, a Thiarna, agus is go fial a chaitheann sé lena chairde.'

Leag giolla mias leathan uachtair os comhair an taoisigh agus dhoirt lán corcáin de fhraochóga úra an tsléibhe isteach inti.

'Buail fút, a Athair,' arsa an taoiseach, 'go n-íosfaidh tú greim inár gcuideachta. Agus, mura bhfuil beithíoch éigin á iarraidh ar a shon aige, iarr beannacht ó Dhia ar an bproinn seo dúinn.'

Lig an séiplíneach dordán rómhór gáire as. 'Déanfad sin go fonnmhar,' ar sé, 'ach tá teachtaireacht le tabhairt ar dtús agam don Athair Mac Ardail.'

Shín an taoiseach a spúnóg le fear íseal téagartha a bhí ina shuí ar shleasa an mhóta agus púir ógánach ina thimpeall. 'An mart léannta úd thall sa ngúna dubh tréigthe,' ar sé, 'sin é do Chonchúr Mac Ardail duit.'

Leis sin, chrom an séiplíneach a cheann gur thug altú do Dhia as fómhar fial na bhfraochóg, agus nuair a bhí an méid sin déanta aige — agus áiméan curtha ag an gcomhluadar leis — d'fhéach sé in airde ar an taoiseach arís. 'Tá do bheannacht agam, mar sin, a Thiarna?'

Dá bhuíochas, lig an taoiseach scairt gháire as. 'Cé go bhfuilid ann i measc na cléire a iarrann íocaíocht ar bheannacht, tabharfadsa mo bheannacht in aisce duit agus, le faitíos go mbeadh Ó Néill ina dhiaidh orm, bronnfad an bromach seo ar an té a bhainfeas an chraobh inniu,' ar sé, agus chomharthaigh dá ghiolla an bromach a thabhairt leis.

Ghabh an séiplíneach a chead ag an taoiseach agus d'imigh de shiúl thart timpeall ar an macra a bhí i mbun each-chleasaíochta ar an bhfaiche. Sa lucht féachana, bhí ógánach rua sna déaga a raibh gúna fada an mhic léinn air. Chuir an séiplíneach bleid air. I Laidin a labhair sé leis agus is sa Laidin chruinn chéanna a d'fhreagair an t-ógánach é.

'Is maith mar a thugais teagasc d'oide leat, a stócaigh,' arsa an séiplíneach. 'An féidir gur dalta le Conchúr Mac Ardail thú?'

'Is féidir sin go deimhin,' arsa an t-ógánach.

'Inis seo dom, más ea. Dá mba mhian le mac léinn dílis a oide a mhealladh le féirín, cén mírín méine a bhéarfadh sé chuige?'

Nuair nár fhreagair an t-ógánach ar an toirt é, shín an séiplíneach pingin chuige.

'Ní hansa,' arsa an t-ógánach. 'Leabhair léinn, gan amhras.' Agus d'ardaigh a bhos gur dhiúltaigh don tabhartas. 'Tá do chuid is do bhuíochas anois agat, a Athair,' ar sé. 'Is mór agam an deis cabhrú le sagart ionúin a chastar sa tslí dom.'

'Agus cén tslí í sin?'

'Slí an léinn, a Athair. Is chuige sin an samhradh á

chaitheamh ar scoil an mháistir agam óir sa bhfómhar triallfad ar an scoil mhór in Ard Mhacha,' ar sé, agus chuir é féin in aithne don sagart.

'Nó go gcastar ar a chéile arís sinn, más ea, a Thoirealaigh,' arsa an séiplíneach, agus chrom a cheann go cúirtéiseach.

Go Conchúr Mac Ardail leis ansin, a ghiolla agus an t-óganach sna sála air. Ar fhánán glas an mhóta a bhí sé siúd agus scata daltaí ina chuideachta, a mbratóga leata amach ar an bhféar agus iad luite fúthu ar a sócúlacht. Fear faoi bhun an leathchéid a bhí san oide; é bánghnúiseach dubhfholtach, gúna preabánach dúdhonn go colpaí air agus súile geala gorma ar beolasadh faoina mhalaí móra dubha; a thriúr mac féin suite lena thaobh: triúr gearrstócach a bhí chomh dubh daolach leis féin.

De ghlór íseal, chuir an séiplíneach é féin in aithne. 'Ní dea-scéala atá agam duit, a Chonchúir Mhic Ardail,' ar sé. D'éirigh Conchúr agus thug i leataobh é gur labhair an séiplíneach an athuair. 'Is oth liom go bhfuiltear tar éis do bheathú a scor.'

'Déan Ard Mhacha a d'ordaigh?'

'An Déan Mac Cathmhaoil gan aon agó. Is dócha go bhfuil an scoil anseo ag brath ar do bheinifís?'

'Tá agus bean is clann is viocáire!'

'Chuala go rabhais sa Róimh. Go deimhin, cloisim go bhfuil teanga na tíre sin go paiteanta agat. Tar liomsa don Róimh chun an deoise seo a iarraidh ar an bpápa dom agus gheobhair luach do shaothair agus deis ar do pharóiste féin a éileamh ar ais.'

'Nach maith go dtugann an déan bóthar domsa tráth a bhfuil fear teanga de dhíth ortsa?'

'Is ar mhaithe leat é, a Chonchúir.'

'Ar mhaithe leis an scoil a thug ár n-easpag beannaithe beinifís an pharóiste dom — suaimhneas síoraí dá anam íon, níor iarr sé riamh orm mo bhean is mo chlann a shéanadh — ach ní ar mhaithe liom atá tú féin, a Aodh Uí Chearúlláin, ná an cráiteachán maol mantach sin thoir.'

'Mar is eol duit féin go rímhaith, a Chonchúir, in éagmais bheathú na heaglaise, is deacair do chléireach an snáithe a choinneáil faoin bhfiacail, gan trácht ar ghreim a choinneáil le bean is páistí. Nuair a bheadsa i m'easpag, ní bheidh feidhm le focal an déin sa deoise seo — ná le focal an ardeaspaig féin! — agus bheadh scoil a dhiongbhála ag an té a thiocfadh chun na Róimhe liom.'

Ní raibh smid as Conchúr.

'I gcríocha grianlasta Chicearó, a Chonchúir liom, d'ólfá meá as tobar na saoithe.'

Smid fós ní dúirt.

'Agus chuirfeá barr ar do thaisce leabhar.'

Leis sin, labhair Conchúr. 'Ní raibh aon dul amú ar Thoirealach, muis,' ar sé, agus las an t-óganach rua go bun na gcluas. D'fháisc Conchúr a lámh go ceanúil ar a ghualainn agus chuimil lámh eile ar mhullach dubh an mhalraigh a bhí i ngreim ina ghúna. 'Ach tá cúraimí eile orm. Tá fostú anseo agam mar chléireach agus mar oide ag clann Mhic Mhathúna.'

Dhruid an séiplíneach isteach le Conchúr gur labhair i gcogar. 'I seirbhís Uí Néill féin atáimse, agus is iad seacht gcúraimí an tiarnais atá orm. An té a bheadh i mo sheirbhís-se, ní ag múineadh scoile a bheadh sé ach ag obair taobh liom chun scoileanna a chur á ndéanamh agus oibreacha móra eile an tiarnais a chur i gcrích.' Thost sé sular labhair arís. 'Agus mo cheistse ort, a Chonchúir mhic Éinrí Mhic Ardail,' ar sé, 'an bhfuilir sásta breith ar an splanc?'

Leis sin, séideadh an bonnán, ligeadh liú, fáisceadh glúin le cliathán agus, i bhfad amach ar an má, phreab na heacha chun cinn. Seachtar marcach a bhí ag gluaiseacht go géar gasta in aon bhaicle amháin, iad faoi léinte ildathacha, foilt is muinchillí ar foluain le gaoth, crúba na n-each ag baint torainn as an bhfód. Leath bealaigh anoir dóibh, agus gan idir na heacha ach leiceann, scoith marcach amháin na marcaigh eile ar an ré gur imigh roimhe sna feiriglinnte, an slua ag éirí den talamh le díocas agus ainm an mharcaigh á fhógairt go hard.

'Cé hé siúd?' arsa Toirealach.

'Mac Uí Néill,' arsa Conchúr.

'Marcach na leathshúile,' arsa bean lena n-ais, 'deirid nach mbreathnaíonn faoi ná thairis ach go n-imíonn caol díreach roimhe le teann díocais is dásachta.'

Chuir an séiplíneach a bhéal le cluais Chonchúir. 'Ní bheidh clann Mhic Mhathúna ina ndaltaí i bhfad eile,' ar sé, 'agus is mó go mór na deiseanna a bheadh ag clann mhac an té sin a bheadh ar fostú agamsa ná mar a bheadh ag ál cléirigh gan bheathú gan bheinifís i bpoll tóna seo an chúige.'

Bhí na marcaigh beagnach sa mullach orthu, an móta ar creathadh agus scraitheanna á n-ardú faoi chrúba na gcapall. De ruathar thar phailliúin an tiarna leis an gcéad mharcach, shín sé amach as an diallait gur sciob an bhláthfhleasc den chuaille, á crochadh san aer. Leis sin, scairt an ghrian agus d'ardaigh an glórmhach is an gleadhradh gur ghread sé siar tharstu ina thoirneach, a fholt scaoilte, a léine ag brataíl sa ngaoth, é in aon bharr amháin solais.

Gan a shúile a bhaint den mharcach, labhair Conchúr os ard chun go gcloisfí os cionn ghleo an tslua é. 'Scoileanna agus oibreacha an tiarnais faoi mo chúramsa amháin, a deir tú? Déanfad mo mhachnamh air,' ar sé.

Agus rinne.

CAIBIDIL I

Aodh Easpag

MÍ AN MHÁRTA 1539, tráth a raibh Ó Néill .i. Conn Bacach mac Coinn, ar a chamchuairt i ndeisceart a thiarnais, tháinig biatach maith dá chuid as na hOirthir chuige chun réiteach a iarraidh ar imreasán. Bhí pobal na dúiche chomh mór in árach a chéile, arsa an biatach, go raibh scoileanna gan freastal, bóithre gan taisteal, agus goirt gan treabhadh le faitíos roimh bhradaíl is bithiúntas, roimh dhíbheirg is dúnorgain. Thug Conn cluas dá bhiatach agus toradh dá iarratas gur thug cuireadh chun oireachtais d'uaisle uile na dúiche sin.

Trí lá is trí oíche a chaith Conn agus a chomhluadar cois locha i dteach a bhrughadh i mbaile Uí Lorcáin gur fhógair a bhreitheamh go rabhadar tagtha ar réiteach a bhí sásúil do chách. Mhóidíodar a ndílseacht dá dtiarna agus a gcairdeas dá chéile ar Chlog Bán Ard Mhacha, scoireadh teach an oireachtais, agus d'fhill uasal is íseal ar a dhea-bhaile féin faoi shíth is faoi shíocháin.

An mhaidin sin, fad a bhí a mhuintir ag ullmhú go callánach chun bóthair arís — idir cheithearn is chléir, bhantracht, mhacra is ghiollanra — mhol a reachtaire aeraíocht faoin sliabh do Chonn óir bhí an ghrian ag soilsiú trí chuisne an earraigh ar an talamh briosc tirim faoina gcosa agus na fuiseoga ag ceiliúr go hard sa spéir ghlan os a gcionn.

'Má thugann tú beagchuideachta siar go Clann Chearnaigh leat,' arsa an reachtaire, 'tabharfadsa an giollanra ó dheas go Loch Goilí go mbeimid i dteach Uí Anluain romhat anocht.'

'Tá go maith,' arsa Conn. Gabhadh an t-eachra, agus ghluais sé roimhe go tostach as Maigh Lorcáin lena bheirt mhac, lena cheann comhairle, lena sheabhcóir, lena ghiollaí, agus le dhá fhichead óglach, agus níor íslíodar dá n-eacha gur bhaineadar fásach ciúin sléibhe is caschoille amach i gClann Chearnaigh, na coiníní ag imeacht de phocléim uathu faoin raithneach feoite rua agus na meantáin ag fuirseoireacht sna driseoga loma máguaird. Scoradh an t-eachra agus scaoileadh an seabhac.

Dreapadh go barr maoláin ísil ghlais a rinne Conn gur bhuail faoi ar bhollán buí cloiche, a smig ina bhois, a uillinn ar a ghlúin, a sháil báite sa talamh, agus a shúil in airde ar an seabhac ar guairdeall i bhfirmimintí an aeir. Ag tarraingt ar na trí fichid a bhí sé; é leathanghuailleach, dearg-ghnúiseach, liath-fhéasógach; folt tanaí rua ar a phlait bhricíneach dhearg. É fiche bliain i bhflaitheas.

Ina dhiaidh aniar a tháinig a bheirt mhac, iad ag baint na sála dá chéile ar an gcosán rite go barr na tulaí. Chaith Feilimí Caoch é féin anuas le taobh a athar. Eisean ba shine den bheirt: bunfhear donnchiabhach in éadaí geala gáifeacha, paiste leathair ar leathshúil agus splanc an fhiántais sa leathshúil eile, colm mar a bheadh deoir bhán faoi phaiste na súile.

'An bhfuil sé in am agat pósadh arís?' a deir sé ar fheiceáil dhreach ghruama a athar dó. 'Is fada gan chéile thú agus is fada sinne gan bhantiarna.'

'Ní hé sin é ach é seo,' arsa Conn. 'Ba mhaith í an chomhdháil. Ba mhaith í murach aon ní amháin.'

'Agus cén ní é sin?'

'Gan Feilimí Rua mac Airt a theacht inár láthair.' Fear gaoil dá gcuid an Feilimí eile siúd, agus ceann teaghlaigh ar shliocht de na Niallaigh sa bhFiodh i bhfíordheisceart an tiarnais.

'Cén t-iontas sin,' arsa Feilimí Caoch, 'ós rud é go bhfuil Niallaigh an Fheá in earraoid linn ó gaireadh tusa ar Leac na Rí in áit duine díobh féin? Ach seanscéal é sin agus ó tharla gur ceann fine nua ar a theaghlach é an giolla rua seo, nach deis é seo lena mhealladh linn?'

'É a mhealladh, a deir tú?' D'fhigh Conn a mhalaí ar a chéile. 'Ach is mar chomhartha easumhlaíochta domsa a dhiúltaíonn sé cuireadh chun dála uaim,' ar sé, 'agus mura gcuirim iallach air, is mór an easonóir a bheas ann dom. Nach fíor dom é, a Fhir Dhorcha?'

Ba é an Fear Dorcha ab óige den bheirt deartháireacha: fear mórchnámhach dubh, brat odhar air agus ionar leathair marcaíochta. 'Is fíor sin go deimhin is go dearfa duit, a athair dhil,' ar seisean. 'An mian leat go múinfinnse fios a bhéasa dó?'

Lig Feilimí osna as. 'Nár lige Dia go mbeadh ar aon duine béasa a fhoghlaim uaitse!'

'Seo í an uain,' arsa an Fear Dorcha lena athair. 'Mealltar anseo chun dála é agus, fad a bheas sibhse i mbun allagair, tabharfadsa buíon marcach ó dheas i ngan fhios dó go dtiomáinfead a bhólacht chun siúil. Coinneoimid ina éadan go deireadh earraigh ionas nach mbeidh de rogha aige faoi Bhealtaine ach ruathar a thabhairt thar teorainn ó dheas chun bólacht a bhreith ó na Gaill. Ionsóidh siadsan ansin é, ionsóimidne arís é,' a dúirt sé, agus leath cár gáire ar a bhéal. 'Coinneoimid idir dhá thine é.'

Sméid Conn a cheann go smaointeach.

Lig Feilimí gáir as. 'É a choinneáil idir dhá thine, a deir tú? Ach céard a tharlódh dá dtiocfadh sé féin is na Gaill chun réitigh? Céard a tharlódh dá gcuirfeadh Feilimí Rua agus na Gaill le chéile agus dá dtiocfaidís in éineacht inár n-aghaidh? Bheadh tine faoi do thóin ansin agat!' Nuair nár thug an Fear Dorcha aon fhreagra air sin, labhair Feilimí Caoch an athuair: 'Ní hiad béasa an fhir fill a chuirfeas iasc in inbhear is meas ar craobh — ná do chuidse crochadóirí a chur amach ag leagan claíocha is ag fuadach caorach! — ach oineach is onóir an taoisigh.' Chuig a athair a d'iompaigh sé ansin. 'Nach deis é seo agatsa do mhórgacht a chur in iúl don tiarnas ar fad?'

'Abair leat,' arsa Conn.

'Breathnaigh uait siar,' arsa Feilimí Caoch gur shín a mhéar le dúchoillte Shliabh Fuaid ar fhíor na spéire ó dheas. D'éirigh Conn ina sheasamh. 'Dá bhfágfaimis seo anois, bheimis i dteach Fheilimí Rua ar an nGlasdromainn go luath sa tráthnóna gan súil ar bith linn. Cé a bheadh ina chuideachta ach clann, cosmhuintir is ceithearnaigh tí? Nárbh fhurasta dúinne — don bhuíon bheag seo againne — a ghabháil chuige, gan armshlua, gan slógadh, gan an chloch féin sa muinchille, agus a thaispeáint dó féin is dá mhuintir — agus do phobal an tiarnais fré chéile — an ní is fíorfhlaith ann?'

Tharraing Conn ar a fhéasóg fhada liathbhán.

'Ní díth céille go dtí é,' arsa an Fear Dorcha go searbh.

Aníos an cosán chucu, tháinig Aodh Easpag, a bhrat sróil feistithe thar a leathghualainn, *berretto* leathan corcra anuas thar a mhullach catach órbhuí, agus é ag cneadadh is ag cuachaíl le teann saothair. Thit an brat dá ghualainn. Phreab eachlach óg dubh ina dhiaidh gur thóg an brat den talamh agus gur lean an t-easpag mór groí go barr an chnocáin fhormhaoil, a bhrat ar bhacán a láimhe aige dó.

'Do bharúil, a Aodh?' arsa an tiarna lena bhurla breá easpaig, óir ba é siúd a shagart faoistine agus a cheann comhairle. 'Céard is déanta le Feilimí Rua? É a chreachadh is a shlad go n-iarrfaidh sé síocháin orainn, mar a mhol an Fear Dorcha, nó sinne síocháin a iarraidh air siúd, mar a mhol Feilimí s'againn féin?'

Bhí a anáil i mbarr a ghoib ag an easpag tar éis a shaothair.

Is é Feilimí a d'fhreagair. 'Dar ndóigh,' ar sé, 'is síocháin atá ónár n-easpag eagnaí ar mhaithe lenár dtiarnas a shaibhriú is a neartú.'

'Le hAodh a labhras,' arsa Conn go tur.

Thóg an t-easpag a bhrat ón eachlach. 'Is fíor do do mhac, a Thiarna. Chuirfeadh síocháin sa tiarnas ar do chumas cogadh a fhearadh thar teorainn.'

'An ionann sin is a rá,' arsa an Fear Dorcha, 'go gcaithfidh an tiarna géilleadh d'easumhlaíocht agus d'easonóir ina thír féin?'

'Go ngéillfinnse d'easonóir i mo thír féin?' arsa Conn. 'M'anam nach ngéillfead!'

Bhí streill go cluais ar an bhFear Dorcha.

D'fhreagair an t-easpag go gasta. 'Ní ghéillfidh ná é, a Thiarna!' ar sé, gur iompaigh chuig Feilimí. 'Is fíor do d'athair é, a Fheilimí liom, ná síltear gur fearr an trócáire ná an ceart, óir, mar a deir Castiglione, nuair a mhaitear an té atá ciontach, déantar éagóir ar an té nach bhfuil — agus is ar cheart agus ar fhíor flatha a bhraitheann oineach is urraim an tiarna.'

'Múintear ceacht dó, más ea?' arsa Conn.

'*Si vis pacem, para bellum*,' arsa an t-easpag. Ansin, ar fheiceáil na straince ar Chonn dó, labhair arís, 'Más síocháin atá uait, bí ullamh do chogadh. Ach ná fearaimis cogadh gan dul i gcomhairle lenár gcairde roimh ré agus an t-ullmhú cuí a dhéanamh.'

'Amaidí!' arsa Feilimí. 'Más cogadh atá uaibh, buailigí — ar a laghad ar bith — an t-iarann fad is te dó nó ní bheidh de bharr bhur gcomhairle agaibh ach go n-éalóidh sé siúd thar teorainn orainn lena bhólacht. *Tarditas et procrastinatio odiosa est*.'

Chuir Conn smigeanna air féin. '*Procrastinatio*, a deir tú?'

'Rud a chur ar athló,' arsa an t-easpag.

'Tuigim a chiall!' arsa Conn go borb. 'Ach nach diabhalta an tóir ar an Laidin atá ag an macaomh seo nach raibh a oide in ann maidí a choinneáil leis.'

Rinne an Fear Dorcha gáire fiodmhagúil. 'Deirid go mbíonn sé féin is Onóra ag gabháil de na seanleabhair istoíche,' ar sé.

Bháigh Feilimí a leathshúil ann.

Mhaígh a ghean gáire ar Chonn, d'éirigh agus d'fháisc gualainn an Fhir Dhorcha gur labhair ina chluais i gclos do chách. 'Tá lá na cainte thart. Tionóltar comhairle an chogaidh agus múintear béasa don ghiolla rua.'

'Tá go maith,' arsa an t-easpag.

Lig Feilimí Caoch osna as, nocht an Fear Dorcha a dhraid go sásta, agus leis sin, d'ísligh an seabhac go ndeachaidh ag scinneadh os cionn na dtumacha gur chuir scaipeadh ar mhionéin.

COINÍN a bhí ag an seabhcóir de thoradh na maidine, agus luchóg mar luach saothair ag an seabhac, agus nuair a ghabh an ghrian ar a conair siar ghabh an chuideachta an chonair soir gur thángadar ar a muintir rompu i mbaile Uí Anluain i Loch Goilí mar a raibh coirm is cóisir ullmhaithe dóibh. Bhí go maith. An mhaidin dár gcionn, d'fhág an t-easpag a thiarna i mbun a chamchuairte agus ghabh an bóthar ó thuaidh gona dháréag marcach — idir ghiollaí is chléir faoi ionair bhuí is bhrait ghorma an easpaig — gur thug aghaidh ar a bhaile féin.

Go luath sa tráthnóna a bhain sé Maigh gCaisil amach, áit a raibh dhá theach laistigh de mhúr cloiche aige agus an tríú teach lasmuigh, cléireach i mbun pinn agus eachlaigh ag teacht is ag imeacht de ló is d'oíche ar obair an tiarnais dó. Cé gur in Oirialla a bhí suí Easpag Chlochair — áit nach gceadódh tromualach oibre an tiarnais dó a ghnáthú ach go hannamh — is anseo, ar thairseach phríomhchaisleán Uí Néill i nDún Geanainn, a bhí áras feidhmeannais an tiarnais agus suí an chinn comhairle.

Tráth an ama sin, sa teach ba lú den dá theach a bhí laistigh de mhúrtha na cathrach, in áras cluthair teolaí an chléirigh, bhí an saor cloiche ar cuairt. É féin agus Conchúr Mac Ardail cromtha os cionn bord íseal cois teallaigh, cairt bhán leata amach ag beirt iníonacha Chonchúir dóibh, mac Chonchúir i ngreim sa bhfáideog agus solas á scaladh aige ar líníocht pinn de dhroichead fada cloiche a bhí ina sheasamh ar thrí chos. Chrom bean an tí isteach lena dtaobh. Ba bhaintreach é Conchúr agus ba í Sadhbh — cailín cuideachta a mhná, tráth — a bhí i mbun an tí dó. Plandóg bheag dhubhfholtach bhuíchraicneach í siúd a raibh deich mbliana ar fhichid slánaithe aici, í dea-aoibhiúil, glas-súileach, cuarcholpach, séimh. Shín sí a méar le baill an droichid, á n-ainmniú don iníon ab óige; í siúd á n-aithris ina diaidh: áirsí, fostaí, cosa, slí an droichid. Taobh thiar díobh, líon giolla dhá thaoscán uisce beatha.

Dhírigh Conchúr é féin suas gur chuimil a mhullach dubh go sásta. 'Is deas go deo mar a chuiris bailchríoch leis an obair ghrafa.'

'Is deise fós mar a shínfead droichead thar abhainn ach tús a chur leis an obair chloiche.'

'Le cead an easpaig, osclófar sparán an tiarna agus tosófar ag tarraingt cloch as an gcoiléar an tseachtain seo chugainn,' arsa Conchúr, 'agus cuirfear tús leis an obair thógála faoi cheann míosa.'

Dáileadh deoch, agus níor thúisce taoscán folmhaithe ag an mbeirt ná chualathas torann is trup ar an tsráid lasmuigh. Scairt an iníon ab óige amach go ríméadach agus scaoil dá greim ar chorr an leathanaigh gur chornaigh an chairt de phreab. 'Tá mo phopa Aodh tagtha abhaile!' ar sí.

Labhair Conchúr le Conchúr Óg ar dtús. 'Amach leat go dtabharfaidh tú lámh chúnta leis an eachra,' ar sé. 'Beadsa amach i do dhiaidh.' Thóg sé an chairt ansin le háit a dhéanamh do thrinsiúr lán ispíní is maróg a leag Sadhbh ar an mbord. 'Is oth liom go gcaithfead thú a fhágáil go ndéanfad friotháil ar mo thiarna easpaig,' ar sé leis an saor, agus d'iarr ar Shadhbh uisce a théamh don easpag agus greim bia a réiteach dó. Chuir sé an chairt i dtaisce ina chófra leabhar ansin, bhailigh chuige a chuid páipéar, chas air a bhrat os cionn a ghúna dhuibh, tharraing bairéad beag dubh anuas ar a bhaithis agus amach leis.

AR AN bhfaiche os comhair an tí, bhí stail mhór dhonnrua an easpaig á cuimilt le brat ag an eachlach óg dubh, Giolla Phádraig, an mac ba shine ag Conchúr, agus Conchúr Óg i mbun chúram na diallaite is an adhastair. Bhí na heacha eile á dtabhairt amach as an gcaiseal ag giollaí an easpaig lena gcur sa mbanrach.

Os íseal a labhair Conchúr le Giolla Phádraig. 'Tá scéala agat dom?'

Tháinig Conchúr Óg roimh a dhearthháir: 'Tá, a Dheaide. Deir Páidín go bhfuil tú le pósadh arís!'

Mhaígh a ghean gáire ar Chonchúr. 'Agus céard a deir tusa leis sin?'

'Deir sé go ndúirt ár gcara istigh go bhfuil cathú sa díomhaointeas agus gur mhór an náire é baintreach fir a bheith díomhaoin nuair atá cailleacha gan pósadh.'

Arsa Giolla Phádraig, 'Tá faitíos ar Chonchúr Óg go dtabharfaidh tú seanstraoill smaoiseach éigin abhaile chugainn.'

'Leigheas a bheadh ansin ar an gcathú,' arsa Conchúr, agus d'fháisc sé gualainn Chonchúir Óig go ceanúil. Thug sé féachaint fhainiceach ar dhoras theach an easpaig sular labhair de ghlór íseal le Giolla Phádraig. 'Cén scéala agat dom ó na hOirthir?' ar sé.

D'fhreagair Giolla Phádraig os íseal é. 'Síocháin leis an ngiolla rua an port atá ag ár gcara caoch; rosc catha a chasann an giolla dubh.'

'Agus maidir leis an tiarna?'

'Anonn is anall ar a choiscéim rince dó siúd nó gur chuir ár gcara istigh a ladar sa scéal.'

'Comhaontas mór Gael is Gall in aghaidh naimhde Dé

a bhí uaidh siúd mura bhfuil dul amú orm,' arsa Conchúr.

Sméid Giolla Phádraig a cheann leis.

Labhair Conchúr Óg arís. 'Nach tú féin a dúirt, a Dheaide, gurb iad an mheasarthacht agus an stuaim suáilcí an phrionsa?'

'Sílim gurb é Socraitéas is túisce a dúirt.'

'Agus nach measartha agus nach stuama an giolla dubh ná an giolla caoch?'

'Is fíor go mbíonn ár nGoll beagáinín tobann ar uairibh, ach sílim gur mó de chruth is de dhéanamh an phrionsa atá air — gur mó den *virtù* atá ann, mar a deirid san Iodáil.'

'Mar sin,' arsa Conchúr Óg, 'b'fhearr leatsa gurbh é an giolla caoch ba thaoiseach orainn amach anseo?'

Rinne Giolla Phádraig seitríl gháire: 'Muise, cén "taoiseach" atá ort, a cheoláin! Dar ndóigh, ní bheidh ceachtar acu sin ina dtaoiseach go deo ós rud é gurb é an Mheirg an tánaiste tofa!' ar seisean. An Mheirg ba leasainm don tánaiste — Niall Conallach, mac deartháir Choinn Bhacaigh — fear a ndeirtí faoi gur ina chóta máille a chodlaíodh sé agus go mbíodh na hailt is na cnámha ag díoscán ann le meirg is mírún.

'Is ea más ea,' arsa Conchúr. 'Guímis go raibh blianta fada amach roimh ár ndea-fhlaith Conn Bacach, agus ná déanamis talamh slán den tánaisteacht óir dá fhad a mhaireann ár dtiarna — gura fada buan é! — is mó an deis a bheas aige ar dhuine dá chlann mhac féin a chur i gceannas ina dhiaidh.'

'Tá sé chomh sean leat féin, a Dheaide,' arsa Giolla Phádraig.

'Tá cúpla bliain aige orm, a mhaicín, agus níl an Mheirg mórán níos óige. Ach, i ndeireadh na cúise, is cuma cé acu a ghairmfear ar Leac na Rí amach anseo óir is i seirbhís an tiarnais a bheimidne,' ar sé, agus, le mórgheáitse, chrom a cheann go híseal agus go humhal.

Ag doras theach an easpaig dó, sheas Conchúr agus chas ar ais chucu gur labhair go suairc. 'Agus ní mhaithfeadh bhur máthair dom é — go ndéana Dia grásta uirthi — dá dtabharfainn seanchailleach abhaile gan í a thaispeáint daoibh ar dtús.'

SA bPRÍOMHÁRAS, le linn fothragtha don easpag ina dhabhach mhór umha cois tine, tháinig giolla faoi leann agus giolla faoi bhia chuige agus Conchúr sna sála orthu. Fillte i mbréidín faoina ascaill, bhí leabhar mór faoi chlúdach crua óir is ar Chonchúr a thit cúram litreacha an tiarnais.

D'fháiltigh an t-easpag roimhe. '*Come sta*, a Chonchúir an leabhair mhóir. Táir chugam le hualach oibre, cuirim geall.'

Bheannaigh Conchúr dó, leag an leabhar anuas ar bhord ard bíschosach dubhadhmaid, agus phóg an fáinne a bhí leagtha le taobh na coinnle céarach.

Chuir an t-easpag siar a cheann, dhún a shúile agus d'fhógair os ard:

'A Chonchúir an leabhair mhóir,
Leag páipéar uait agus peann,
Is den obair, staon go léir,
Go n-ólfad féin braon den leann.'

Shín Conchúr a chorn chuige. 'Táir ró-ealaíonta, a Thiarna Easpaig.'

'Thugais an t-uaithne agus an t-amas faoi deara?'

'Ní uaithne ná amas go dtí é, a Thiarna Éigis! Tá comhfhuaimeanna ansin agat nach gcloisfeá ag Seanchán féin.'

D'ísligh Conchúr a ghlór. 'Ach coinnímis faoi rún é óir má chloiseann an tOllamh Mac Con Mí an aicill is na comhardaí slána sin agat, ní bheidh tú in ann corraí amach istoíche gan díorma gallóglach le do ghualainn!'

Lig an t-easpag tollgháire as. 'Is dócha go bhfuil tuairisc agat dom ar a bhfuil ite, ólta agus caite le trí lá agam?' ar sé, óir ba scéal grinn i gcónaí aige é, in ainneoin na gcúraimí móra a leagtaí air — i mbun an tí dó de ló agus i mbun an tiarnais istoíche — go mbíodh rún gach uile chailín agus gach uile eachlach ó Dhún Dealgan go Doire Cholmcille ag a Chonchúrsan dó.

'A Thiarna Easpaig, in ainneoin do mhuinín is do mhórdhóchas asam, is eagal liom nach bhfuil do shoitheach fuail scrúdaithe fós agam. Ach ní hé sin is mó atá ag déanamh tinnis dom ach é seo: lasmuigh den ísliú atá tagtha ar luach an éisc i Sasana, den drochfhómhar lín atá á thuar dúinn, agus den charn litreacha seo gan síniú atá ag méadú in aghaidh an lae, tá scéala faighte againn go bhfuil cogadh á bheartú sa bhFiodh.'

D'ísligh an t-easpag é féin go smig gur mhaidhm an t-uisce te amach ar an urlár luachra. 'A Chonchúir na n-ochlán is na n-olagón, mura bhfuil ag déanamh imní duit ach é sin, ní gearánta duit. Tá súil liom féin is leis an tiarna i nDún na nGall don Cháisc chun ceisteanna tromchúiseacha a phlé le maithe móra an chúige; mar sin, mura miste leat, fágfad an líon is an t-iasc fútsa ós léir gurb é an scobladh sa mbarrach is ansa leat,' ar seisean, gur thug súil thar leiceann ar a chléireach, 'agus an mhéirínteacht faoi bhruach.'

Dhoirt giolla braon uisce te isteach sa dabhach. D'éirigh an t-easpag aniar, dhiúg an braon deiridh leanna agus shín an corn chuig an ngiolla. 'Agus maidir leis an ruathar creiche úd, ní drochscéala é siúd ach an oiread óir is fada an feallaire rua sin ina chloch sa mbróig againn.'

'Ó chaitear an chloch níl breith uirthi,' arsa Conchúr. 'Nach fearr mar scéal é go mbeadh síocháin i réim, go mbeadh rath ar an eallach is ar an gcéacht agus go n-íocfadh gach biatach is bó-aire cíos le maoir Uí Néill — rud a d'fhágfadh ar chumas an tiarna scoileanna is slite a chur á ndéanamh, nithe a chuirfeadh le rath is le rachmas a thiarnais?'

Lig an t-easpag osna mhór fhada as. 'Agus mura ngéillfidh an t-áirbhirseoir rua do cheannas an tiarna?'

'Géilleadh nó ná géilleadh,' arsa Conchúr, 'ní bheidh de thoradh ar an obair seo ach ruathar díoltais a chothóidh anord, aindlí is anbhuaine i ndeisceart an tiarnais agus a thabharfas deis mioscaise dár naimhde san iarthar,' ar sé, agus d'ardaigh a ghlór d'éagaoin thruacánta: 'Táimid fós ag íoc cúitimh le bó-airí is óg-airí i ndiaidh bhur gcuid cogaí le hÓ Dónaill is le Mag Uidhir anuraidh.'

Le smeach de chúl a láimhe, chaith an t-easpag boslach uisce lena chléireach. 'Ár gcuidne cogaí, arú! *Che Dio ti perdoni*,' ar seisean, agus é ag ligean uafáis air féin. 'Nuair a bheas an feallaire rua sách fada ag imeacht ó thortóg go tortóg ar imeallchríocha an tiarnais agus a thóin leis aige, feicfimid ansin cé air a mbeidh an t-aiféala. Agus geallaimse duit, a Chonchúirín liom, go bhfillfimid an uair sin ar do chuidse éisc is lín, slite is droichead.'

A dhath ní dúirt Conchúr leis sin.

'Muise, is duairc dúnéaltach an dodaire thú, a Chonchúirín na hanachana. Is measa thú ná mac na leathshúile féin!'

Chroch Conchúr a leathmhala leis. 'Ná Feilimí Caoch?'

'An phíobaireacht chéanna ag an mbeirt agaibh. Seo, éirigh as do chuid fuarchaoineacháin agus sín chugam an taoscán leanna sin.'

Líon Conchúr an corn arís dó. 'Dála an scéil, a Thiarna Easpaig, tá droichead nua Achadh an Dá Chora grafa ag an saor Mac Giolla Mhura.'

De ghlór lag tláith a d'fhreagair an t-easpag. 'Is maith sin, a Chonchúir,' ar sé, agus d'ibh siar an leann d'aon-bholgam sular shín an corn ar ais chuige. Rug sé ar dhá thaobh na daibhche ansin agus d'ardaigh a chabhail bhog bhán aníos as an uisce, idir fheoil is fhilltíní, gur tháinig a ghiolla chuige le brat línéadaigh lena thriomú. 'Ach tuigeann tú go mbeidh costas mór ar an gcomhdháil seo leis na taoisigh.'

A dhath ní dúirt Conchúr leis sin ach an oiread ach a chead a ghabháil ag an easpag, umhlú agus imeacht.

INA THEACH féin dó, shín Conchúr siar ar an iomaí cois teallaigh agus chuir an giolla connadh ar an tine. Ar an taobh eile den teallach, bhí na hógánaigh cromtha go ciúin os cionn chlár fichille buí is gorm an easpaig. Lig Conchúr osna mhór thuirse as.

Rinne an giolla dradgháire leis. 'An é an t-easpag atá do do chiapadh?'

'Deir sé anois, a Dhonncha, nach bhfuil luach an droichid féin ag an tiarna!'

'Agus b'fhéidir nach bhfuil, a mháistir. Más mian leat snáithe a choinneáil faoin bhfiacail, b'fhearr duit ceacht a fhoghlaim ó do ghiolla agus greim a choinneáil ar do theanga.'

Tháinig Sadhbh chucu le proinn do Chonchúr agus chrom gur labhair os íseal leis. 'Ná scaoil do ghreim, a Chonchúir. Is iontach go deo an droichead a bheas ann agus caithfear é a thógáil.'

Ghlac Conchúr buíochas léi, thóg an meadar beorach as a láimh agus d'ól.

CAITHEADH an chloch, tionóladh an t-armshlua, agus ón dara hAoine de Mhárta go dtí an tSabóid dár gcionn, chuir 'crochadóirí' an Fhir Dhorcha an Fiodh ar lasadh ó Thulach Uí Mhealláin sa tuaisceart go dtí an Ghlasdromainn sa deisceart. Agus, mar a bhí tuartha ag Feilimí Caoch, thiomáin Feilimí Rua a bhólacht siar thar Abhainn na Coigrí lena cur ar láimh shábhála in Oirialla.

Maidir leis an easpag, ní raibh faoi siúd aon mhoill a dhéanamh i Maigh gCaisil óir bhí súil leis i gClochar do chruinniú na comhairle roimh Lá an Phátrúin .i. roimh Lá Fhéile Mhic Cairthinn ar an gceathrú lá is fiche de Mhárta. Dé Luain, le maidneachan lae, bhí Giolla Phádraig ar fhaiche an tí le cabhrú le Conchúr Óg na málaí a cheangal ar na capaill ualaigh — óir ba é Giolla Phádraig a bheadh i bhfeighil an tí in éagmais a athar. Go ciúin, bródúil, rinne Conchúr saoisteacht ar obair na ngearrbhodach agus bhíodar ar fad — athair, mac agus giolla — gléasta don aistear sular tháinig na taistealaithe eile amach chucu: dháréag an easpaig faoi arm is éide, iad ag slupáil leis an bhfuacht agus ag greadadh cos le talamh; an t-easpag ina ndiaidh aniar, go cluthair teolaí ina fhallaing mhór olla, an bhairéad barrleathan Iodálach corcra á fháisceadh anuas thar a chasdlaoithe órbhuí aige. Thug Sadhbh builíní aráin is ispíní caoireola chucu agus níor thúisce ite acu, agus beannacht curtha ag an easpag ar an láimh a dhein, ná d'éiríodar ar muin each. Phóg Sadhbh a 'lao diúil' mar a thug sí ar Chonchúr Óg — óir bhí an oiread ceana aici ar chlann Chonchúir is a bhí aige féin — agus ghluais na taistealaithe chun bóthair; cros gheal airgid an easpaig crochta in airde ag an gcéad mharcach agus an dream eile ina streoillín ina dhiaidh aniar; Conchúr Óg ar an alabhreac dubh is bán a bhronn an t-easpag air ar dhul faoina láimh dó, dealg airgid ina bhrat nua agus a ghrua ar lasadh.

Dhreap na cailíní in airde ar mhúr na cathrach agus chroch a lámha go beannachtach orthu, lig Bran glam as, agus dhún Giolla Easpaig doras mór na cathrach.

AR AN gcrosbhóthar dóibh, ghabhadar an bóthar ó dheas. Theann Conchúr a ghlúine le cliatháin a eich gur ghluais chuig an easpag go scafánta. 'Cad chuige, a Thiarna Easpaig,' ar sé, 'nach é an bóthar siar a ghabhaimid? Bhí súil agam go bhfaighinn deis na hoibreacha atá beartaithe ar an seantóchar a thaispeáint duit.'

'Rún atá agam cuairt a thabhairt ar mo chuid sagart i nGlasloch agus i dTigh Damhnata sula dtabharfaimid aghaidh ar Chlochar,' arsa an t-easpag, agus thug sé a each chun cinn lena áit a thógáil laistiar de mharcach na croise airgid.

'Nach siar thar Bhaile Uí Dhonnaíle a ghabhfaimid?' arsa Conchúr Óg lena athair.

'Ní hea,' arsa Conchúr, 'ach seasfaimid i dTigh Damhnata go bhfeicimid an tAthair Pilip. Agus, ar an tslí abhaile dúinn, cá bhfios nach dtabharfadh ár dtiarna easpaig thar Bhaile Uí Dhonnaíle sinn go mbuailimis isteach chuig Niall,' ar sé, óir is ann a bhí an mac ab óige leis ar altramas.

'Ar an tslí seo, feicfimid an droichead adhmaid i gCionn Aird,' arsa Conchúr Óg.

'Nuair a bheas tú níos sine, déanfaidh tú maoirsiú domsa ar oibreacha an tiarnais. Mura ngabhfaidh tú leis na sagairt.'

'Ní bhead i mo shagart go deo, a Dheaide.'

'Nach mbeidh? Thabharfadh sé deis duit ar thaisteal go hOxford, go Dún Éideann nó go Páras. Go dtí an Róimh féin! D'fhéadfá filleadh i do shagart, i do mháistir nó i do dhochtúir dlí agus fostaíocht a fháil anseo ag obair ar son an tiarnais.' D'ísligh Conchúr a ghlór. 'D'fhéadfá filleadh i d'easpag, fiú.'

'Cuir go Baile Uí Dhonnaíle i gcuideachta Néill mé tar éis na Samhna, a Dheaide. Cuirfear oiliúint ansin orm agus ní bheidh aon ghá le taisteal.'

'Oiliúint capaill is claímh fearacht do dhearthár, an ea?'

'Nach bhféadfainn féin is Niall a bheith inár gclaimhteoirí sa gceithearn tí?'

D'fhreagair Conchúr go searbh. 'Is leor ceithearnach amháin sa teach.'

Ó dheas trí Mhuintir Ádhmaill leo, iad ina líne fhada ar bhóithrín cúng na coille, marcach amháin ag fonnadóireacht go binn glórach agus na marcaigh eile á fhreagairt. Thar Loch Corráin leo, thar dhoirín glas Sheisíoch Mhic Fhearghail, thar chaisleán na Binne Boirbe ar bharr na haille thoir agus siar le bruach na habhann — í ina tuile dhubh tar éis na báistí. I Muintir Bheirn, lastuaidh de Chionn Aird, dhírigh an chéad mharcach a mhéar le scamaill deataigh ar an spéir ó dheas agus sheasadar ina dtost. Fuaireadar a thuairisc ón lia Ó Caiside is a lucht leanúna a bhí ar a mbealach aniar faoi dheifir. Bhí Tuíneán trí lasadh tar éis d'Fheilimí Rua ruathar oíche a thabhairt faoi Chluain Dabhaill, ar seisean leis an easpag.

'Is dócha,' arsa Conchúr Óg, 'nach údar iontais é go

mbainfeadh an feallaire rua díoltas amach tar éis ruathar an Fhir Dhorcha?'

Níor lig an t-easpag air gur chuala sé é. Dhearg Conchúr ach níor fhreagair.

Ghluaiseadar siar go Cionn Aird agus sheasadar na capaill ar an bhfaiche os comhair an chaisleáin go bhfuair amharc soir thar an Abhainn Mhór. Bhí boladh an deataigh go láidir ar an aer. Thar mhala an chnoic ó dheas, bhí ceann tuí agus binn chloiche shéipéal Thuíneán ag gobadh aníos, agus ar shleasa smóldubha an chnoic, bhí cúpla teach ag cráindó.

Ní orthu siúd a bhí aird Chonchúir ach ar an abhainn thíos faoi, mar a raibh dhá philéar cloiche le feiceáil amach ón mbruach. 'Cá ndeachaigh an droichead?' ar sé de gheoin chráite.

Ceithearnach a thug freagra air. 'Dar lámh Uí Néill, tá sé leagtha ag na bithiúnaigh!'

'Murab é Ó Néill féin a leag chun an bithiúntas a choinneáil laisteas!' arsa a chompánach.

Le neamhshuim a labhair an t-easpag, 'Nár imí uainn ach é,' ar sé, agus ghearr fíor na croise air féin.

'Droichead é sin a chosain dhá chéad marc orainn,' arsa Conchúr. 'Idir adhmad is saoir, gan trácht ar an obair a rinneamar féin!'

'Cén dochar, ní raibh sé i gceist go dtrasnóimis an abhainn anseo. Siar go Glasloch atá ár dtriall inniu.'

'Cén dochar?' arsa Conchúr go piachánach, 'ach is é an tiarnas féin atá á scriosadh — agus gach a bhfuil á dhéanamh ar son an tiarnais agat féin, a Thiarna Easpaig!'

De ghlór briosc crua a d'fhreagair an t-easpag é. 'Ní ar an

tiarnas a fhreastalaímidne, a Chonchúir, ach ar an tiarna. Agus ná dearmad é sin.'

Thost Conchúr.

Labhair an t-easpag an athuair. 'Agus má ordaíonn ár dtiarna dúinn an uile dhroichead sa gcúige a bhriseadh is a bhá, crapfaidh tú suas do dhá mhuinchille, a Chonchúir bhreá, agus gabhfaidh tú ag briseadh is ag leagan go gcuire tú an uile chloch is sail go grinneall!' Thost sé sular labhair arís, 'Agus ós ag caint air sin muid, b'fhéidir gur chóir costas a chuid grafaíochta a íoc anois le do shaor ós rud é nach mbeidh airgead ar fáil do do dhroichidín i mbliana.'

Thug an t-easpag a each thart chun aghaidh a thabhairt ar an mbóthar an athuair agus luigh brod uirthi gur ghéaraigh ar a luas, fear na croise á bhrostú roimhe aige agus na giollaí is na ceithearnaigh ar a gcúl ag deifriú ina dhiaidh. Bhí Conchúr Óg iontaithe chuig a athair sa diallait, a mhalaí fite ar a chéile aige agus a bhéal oscailte i gcruth ceiste. Chúb Conchúr a shúile uaidh agus dhearc arís ar áit an droichid agus ar na cosa cloiche ag gobadh aníos as an uisce sular thug na glúine don each gur bhrostaigh chun cinn lena ionad a ghabháil laistiar den easpag.

Siar ó dheas le bruach na habhann leo, iad ag gluaiseacht de choisíocht chiúin réidh anois ó bhí na fonnadóirí ina dtost. Thug an t-easpag súil thar gualainn siar ar Chonchúr agus thug sé siúd a each suas lena thaobh agus d'fhan go labhrófaí leis.

'Beadsa ar an mbóthar le cúraimí ár dtiarna sna seachtainí beaga seo romhainn agus ní bheidh ar mo chumas a bheith i nDún Geanainn. Ba mhaith liom go mbeadh do mhac Giolla Phádraig mar phéire cluas agam le gualainn an tiarna chun go gcoinneofaí ar an eolas mé faoi gach uile shiolla beo dá dtagann as a bhéal. Tá cúram mór á leagan agam ar do mhac. Tuigeann tú sin, nach dtuigeann?'

'Tuigim, a Thiarna Easpaig, agus táim an-bhuíoch díot.'

'Bead ag brath oraibh,' arsa an t-easpag. 'Ná loicigí orm.' Agus ghluaiseadar rompu siar.

THOIR in Ard Mhacha tráth easpartan, bhain scéala ó Thuíneán an Déan Mac Cathmhaoil amach agus é i séipéal Phrióireacht an Chéile Dé gur chuir a cuid paidreacha in aimhréidh, gur éirigh an seansagart maol mantach dá dhá ghlúin i saingeal an tséipéil agus gur dheifrigh amach, é ag baint torainn as leaca an urláir lena mhaide siúil, a dhalta ag teacht sna sála air.

Sheas sé sa doras ar foscadh ón mbáisteach. 'Gabhtar na capaill dúinn láithreach go dtéimid go Dún Geanainn,' ar sé.

'Go Dún Geanainn, a Dhéin?'

'Go Dún Geanainn go beo go labhród le hÓ Néill!'

'Ach, a Dhéin, nach bhfágfá an obair sin faoi dhuine éigin ab óige?'

'Agus cén nóibhíseach a chuirfeadh cosc leis na díormaí deamhan, diabhal is mac mallachtan seo a d'fhearfadh cogadh ar a chéile i ndoras na heaglaise féin? Cé eile, a dhailtín, ach mé féin!'

'Ach tá aifreann le léamh ar maidin agat, a Dhéin.'

'Déanadh duine de na sagairt óga an gnó beannaithe sin dom óir is ag léamh an liodáin d'Ó Néill a bheadsa — sin, agus salm na mallacht mura n-athraí sé béasa!'

'Agus tá breithiúnas le tabhairt sa chúirt deoise agat san iarnóin. Nach bhfanfadh sé seo go dtí cruinniú na comhairle Déardaoin?'

'Dar a bhfuil ar Neamh, a Thoirealaigh, ní fhanfaidh,' arsa an déan. 'Cuirfimid chun bóthair amárach tar éis na cúirte, in ainm Dé, óir caithfear focal a chur i gcluais an easpaig sula dtionólfar an chomhairle.'

Rinneadh amhlaidh, agus bhain an déan Clochar amach san oíche Dé Céadaoin, é cuachta ina fhallaing mhór bhreac is a bhóna fionnaidh, a bhairéad cluasach dúghlas fáiscthe anuas air; beirt ghiollaí faoi arm roimhe agus seisear salmchantóirí ina dhiaidh, óir ba chuibhiúil, mar a dúirt sé lena shagart cúnta, 'glórtha na gCéilí Dé a chur le glórtha Chlochar Uí Dhaimhín chun onóir a thabhairt do Mhac Cairthinn Naofa ar lá a phátrúin.'

Scoireadar a gcapaill lasmuigh de theach an ard-déagánaigh agus isteach leis an déan, a mhaide á bhualadh roimhe aige agus é ag mugailt is ag mantaíl chainte dó féin. Bhí an t-easpag ina léine cois teallaigh, giolla ag friotháil air; cóip de litir á déanamh ag Conchúr Óg dó faoi sholas coinnle.

Sháigh an t-easpag a lámh amach gur phóg an déan a fháinne. 'Ní raibh súil ar bith againn leat anocht, a Éamainn,' ar sé.

'Súil liomsa?' arsa an déan gur bhain failm as urlár an tí lena mhaide. 'Cén tsúil a bheadh agaibh anseo liom agus sibh ar bhur seacht mbionda ag deargadh cogaidh ar mo leithéidí i gcathair bheannaithe Ard Mhacha!'

'Cén cogadh, arú? Muise, a Éamainnín chroí, níl ann ach *scaramuccia* ar an teorainn.'

'Nach bhfuil Tuíneán dóite agus an Creagán trí lasadh? Agus nach bhfuil tionóntaí an ardeaspaig á ruaigeadh as a dtithe i gCluain Dabhaill? I gcuntas Dé, mura gcuirfear cosc leis an díbheirg seo anois, réabfar gach uile scoil is teach aíochta sa deoise! Réabfar muis, agus lasfar bladhm bhablóineach i dTeampall Mór Phádraig féin — slán mar a hinstear!'

'Níl aon bhaol ann, a Éamainn. Nach fíor dom é, a Chonchúir?'

Aniar as an gclúid le Conchúr Mac Ardail chucu. 'Is fíor sin go deimhin is go dearfa duit, a Thiarna Easpaig,' ar sé.

Ar chomhartha ó Chonchúr, thóg Conchúr Óg maide siúil an déin agus leag suíochán cois tine dó.

Shuigh an déan agus thug giolla uisce te chuige lena chosa a ionladh. 'Níl aon bhaol ann, a deirir?'

Labhair Conchúr arís. 'Nach bhfuil sé ráite ag Ó Néill féin?'

Chroch an t-easpag a mhalaí le hiontas.

Lig an déan cnead aoibhnis as agus a chosa cama fadharcánacha á dtumadh san uisce te aige. 'Ag Ó Néill, a deirir?'

'Is ea, go deimhin,' arsa Conchúr. Dhearc sé ar a mhac: bhí a chloigeann siúd cromtha os cionn na litreach arís. 'Nach bhfuil Ó Néill chomh meáite ar shíocháin go bhfuil sé beartaithe aige an Cháisc a chaitheamh i dTír Chonaill! An gceapann tú, a Dhéin, go gcomhairleodh mo thiarna easpaig dó a thír féin a fhágáil dá mba bhaol go mbeadh Feilimí Rua ag fiach ar a chuid tionóntaí agus é imithe? Ní mhaithfí sin go deo dó!'

Dhearc an déan ar an easpag. 'An fíor dó, a Thiarna Easpaig?'

Sméid sé siúd a cheann leis agus thug féachaint amhrasach ar Chonchúr. 'A Chonchúir,' ar sé, 'an gcuirfeá fios ar bhraon den mhúscfhíon don déan? Is cinnte go bhfuil an fear bocht spalptha.'

Stán Conchúr go dána ar ais air. 'Ní mhaithfí sin dó,' ar sé, 'anois ach go háirithe agus ár dtiarna ag caint ar an droichead a dheisiú i gCionn Aird, agus ar dhroichead nua a thógáil in Achadh an Dá Chora.'

'Aililiú,' arsa an déan. 'Grásta Dé ar ár dtiarna teamparálta! Droichead nua, a deir tú? I gcuntas Dé ach is maith an scéala é sin, a chléirigh!'

'Amach sa gcúil leat go réití tú greim bia don déan,' arsa an t-easpag faoina fhiacla le Conchúr. 'Agus fan thiar ann.' D'iompaigh sé chuig an déan ansin gur labhair go suairc leis. 'Go bpléifimidne an cheist seo,' ar sé.

Amach le Conchúr agus a dhá dhraid fáiscthe ar a chéile aige. D'ísligh Conchúr Óg a cheann sa leabhar.

'Fanaimis go bhfille Conchúr orainn,' arsa an déan, 'ós é is fearr a thuigeann na gnóthaí seo.'

'Tá obair eile le déanamh ag Conchúr anocht,' arsa an t-easpag go ceannasach, agus chomharthaigh don déan teannadh isteach níos gaire don tine: bheadh oíche fhada rompu.

CAIBIDIL 2

An Constábla

ARDCHONSTÁBLA Thír Eoghain agus taoiseach Chlann Dónaill Gallóglach ab ea Giolla Easpaig mac Colla Óig: seanóglach faoi bhun na dtrí fichid, é géar gormshúileach grinn, é mín agus meáite — óir ní hamháin gurbh é ceann feadhna ar ghallóglaigh Uí Néill é ach ba é a fhear labhartha é, a chomhairleoir i ndáil agus in oireachtas. Seachtain roimh Lá Fhéile Mhic Cairthinn, ar aifreann i séipéal Dhomhnach Mór dó, shocraigh sé cuairt a thabhairt ar thuama a mhuintire. Tar éis an aifrinn, d'fhan sé go raibh an pobal glanta amach sular dheasaigh bóna fionnaidh na fallainge ar a ghuaillí gur sheas os comhair íomhá ghreanta an ghallóglaigh i mballa an tsaingil gur chuir áivé le hanamacha a athar is a mháthar. Ghearr fíor na croise air féin. D'fhill an seansagart agus é feistithe ina ghúna fada dúdhonn agus eochair mhór crochta faoina mhuineál aige. Mhúch sé na coinnle.

'*Est hic tenebris,*' arsa Giolla Easpaig. Tá sé dorcha anseo.

'Fuinneog níos fearr a theastaíonn,' arsa an sagart. 'Fuinneog dhaite, a mheasas.'

'Fuinneog a mbeadh costas mór léi, gan amhras?'

'Cén costas léas na gréine ar chuimhne do shinsear?'

'Ná ar chuimhne an tiarnais? Faoin leac seo luite, tá constáblaí Thír Eoghain le céad caoga bliain anuas.'

Chrom an sagart a mhullach liath gur cheil meangadh

gáire. 'Go deimhin is go dearfa duit, a Chonstábla, is mór an onóir dúinn léas geal do shinsearsa ar leaca fuara an tséipéilín seo. Ach ós ag caint ar fhuinneoga sinn, deirid liom go bhfuil ceardaí i nDún Éideann a sheolfadh solas na bhflaitheas trí ghloine dhaite a bheadh i gcló an ghallóglaigh ag éirí as a thuama dó ar Lá an Bhreithiúnais. Ní léas,' ar sé, 'go *lux perpetua*.'

'An ceardaí seo arís, muis,' arsa Giolla Easpaig le seanbhlas.

Leis sin, chualathas scríobadh adhmaid ar leac agus osclaíodh an chomhla mhór darach ar a gcúl. I ngreim i mboschrann an dorais, bhí cúntóir faoi chasóg fhada liathghlas: óganach bolgshúileach mórcheannach agus streill leathan gháire air. Isteach le corcán beag mná, Mór Ní Ágáin, bean Mhic Dhónaill, a fallaing fáiscthe faoina smig, hata ard anchumtha uirthi agus a grua deargtha leis an bhfuacht.

'Tá Art tagtha le teachtaireacht duit,' ar sise lena fear. 'Deir sé go bhfanfaidh sé leat lasmuigh.'

Sméid Giolla Easpaig a cheann uirthi agus d'iompaigh sé ar ais chuig an sagart. 'Costas mór, mar a deirim. Ach fágaimis an ceardaí i nDún Éideann agus an t-óglach bocht ina thuama go fóill agus labhróimid faoin bhfuinneog sin arís amach anseo.'

'Agus ós ag caint ar na cúrsaí seo sinn,' arsa an sagart, 'b'fhéidir nár mhiste labhairt faoin díon freisin ó tá braon anuas ar chúl na haltóra. Ba mhaith a thuillfeadh tabhartas fial ceann tirim agus grásta Dé do dhuine.'

'An é nach bhfuil ceann fliuch ar bith eile sa bparóiste seo ach orm féin?'

'Ní ar lucht aon-pharóiste a labhraím ach ar lucht aon-cheirde óir ní cuí go bhfágfadh constáblaí do shinsear gleann seo na ndeor chun an braon anuas a fhulaingt i mbaclainn Dé.'

Lig an constábla osna as. 'Féach thusa chuig an díonadóir, más ea, agus féachfadsa chuige go n-íocfar do ghloineadóir.'

Amach leis agus an sagart sna sála air. Sa doras dóibh, bhuail Mór sonc ar a fear agus thóg sé siúd a sparán óna chrios gur leag bonn copair i láimh an ógánaigh. Chnag an t-ógánach an bonn faoina fhiacail agus ghlac an sagart buíochas le Giolla Easpaig ar a shon. 'Agus abair le do dheartháir,' ar sé, 'nach gá fanacht go ndéantar áit sa tuama dó sula dtuga sé cuairt ar theampall Dé.'

LASMUIGH, bhí na capaill ceangailte faoi scáth na gcrann iúir, na gearrchailí cruinnithe faoin ardchros ina n-éadaí oireachtais, agus na macaoimh ag caitheamh gathanna le cuaille a bhí báite ag Art mac Colla Óig dóibh in ithir na reilige — balcaire breá camfhiaclach catach é siúd, é suite in airde sa diallait ina ionar marcaíochta is a cheannbheart olla agus é á mbreathnú le spéis, srian an eich á chornadh ar ailt a láimhe aige, a thua fhada chatha ceangailte d'iallacha ar chliathán a eich.

Ar theacht amach do Ghiolla Easpaig, d'éirigh giolla chuige lena chlaíomh is a thruaill agus tháinig ógánach de rith chuige.

'A Dheaide,' arsa an t-ógánach, 'dúirt Art go bhféachfá ár gcumas caite linn.'

Cé go rabhadar ar fad ar troscadh, ghéill Giolla Easpaig dá iarratas agus d'fhan ag breathnú na n-ógánach tamall, á moladh nó á ngríosú de réir mar a d'fheil. Ar deireadh, shín a mhac ga chuige.

Thóg Giolla Easpaig an ga as a láimh gur theilg óna ghualainn. Chinn sé air an sprioc a aimsiú.

Theilg arís. Theagmhaigh an dara ga ach níor ghreamaigh.

D'iompaigh sé chuig a dheartháir. 'M'anam gurb é an tAthair Brian a bhí sásta thusa a fheiceáil anseo inniu!' ar sé. 'Deir sé go bhfuil do thuama á théamh aige duit.'

Lig Art racht gáire as. 'Tá, agus tine mhór na síoraíochta á fadú ag a mháistir dom thíos.'

Bhrúigh Mór meangadh gáire fúithi agus ghearr fíor na croise uirthi féin. 'Cuimhnigh gur ar thalamh coisricthe atáimid.'

'Thabharfainn an leabhar nach ar son d'anama a tháinig tusa anseo inniu,' arsa Giolla Easpaig.

'Dar Leabhar an tSabhdáin Mhóir, ní hea,' arsa Art. 'Fuaireas litir ón nGlasdromainn. Tá Feilimí Rua ag fostú óglach sa bhFiodh: trí pingine sa ló atá á thairiscint aige.'

Rinne Giolla Easpaig an cuntas os ard. 'Pingin sa dá fhichead domsa, más ea. Cuirfimid Éamann Óg ó dheas,' ar sé. 'Beidh sé buíoch dínn as an deis fostaíochta.'

Chuir Art strainc air féin agus shín an litir chuig Giolla Easpaig.

'Tá a fhios agat go maith,' arsa Giolla Easpaig, 'nach mbeadh sé cuíúil ag an gconstábla a dheartháir a bheith chomh luaiteach le naimhde a thiarna.'

'Agus an mbeadh sé cuíúil ag deartháir an chonstábla fostaíocht a iarraidh ar Éamann Óg?'

Lig Giolla Easpaig a shean-osna as. 'Oibrigh ort, más ea. Tabhair leat leathchathlán — agus an méid sin amháin! — agus seachain a dtabharfá leat na hóglaigh is fearr óir nílimse ag iarraidh a bheith taobh le cláiríních chaocha má chuireann

Ó Néill gairm slógaidh amach. Agus cuimhnigh, is don tiarnas ár gcéad dualgas.'

Nocht Art draid mhantach.

Thochais Giolla Easpaig a phlait. 'Ní ruathar atá á bheartú ag Feilimí Rua, is léir, ach cogadh. Beidh an chomhairle ina suí Déardaoin, agus is cinnte go mbeidh an scéal seo á phlé. B'fhearr duit do chuid óglach a thabhairt ó dheas roimhe sin ar fhaitíos go n-ordófaí cosc a chur ort.'

Bhioraigh Mór an dá chluais. 'Beidh tú i nDún Geanainn, más ea? Gheallais go gcuirfeá Sinéad in aithne d'Ó Néill — beidh sí na cúig bliana déag an mhí seo chugainn agus cloisim go bhfuil cailín cuideachta na hiníne le pósadh.'

'Ní i nDún Geanainn ach i gClochar a bheas an chomhairle ina suí an iarraidh seo, agus ní maith an t-am é seo dúinne le haisce a iarraidh ar Ó Néill,' arsa Giolla Easpaig.

'Muise, ní maith an t-am anois é agus níor mhaith an t-am an uair dheiridh é ach tá iníon in aois a pósta agat agus mura dtugtar go teach Uí Néill gan mhoill í, is ag bodach nó ag bathlach éigin a bheas sí,' arsa Mór.

D'éirigh grágaíl na gcaróg go callánach ar dhíon an tséipéil agus sa spéir os cionn na gcrann iúir. Ar deireadh, is é Art a labhair.

'Maidir leis an easaontas seo lenár dtiarna,' ar sé, 'b'fhéidir gur fearr é a scaoileadh tharainn an uair seo ar mhaithe leis an maith ar fad atá faighte againn uaidh?'

Labhair Giolla Easpaig go borb beacht: 'Tá seirbhís mhaith tugtha againn dár dtiarnaí. Thug Ó Néill a fhocal dúinn agus murar féidir glacadh le focal an tiarna, is beag atá i ndán don tiarnas.'

'Nach fearr duit a bheith ag cuimhneamh ar a bhfuil i

ndán do do chlann féin?' arsa Mór, agus, le cúnamh a cailín chuideachta, suas léi sa diallait.

'Ná drann, a bhean, leis an rud nach mbaineann duit.' D'iompaigh sé chuig Art. 'Ní bheidh aon ghéilleadh d'Ó Néill ar an gceist seo. Tabhair lán catha leat ó dheas, más é is áil leat. Sin dhá phingin in aghaidh an lae domsa — íocfaidh sé luaidhe na fuinneoige!'

'Abhaile liomsa, más ea,' arsa Art, 'go ngairmfead chugam mo chuid óglach agus go gcóireod mo chathlán don aistear ó dheas,' ar sé, ghabh a gcead, agus siar leis ar geamhshodar.

Thaispeáin an t-óganach an ga dá athair.

Shuigh Giolla Easpaig in airde sa diallait. 'Fágfaimid an tríú hurchar go fóill, a Raghnaill, agus an chéad uair eile a shínfeas tú ga i mo láimh, aimseod an sprioc.'

'Bíodh sé ina mhargadh,' arsa an t-óganach.

D'ardaíodar uile go léir ar muin each ansin, idir óg is aosta, agus leanadar Art siar bóthar an tsléibhe i dtreo Chnoc na Cloiche, Giolla Easpaig agus Mór ina dtost agus an dream eile ag teacht ina ndiaidh aniar ina gclaisceadal duanach diaganta Domhnaigh.

IN AINNEOIN mhíshástacht a mhná leis, chaith Giolla Easpaig na cúpla lá sin go sócúlach seascair i gcuideachta a chlainne agus, le huair na maidine moiche Déardaoin, d'éirigh, agus ghléas ina chulaith oireachtais .i. a léine bhuí lín lena chneas, ionar deargmhaiseach os a chionn sin agus a fhallaing mhór bhreac-uaine dheargchiumhsach os a chionn sin arís. Gabhadh dó a eacha agus rug leis ceathrar óglach faoi arm agus filleadh ná feacadh ní dhearna ach imeacht caol díreach gan sos gan stad gur sheas le clingireacht chlog an mheán lae i ngleann glas ceathrach na Closaí: féar úr an earraigh ag borradh aníos ar gach taobh, na beithígh ag géimneach agus boladh milis na leamhnachta is na bualtraí ar an aer. Amach roimhe, i lár an ghleanna, bhí Clochar Mhic Daimhín agus díon an teampaill ag gobadh in airde go buacach beannach os cionn na dtithe, na mbothán is na ngort treafa a bhí ina bhfáinne mórthimpeall ar ráth na hardeaglaise.

Ar chosán na heaglaise, labhair sé le gallóglach a bhí ina sheasamh ar dualgas faoi scáth na hardchroise buí, a chlogad agus a thua á n-iompar ag a ghiolla dó. 'Táid ar fad anseo romham, an bhfuil?' arsa Giolla Easpaig.

'Tá, an uile dhuine, idir bhodaigh is leathbhodaigh,' arsa an t-óglach de ghlór íseal. 'Agus tá sé ina chogar mogar ó mhaidin idir an Déan Mac Cathmhaoil agus an t-easpag.'

'Agus an Mheirg?' arsa Giolla Easpaig.

'Tá a bhean tagtha ina ionad.'

Chuir Giolla Easpaig strainc air féin agus ghluais roimhe i dtreo na heaglaise.

Cruinnithe ag an ngallán dubh i ndoras an teampaill, bhí an chléir, Bachall Mhic Cairthinn agus an Domhnach Airgid ar taispeántas acu. An boilistín mór easpaig i lár báire, a fhallaing chorcra bhuí-eochrach thar a leathghualainn, agus a bhairéad leathan ar fiar aige. Shín sé amach a dhá láimh le fáilte a chur roimh na huaisle. Aníos cosán na heaglaise leo siúd go maorga mustrach ina bhfallaingí ildathacha, bean an tánaiste ar a gceann .i. Róise Ní Dhónaill, bean Néill Chonallaigh. Chrom sí a cloigeann liathbhán gur phóg fáinne an easpaig, agus chrom an athuair gur phóg an scrín bheag mhaisiúil airgid.

D'fhág Conchúr Mac Ardail ionad na cléire sa doras gur

tháinig anuas an cosán chuig Giolla Easpaig, gur umhlaigh dó agus gur fháiltigh go geanúil roimhe. Thug i leataobh ar fhaiche na heaglaise é.

Giolla Easpaig a labhair ar dtús. 'Bhís ag iarraidh focal liom?'

'Bhí, a Chonstábla, chun cogadh a sheachaint.'

'An cás le gallóglach cogadh?'

'Is cás le gach uile dhuine cogadh ar a thairseach féin. Tá an t-easpag, an déan agus ár dtiarna aontaithe ar aon sprioc amháin, gan ligean don easaontas seo le Feilimí Rua leathnú amach thar theorainní an Fheá, agus bheadh aon duine a bhí páirteach ar bhealach ar bith le Feilimí Rua á chur féin i measc naimhde an tiarnais.'

'Tuigim,' arsa Giolla Easpaig go héiginnte, 'agus céard is áil leo díomsa?'

'Is é is áil leo díotsa,' arsa Conchúr, 'go bhféachfá chuige nach dtiocfadh gallóglaigh ó d'fhearannsa i gcabhair ar Fheilimí Rua.'

'Is baolach go bhfuilid rómhall.'

'Is baolach nach bhfuil, óir is eol dóibh nach bhfuil an Abhainn Mhór trasnaithe ag do dheartháir fós,' arsa Conchúr.

Dhearg Giolla Easpaig. 'Ní mise is freagrach as mo dheartháir.'

'Ach is róbhaolach go gceapann Ó Néill gur tú,' arsa Conchúr. 'Tar éis na comhdhála seo, más toil leat eachlach a chur ina dhiaidh lena chosc, labhródsa leis an easpag ar do shon maidir le Machaire Locha Cubha,' ar seisean, óir b'fhearann é sin — baile bó, loch is oileán — a bhí i seilbh Mhic Dhónaill agus a bhí ina chnámh spairne idir é féin agus Ó Néill.

'Tá d'fhocal agam air sin más ea,' arsa Giolla Easpaig, gur lig do Chonchúr é a threorú thar bheirt ghallóglach isteach doras na heaglaise.

I gcorp na heaglaise a tionóladh an chomhairle, áras mór fuar a bhí lasta ag fuinneog mhór na haltóra agus ag coinnle geala céarach. Os comhair na haltóra, leathadh scaraoid bhán líneadaigh ar bhord fada íseal, agus cuireadh an t-easpag ina shuí — a dhroim le haltóir — idir Giolla Easpaig agus Róise Ní Dhónaill .i. idir an constábla agus bean an tánaiste. Shuigh Conchúr agus a mhac lena dtaobh. Ar dhá thaobh an tsaingil, i suíocháin arda dhubhshnoite an chóir, bhí Feilimí Caoch agus taoisigh an Lucht Tí suite de réir gradaim is uaisleachta ar thaobh amháin agus, *in loco archiepiscopi*, Déan Ard Mhacha ar an taobh eile, chomh maith le cléir an tiarnais. Chuir an t-easpag fáilte roimh na comhairleoirí agus, tar éis dóibh gnáthchúraim na comhairle a chíoradh (.i. cistí folmha, titim ar luach an éisc, míshásamh an Lucht Tí le maoir is oifigigh a tugadh thar teorainn isteach, agus litreacha ó Albain agus ón nGearaltach Óg), d'inis an déan ábhar na teachtaireachta ba dheireanaí ó Chluain Dabhaill dóibh, áit a raibh slua Fheilimí Rua ag creachadh is ag loisceadh le cúpla lá roimhe sin.

'Táim féin agus an t-easpag ar aon-fhocal,' arsa an déan, 'gur baol do shíocháin Dé é an t-anord atá i ndeisceart an tiarnais agus tá iarrtha aige orm dul chun cainte le Feilimí Rua.'

Nocht Feilimí Caoch aoibh leathan gháiriteach. 'Athrú poirt é seo agat, a Thiarna Easpaig?' ar sé.

Smideanna beaga a bhí ag an easpag. D'fhéach Feilimí ar Chonchúr.

Chroch Conchúr a cheann agus thaispeáin a dhá bhois. 'Níl de phort againne, a mhic Uí Néill,' ar sé, 'ach umhlú do ghaois na comhairle.'

Gáire eile a rinne Feilimí Caoch leis sin.

Grúscán a rinne Róise Ní Dhónaill. Scaoil sí a fallaing mhór liathghlas gur nocht cros bheag óir faoina bráid bhán bhricíneach. 'An mar sin é?' ar sí, agus shocht an chuideachta. Leigheas amháin atá ar an scéal seo is ea slua a ghairm d'fhonn mór-ionradh a dhéanamh ar an bhFiodh agus an dúiche a chur faoi smacht.'

D'fhreagair an déan go gasta í. 'Nár lige Dia! Mór-ionradh a deir tú? Ach, i gcead duit, a iníon ó, chuirfeadh cogadh sa deisceart Ard Mhacha Phádraig Aspal i mbaol. I gcuntas Dé, chuirfeadh, agus an Teampall Mór féin!'

'Muise, cén cogadh atá ort?' ar sise. 'Ní bheadh i gceist ach cúpla díorma gallóglach a chur ó dheas chun údarás Uí Néill a chur i bhfeidhm. Nach fíor dom é, a Ghiolla Easpaig? Bheifeá in ann an méidín sin a dhéanamh, nach mbeadh? Nó an gcaithfear fios a chur ar Albanaigh?'

Arsa Giolla Easpaig go tur, 'Tá ár ngallóglaigh inniúil ar an tiarnas a chosaint gan aon chúnamh ó Albanaigh.'

'Táimid buíoch díot, a Chonstábla,' arsa an t-easpag, 'ach ní bheidh aon ghá le gallóglaigh ná le hAlbanaigh an iarraidh seo.'

Dhearc an déan ar Chonchúr. 'Nach bhféadfadh ár dtiarna teamparálta an chamchuairt a bhí beartaithe san iarthar a chur ar athló agus a aghaidh a thabhairt ó dheas?' ar sé. 'Le cúnamh Dé, beidh leisce ar Fheilimí Rua aon bhlas eile a dhéanamh as bealach agus maithe is móra an tiarnais ar leic an dorais aige.'

Sméid Conchúr a cheann leis agus thug súil thar leiceann ar Róise gur labhair as taobh a bhéil léi. 'Mura gcuirfidh sé as rómhór don tánaiste go gcuirfí cuairt Uí Néill ar bhur bhfearannsa ar athló?'

Nocht Róise a draid leis. 'Is beag rud a déarfas tusa a chuirfeadh as don tánaiste, a chléirigh,' ar sise, agus d'iompaigh chuig an easpag, chomh mín le cat. 'Tuigim nach bhfuil neart air. Cuirfimid lón bia ó dheas chugaibh, a Aodh.'

Bhí streill gháire ar Chonchúr. Cheana féin, bhí nótaí á ndeachtú aige agus iad á mbreacadh ag a mhac: scéala le cur chuig na taoisigh ó dheas; eachlaigh le cur rompu go dtí an Bhinn Bhorb, go Loch gCál, go Loch Goilí agus go dtí an Feadán; leithscéal le gabháil leis na taoisigh san iarthar agus maoir le cur chucusan ag iarraidh orthu lón bia a sheoladh ó dheas, ó tharla nach mbeadh aon am ag muintir an deiscirt an t-ullmhú cuí a dhéanamh roimh chuairt Uí Néill. Agus coinmheadh: ar mholadh Uí Dhonnaíle, chaithfí líon na bhfear a chinntiú roimh ré agus a gcothabháil a roinnt idir na hOirthir agus an Fiodh.

Labhair Róise Ní Dhónaill an athuair. 'Arís ar ais,' ar sí, 'b'fhéidir nach mbaineann an cheist seo linne ar chor ar bith agus gur fusa an scéal a fhágáil faoi bhreith an aosa dlí ós rud é nach bhfuil anseo ach míthuiscint idir Conn Bacach agus Feilimí Rua mar atá sa míthuiscint eile úd faoi Mhachaire Locha Cubha idir é féin agus Giolla Easpaig?'

Labhair Conchúr go pras. 'Nach fearr Machaire Locha Cubha a fhágáil i leataobh go bpléitear ceist Fheilimí Rua ar dtús?'

Ach bhí sé rómhall, bhí Giolla Easpaig suite suas go righin ina shuíochán. 'Míthuiscint?' ar sé. 'Deamhan míthuiscint ann. Bhronn Ó Néill an fearann ar Chlann Dónaill Gallóglach, agus sin a bhfuil faoi.'

Las Róise le teann ríméid; lig Conchúr osna as.

'I gcead duit, a Chonstábla dhil,' arsa an t-easpag.

Feilimí Caoch a chríochnaigh an abairt dó. 'Ní ar Chlann Dónaill a bronnadh an fearann sin beag ná mór ach ar a dtaoiseach, tá trí ghlúin ó shin, agus b'in dá úsáid dhílis féin agus ar feadh a shaoil siúd amháin — tharla nár bhain an fearann le maoin phearsanta Uí Néill, ach le maoin an teaghlaigh.'

'*Nemo dat quod non habet*,' arsa an t-easpag. 'Níor leis é lena thabhairt uaidh.'

'Mar a deir tú, a Fheilimí,' arsa Giolla Easpaig go teann, 'is ar Eoin mac Donncha mhic Giolla Easpaig Mhic Dhónaill a bronnadh an fearann úd, ach é saor ó chíos ar mhaithe lenár gcúram mar chonstáblaí a chur i gcrích i ndeisceart an tiarnais. Agus murar féidir le hÓ Néill cloí le focal a shin-seanathar féin, is beag is fiú an focal sin.'

Las a leathshúil ar Fheilimí. 'Dar príosta! An bhfuilir ag rá gur beag is fiú focal do thiarna? An ag déanamh slán de chineáltas Uí Néill atáir agus a ainm is a oineach á maslú agat? Ní dhéanfadh madra gan mhúineadh a leithéid!'

'Éisteod le guth an réasúin,' arsa an constábla, 'ach ní dual d'éinne éisteacht le tafann coileáin, fiú más de chuain an taoisigh é.'

Leag a chomharsa, Ó Doibhlin, a lámh anuas go réidh ar rí Fheilimí, á shuaimhniú.

Labhair an t-easpag os ard. 'Tá go maith, cuirimis ceist seo Mhachaire Locha Cubha ar athló agus molfadsa don tiarna cuairt a thabhairt ó dheas ar an bhFiodh. Ach tá teorainn lenár bhfoighne,' ar sé, 'agus mura nglaca Feilimí Rua lenár réiteach, geallaimse daoibh, nuair a bheas deireadh déanta againne, nach gcloisfear oiread is glam cú, gadhair ná coileáin ón gCreagán go dtí an Ghlasdromainn.'

Agus leis sin, mhol an déan an cruinniú a scor. Ghabh an t-easpag buíochas do Dhia agus scoireadar 'faoi ghrásta Dé'.

FAOIN ardchros lasmuigh de shonnach íseal na hardeaglaise, ghlaoigh an constábla chuige a sheirbhísigh, ghabhadar na heacha, d'éiríodar ar a muin, agus d'imíodar le trost is toirm crúb. Tháinig Conchúr anuas cosán na heaglaise, leabhar mór na litreacha ina ucht aige, a mhac agus a ghiolla faoi ualach brat is málaí ina dhiaidh aniar. Anoir de rúid, tháinig díorma marcach trom-armtha, Róise Ní Dhónaill ar a gceann.

'Fág an bealach, a phriompalláin!'

Le bloscadh leathair, chúb Conchúr ó anáil na laisce ar a leiceann. D'fháisc an giolla Conchúr Óg ina ghreim gur imigh na marcaigh leo de ruaig, ansin rith chuig an ardchros gur thóg an leabhar mór ó Chonchúr. Sméideadh a rinne Conchúr ar an mbeirt eile agus leanúint air de shiúl na gcos: 'Go beo,' ar sé, 'sula n-imí Feilimí Caoch orainn.'

Ar an bhfaiche os comhair theach an ard-déagánaigh, bhí uaineoil na hInide á fuint ag na giollaí, agus Feilimí agus triúr de thaoisigh an Lucht Tí á bhféachaint.

Ó Doibhlin a labhair ar dtús. Dlúthchompánach Uí Néill é siúd, a cheannaire ceithearnach, a bháille agus a bhásaire. 'Cén t-iontas an scéal ina phraiseach agus nead á déanamh i gcluais na comhairle ag éan cuaiche na gConallach,' ar seisean os íseal — ag tagairt do bhean an tánaiste a bhí sé óir ba dheirfiúr le hÓ Dónaill í siúd. 'Níor chóir a leithéid a bheith ina thánaiste.'

Ó hÁgáin a labhair ansin. Cisteoir Uí Néill an seanfhear fada buíghnúiseach úd. 'Le ceart sinsir is oidhreachta, is againne — ag an Lucht Tí — ba chóir maoirseacht na tíre a bheith seachas ag lucht an tsléibhe aniar,' a dúirt sé, agus thug súil mhíchéadfach ar Chonchúr. 'Ná acu siúd thar teorainn isteach.'

'Agus maidir le Mac Dónaill Gallóglach,' arsa Ó Coinne, Ard-Mhaor Uí Néill, 'is duine dínn féin é siúd. Labhróimid leis agus tiocfaimid ar réiteach éigin a shásódh é féin agus d'athair — gan an Mheirg ná a bhean ann le treampán a chur orainn.'

D'ardaigh Conchúr a lámh i gcomhartha d'Fheilimí Caoch ach, sula bhfuair deis chainte, tháinig triúr slatairí óga ina ndáil — comhaltaigh agus dlúthchairde Fheilimí iad sin, Mac an Ghirr, Mac an Déagánaigh agus Mac Mhaor an Chloig, iad feistithe ina n-éadaí geala marcaíochta tar éis dóibh an mhaidin a chaitheamh i mbun gaisce ar an eachré, a muinchillí fada scaoilte agus claíomh le sliasaid gach fir díobh. Iad lán le teaspach is spleodar.

'Céard seo a chloisim?' arsa Mac Mhaor an Chloig os ard, 'Dúshlán Uí Néill á thabhairt ag Giolla Easpaig mac Colla Óig?'

'An *condottiero* sin agus a chuid amhas!' a d'fhógair Mac an Ghirr. 'Cuirfimidne múineadh orthu!'

'Tharla tú tagtha in aois agus in inmhe,' arsa Mac an Déagánaigh, 'ba chóra gur tusa, a Fheilimí, a bheadh ina thánaiste.'

'Feicfimid linn,' arsa Feilimí Caoch go ciúin. 'Ach idir seo is sin, déanfar mar is toil le m'athair.'

Ghabh Feilimí a leithscéal lena chompánaigh agus, i leataobh ó bhuíon de ghiollanra an easpaig a bhí ag caitheamh cruifí ar an tsráid ghainmheach idir teach is bothán, shuigh sé féin agus Conchúr ar fhorma lasmuigh den cheárta.

'A mhic Uí Néill,' arsa Conchúr, 'ní maith an scéal é go bhfuil muid féin agus Feilimí Rua in árach a chéile ach is contúirtí go mór fada an t-aighneas seo leis an gconstábla óir is ar ghallóglaigh an chonstábla atá ár mbrath i gcosaint an tiarnais.'

'Tuigim é sin go rímhaith,' arsa Feilimí Caoch, 'ach is deacair géilleadh dá shotal.'

'De ghrá an réitigh, más ea,' arsa Conchúr, 'meas tú nár chóir an riasclach beag móna sin a fhágáil aige ach buntáiste éigin níos mó a bhreith faoi choim air?'

Dhírigh Feilimí Caoch aniar. 'Níor chóir sin ar chor ar bith, ach an ceart a dhéanamh agus sin a dhéanamh go follasach foscailteach fírinneach.'

Lig Conchúr osna ochláin as agus d'fháisc a shúile go teann.

'Nach bhfuil sé ar cheann de shuáilcí Arastotail féin?' arsa Feilimí Caoch.

'Céard seo?' arsa Conchúr — agus an dá shúil ar leathadh anois ann óir ní cáil an léinn ná na Laidine a bhí ar Fheilimí Caoch.

'Nach fíor gurb é Arastotal a mhol go mbeadh an flaith fírinneach ina ghnóthaí?'

'Is fíor sin, go deimhin,' arsa Conchúr go héiginnte. 'Agus is fíor go bhfuil fear na fírinne le moladh ach anois, agus ár naimhde ag fáisceadh orainn, is comhréiteach a theastaíonn agus is é fear an chomhréitigh a thabharfas ceannas.' Ní dúirt

Feilimí Caoch a dhath leis sin. Labhair Conchúr arís. 'Go deimhin is go dearfa duit, a mhic Uí Néill, is fíor gur cháin Arastotal an t-anfhlaith agus an tíoránach ach tá sé ráite ag Erasmus gurb é an té a rialaíonn ar mhaithe leis féin amháin an t-anfhlaith agus gurb é an té a rialaíonn ar mhaithe leis an tiarnas a thuilleann an teideal Prionsa. Ós tú an mac is sine, an prionsa, is fútsa an ceannas sin a thabhairt.'

Labhair Feilimí Caoch go ciúin meáite. 'Ní heol dom cé hé an tErasmus seo, ach fad is beo do m'athair, ní labhródsa ina choinne.'

'Agus ní iarrfad ort labhairt ina choinne,' arsa Conchúr, 'óir is é d'athair mo chomhalta is mo thiarna,' ar seisean, agus b'fhíor sin dó óir b'ionann oide do Chonchúr is do Chonn Bacach tráth a rabhadar beirt ina ndaltaí, 'agus is é mo chúram mar rúnaí an chinn comhairle leas an tiarnais a dhéanamh i gcónaí. Ach má fheicim a aimhleas á dhéanamh agus mura dtugtar cluas dom, nach é mo dhualgas é focal a chur i gcluais an té lena n-éisteodh ár dtiarna?'

Shlíoc Feilimí Caoch a fhéasóg. 'B'ait liom dá dtabharfadh m'athair cluas dá bhfuil le rá agamsa, ach tá go maith, mar sin, in áit Mac Dónaill a chur den fhearann, mholfainn é a fhágáil ann go buan ach cíos a íoc le hÓ Néill. Ar an mbealach sin, is againne a bheadh cíos na talún agus is ag Clann Dónaill a bheadh an tseilbh.'

'Agus an gceapann tú go nglacfadh d'athair leis sin?'

'An ag magadh fúm atá tú? Ní bheidh seisean sásta nó go mbeidh an chrannóg ar ais ina sheilbh aige!'

'Ní hé an fearann ach an chrannóg atá ag déanamh tinnis dó, mar sin?'

'Nach bhfuil sé ráite go minic, dá gcuirfeadh Clann

Dónaill Gallóglach cos i dtaca i ndúnbhailte Thír Eoghain, go ndíbreoidís as ár dtír féin sinn?'

'Céard a mholfadh sé féin, mar sin?'

'An chrannóg agus an loch i seilbh Uí Néill agus an fearann ar cíos ag Mac Dónaill.'

D'éirigh Conchúr ina sheasamh. 'Gabh i leith uait, más ea, go gcuirfimid an réiteach seo faoi bhráid an easpaig.' Ghlaoigh sé chuige Conchúr Óg. 'Tabhair leat an oirnéis scríbhneoireachta.' Ar sé ansin le Feilimí Caoch: 'Dála an scéil, is é Erasmus a scríobh an *Institutio Principis Christiani*. Le do chead, déanfaidh Conchúr Óg cóip duit.'

'Sa Laidin?' arsa Feilimí Caoch agus an dá shúil ar leathadh ann.

'I nGaeilge na naomh is na n-ollúna,' arsa Conchúr.

Lig Feilimí Caoch osna faoisimh as, ghabh buíochas leo beirt, agus thugadar triúr aghaidh ar an ardeaglais.

AR THEACHT go hardchros na heaglaise dóibh, fuaireadar buíon den cheithearn tí rompu faoi ionair ildathacha is léinte buí, agus eachra is conairt Uí Néill á bhfosaíocht acu. Bhí Conn istigh rompu, é sa sacraistí i gcuideachta an easpaig, brat trom marcaíochta air, agus ceannbheart fionnaidh a raibh dealg órmhaisithe ann; beirt daltaí ag imirt fichille ar an urlár lena ais, an t-ard-déagánach ina shuí sa bhfuinneog ag scríobh litreach agus an t-easpag ina sheasamh ar an teallach á deachtú. Chrom Conn os cionn an dá fhicheallaí, ag féachaint a n-imeartha agus, nuair a chonaic go raibh an ceann is fearr á fháil ag mac Mhig Uidhir, chuaigh ag cuidiú le mac Uí Chatháin gur bhain ceithearanach den mhac eile.

Arsa Conn, 'An eol duit go deimhin is go dearfa, a Aodh,

gurb ann don fhianaise scríofa dár gceart ar Loch Cubha?'

'Ní heol dom gurb ann d'aon fhianaise scríofa ach is cinnte go dtabharfaidh na hollúna is na dochtúirí dlí fianaise ar do shon,' arsa an t-easpag.

'Féachtar chuige gur mar sin a tharlóidh,' arsa Conn.

Rinne an t-easpag a mharana sular labhair. 'Chuala,' ar sé, 'go bhfuil a chomharbas geallta ag an Ollamh Ó Breasláin dá mhac féin ach go bhfuil sé á éileamh ag deartháir an ollaimh.'

'Nach bhfuil an deartháir beagnach chomh sean leis an ollamh féin?'

'Tá, ach tá mac aige siúd freisin.'

'Agus má tá féin?'

'Le do chúnamhsa, is ag an deartháir a bheas an t-ollúntas, agus ag a mhac siúd ina dhiaidh.'

'Tuigim,' arsa Conn, agus, ar a fheiceáil dó go raibh an ceann is fearr á fháil ag mac Uí Chatháin, chuaigh ag cuidiú le mac Mhig Uidhir gur bhain ceithearnach den mhac eile. Ba mhar sin dó, siar is aniar eatarthu, gur tháinig Feilimí Caoch agus Conchúr isteach. Chrom Conchúr a cheann go humhal.

Sméid an t-easpag a cheann go mífhoighneach leis. 'Abair,' ar sé.

'Maidir leis an gconstábla, a Thiarna Easpaig,' arsa Conchúr, 'b'fhéidir go bhfuil réiteach na faidhbe ag mac Uí Néill.'

'Fadhb í sin atá réitithe againn,' arsa an t-easpag, agus thaispeáin an doras do Chonchúr. 'Labhród leat níos deireanaí.'

Chrom Conchúr a cheann go humhal arís agus chúlaigh go dtí an doras oscailte.

'Mar a deir Conchúr,' arsa Feilimí, 'b'fhéidir go bhfuil réiteach na faidhbe agam.'

'Cloisimis uait é, más ea,' arsa Conn.

Dhorchaigh gnúis an easpaig. D'fhan Conchúr sa doras.

'Is é a mholaimse,' arsa Feilimí, 'an fearann ar cíos go buan ag Mac Dónaill Gallóglach ach an loch agus an chrannóg i seilbh Uí Néill.'

Arsa an t-easpag go leamh, 'I gcead duit, a Fheilimí, moladh é sin a chualamar cheana.'

Ó ghiall an dorais, labhair Conchúr. 'Ach, a Thiarna Easpaig, is é atá á mholadh ag mac Uí Néill go mbeadh an fearann ag Mac Dónaill Gallóglach mar chúiteamh ar a sheirbhís mar Chonstábla Uí Néill — agus ar mhaithe leis sin amháin. Agus, dar ndóigh, d'fhágfadh sin seilbh ag ár dtiarna ar an dúnfort i Loch Cubha.'

Chuir an t-easpag séideog as. Tharraing Conn ar a fhéasóg.

'Is ar mhaithe leis an tiarnas é, a Thiarna. Is trí réiteach síochánta le Mac Dónaill Gallóglach agus le Feilimí Rua a líonfar cistí an tiarnais agus a chuirfear ar bhur gcumas cogaí a fhearadh ar ár naimhde.'

Stán an t-easpag go fíochmhar ar Chonchúr.

Sméid Conn a cheann agus d'iompaigh chuig duine de na himreoirí. 'A Chúóg,' a dúirt sé le Cú Chonnacht Mag Uidhir, ós aige siúd a bhí an buntáiste sa bhficheall anois, 'A Chúóg,' ar sé, 'rith amach chuig an ngiolla agus abair leis fíon a bhreith chugainn.' D'fhéach an t-ógánach go haiféalach ar an gclár imeartha agus thug súil fhainiceach ar mhac Uí Chatháin sular éirigh gur imigh de ruaig amach. Labhair Conn lena mhac. 'Tá go maith, ach fad a bhaineann le Mac Dónaill Gallóglach amháin. Agus leis siúd amháin, a deirim, óir tá réiteach eile agam ar scéal Fheilimí Rua.' D'iompaigh sé chuig an easpag. 'An gcuirfidh tú sin in iúl don chonstábla?' Ansin, leag a lámh go ceanúil ar ghualainn a mhic. 'Gabhfaidh tú féin ó dheas ag iarraidh an chíosa, más ea. Agus ná fan go Bealtaine ach téigh ann láithreach go dtógfaidh tú cóisireacht na Cásca dom.'

Sméid Feilimí Caoch a cheann.

Leath an dá shúil ar Chonchúr. 'Ach níl sé seo pléite leis an gconstábla fós. Nár chóir dúinn fanacht go bhfaighimis freagra uaidh sula gcuirtear mac an tiarna ag iarraidh cíosa ar a thionónta?'

Nocht an t-easpag a dhraid. 'Sách fada atáimid ag fanacht leis, tá sé in am aige siúd géilleadh de bheagán. Agus maidir leatsa, a chléirigh,' a dúirt sé le Conchúr, 'táim ag iarraidh ort filleadh ar Mhaigh gCaisil láithreach bonn.'

Dhún Conchúr a dhá bhois ar a chéile i gcomhartha achainí. 'Ach, a Thiarna Easpaig, tuigeann tú gur ar mhaithe leis an tsíocháin a bhí mé. Ní bheidh de thoradh air seo ach doirteadh fola.'

D'ardaigh an t-easpag a ghlór ina shian. 'Go Maigh gCaisil leat, a deirim! Agus fan ann go gcloise tú uaim.'

Streillireacht gháire a rinne Conn.

Chrom Conchúr a cheann go humhal arís eile, chas ar a sháil agus d'imigh amach doras an tsacraistí.

LASMUIGH, ar fhaiche na heaglaise, bhí an dá fhicheallaí ag tomhas dorn le chéile. Soir le Conchúr tharstu de rúid. Go teach an ard-déagánaigh leis, braon i mbéal na gaoithe agus an spéir ag dorchú san iarthar, é ag céimniú roimhe go tostach agus Conchúr Óg sna sála air. Ar shráid an tí, thángadar ar na giollaí fuinte, feoil á bealú ar beara acu agus boladh na geire san aer.

'Gabh na capaill dúinn,' arsa Conchúr lena ghiolla.

D'fhéach Conchúr Óg ar na spólaí uaineola, ar an súlach á bhailiú sa soitheach agus ar an ngeir ag giosáil sa tine, agus ansin ar an mbairille beag adhmaid á iompar isteach ag cailín agus bainne buí na bliana á fhógairt aici. 'Láithreach bonn? Nach bhfanfaimid le greim a ithe?' ar sé, ós ar an lá dár gcionn a bheadh aifreann na féile agus bhí fleá á hullmhú an tráthnóna sin ag an easpag dá chuairteoirí.

D'ísligh Conchúr a ghlór agus é ag labhairt lena ghiolla. 'A Dhonncha, tabharfaimid linn ár gcuid málaí taistil. Fágfadsa sibh i nDomhnach Mór agus coinneoidh sibhse oraibh soir abhaile. Má chuirtear aon cheist oraibh, abair go bhfuilim ar cuairt ar an sagart. Agus, a Chonchúir,' ar sé lena mhac, 'ná labhairtear focal sa mbaile faoinar tharla. Nílim ag iarraidh imní a chur orthu.'

'Ach nár ordaigh an t-easpag duit filleadh ar Mhaigh gCaisil, a Dheaide?'

'Ní fheicfear an t-easpag thoir go ceann cúpla lá, agus beadsa sa mbaile anocht le cúnamh Dé.'

'Tá sé ar buile linn, nach bhfuil? Ní chuirfidh sé amach as Maigh gCaisil sinn, an gcuirfidh?"

'Ní chuirfidh,' arsa a athair leis, 'mar go bhfuilimse leis an scéal seo ar fad a chur ina cheart inniu.'

SOIR leo gach ndíreach, gaoth rua ropanta lena gcúl agus an ghrian ag soilsiú na hAbhann Móire lena gcliathán deas. D'fhágadar an abhainn ina ndiaidh ag Achadh Lú agus ghabh soir ó thuaidh thar Bhaile Uí Dhonnaíle — d'imíodar thairis sin gan focal — agus, tráthnóna, ar shroichint shéipéal Dhomhnach Mór dóibh, sheasadar na capaill ag an ardchros thiar faoi fhoscadh na gcrann iúir, na caróga ag éirí go clamhsánach sa spéir os a gcionn.

D'fhág Conchúr a mhac agus an capall ualaigh le Donncha, ghabhadarsan ó dheas ar bhóthar Dhún Geanainn agus ghabh seisean bóthar an tsléibhe trí Alt Mór na ngallóglach siar go Cnoc na Cloiche, na giorriacha ag éirí roimhe sa bhfraoch, Sliabh Síos faoi mhullach sneachta le fíor na spéire. Siar in aghaidh an aird leis gur nocht baile Mhic Dhónaill Gallóglach ar an móinteán, dhá theach is grianán adhmaid laistigh de shonnach daingean cosanta, faiche is goirt mórthimpeall, banrach faoi eachra, úllord ar dheisiúr na gréine. Thiar ar na tamhnaí, bhí na huain ag méileach agus iolar aonair ar snámh go hard os a gcionn. Ar a aghaidh amach, bhí doras mór an rátha ar leathadh agus an chonairt á mbeathú ag an ngiolla ar shráid an tí.

Amach le Mór Ní Ágáin gur bheannaigh dó, brat gearr go ceathrúin ag ceilt a nochtachta, a folt fada in aimhréidh agus a cosa gearra bána leis aici. 'Thiar ar an má atá fear an tí,' ar sise leis.

Ghlac Conchúr buíochas léi, d'ísligh dá each agus shín a shrian chuig an ngiolla. Thart timpeall air, bhí cúite móra seilge ag drannadh lena cholpaí. Ruaig an giolla iad agus threoraigh amach ar an bhfaiche é.

Cé nach raibh Giolla Easpaig tagtha ó Chlochar i bhfad roimh Chonchúr, bhí sé i mbun scoile cheana féin. Bhí an t-aiteall á thapú aige, dháréag den mhacra faoi oiliúint ar an má imeartha, clogad is seaca leathair ar gach ógánach agus cleith is sciath á n-ionramháil aige, seisear an taobh agus é ina bhrú brú sa gcarnán; Giolla Easpaig féin ar a bhionda ag iarraidh iad a choinneáil go dlúth ar a chéile, 'Gualainn ar ghualainn! Gualainn ar ghualainn, a deirim!' As corr a shúile, chonaic sé Conchúr chuige, d'fhógair go raibh an lá ag dul ó sholas agus thug cead scoir do na hógánaigh. Chroch lámh ar Chonchúr agus chomharthaigh dó é a leanúint.

Siar thar na ceapa lus is luibheanna le Giolla Easpaig agus, in éineacht, thugadar cuairt an úlloird. Bhí bláth ar an abhaill agus ál gé ag gobaireacht sa scraith a bhí glanta faoi bhun na gcrann, na coirceoga ciúine ina líne leis an sconsa. Dá bhuíochas, leath streill gháire ar a bhéal. 'Bhís ag iarraidh focal liom?'

Rinne Conchúr gáire lag leamh. 'Bhí,' ar sé, 'chun cogadh a sheachaint.' Go lom dáiríre a labhair sé ansin. 'Agus is chuige sin atáim anseo, a Mhic Dhónaill, le hachainí a dhéanamh ort teacht ar réiteach le hÓ Néill. I ndeireadh an tsaoil, is é an tiarna é.'

'Agus is mise an constábla.'

'Agus is le teacht ar réiteach idir an tiarna agus a chonstábla atáimse anseo.'

'Ar ordú an easpaig, gan amhras.'

'Is oth liom go raibh mac Uí Néill ábhairín mímheasartha inniu ach is ar mhaithe leis an tiarnas a bhíos an t-easpag i gcónaí.'

'Admhaím, tar éis a chuid cainte, nár chuir mé scéala chuig mo chuid óglach á n-iarraidh ar ais, mar a gheallas. Ach ós rud é gur thugas m'fhocal duit, ní chuirfead ag triall ar Fheilimí Rua iad.'

'Beidh an tiarna buíoch díot.'

'Ach cuirfead cathlán ar coinmheadh i Machaire Locha

Cubha go dtiocfaidh sé ar réiteach sásúil linn.'

'Agus tá comhréiteach á mholadh aige. Coinneoidh sé Loch Cubha ach tabharfaidh sé an machaire duit ar buanchíos.'

'Deamhan comhréiteach ansin ach géilleadh.'

'Dá ngéillfeá an méidín seo dó, de ghrá an réitigh, d'fhéadfainn tabhairt air rud éigin níos tairbhí a ghéilleadh duitse.'

'Ní mian liom ach an méid is dlite dúinn.'

Lig Conchúr osna as.

Tháinig Art mac Colla Óig aníos an cosán chucu agus bheannaigh sé féin agus Conchúr dá chéile.

'Fuaireas scéala,' arsa Giolla Easpaig lena dheartháir, 'go gcaithfead an chrannóg a ghéilleadh d'Ó Néill agus cíos a íoc leis! Go buan, a deir sé.'

'Dar leathmhagairle an diabhail,' arsa Art, 'ach nach mór atá lochán beag portaigh ag déanamh imní dó nuair atá a chuid naimhde ag fiach ar a thóin.'

Rinne Giolla Easpaig maolgháire. 'Tabhair leat an cathlán sin a bhí le seoladh ó dheas agus glacaigí seilbh ar an teach, agus cuirigí an t-eallach in áit shlán. Bain an cíos d'fhear an tí agus nuair a thiocfas maor Uí Néill abair leis go bhfuil an cíos íoctha leis an tiarna.'

'Tá go maith,' arsa Art. 'Táid ar an mbóthar cheana féin. Gabhfad ina ndiaidh ar maidin agus tabharfad liom go Loch Cubha iad.' Chas Art ar a chois ansin agus d'imigh ar ais i dtreo an tí.

'Shíleas,' arsa Conchúr, 'go rabhais ag iarraidh teacht ar réiteach le hÓ Néill?'

'Is faoi Ó Néill anois teacht ar réiteach liomsa.'

'Má chuireann tú na hóglaigh go Loch Cubha, beidh sé ina bháire fola.'

'Cad chuige sin?'

'Tá Feilimí Caoch seolta go Loch Cubha aige chun an cíos a thógáil. Gach maith duit, a Chonstábla, ach ar mhaithe leis an tiarnas, seachnaímis doirteadh fola.'

'Nach maith nár chuimhnigh an tiarna air sin é féin?'

'Shíl sé go nglacfá leis an machaire úd ar na coinníollacha atá molta aige.'

D'iompaigh Giolla Easpaig chuig Conchúr go lasánta. 'Ar ais chuig do thiarna leat, más ea, a dhuine mhaith, agus abair leis go bhfuil ár gcomhréiteach féin againne ar an scéal.'

Chas sé ar a chois agus ar ais leis i dtreo an tí, Conchúr ag teacht ina dhiaidh aniar. Bhí an t-aer tite ar an talamh, solas na tine agus boladh milis na muiceola chucu tríd an doras oscailte. D'fhág Conchúr a chead ag Giolla Easpaig — na cúite ag glamaíl lena shála, an ceobhrán ag titim ina bháisteach. D'éirigh ar mhuin mairc agus d'imigh.

I MAIGH gCaisil, scoir Conchúr a each ar shráid an tí agus tháinig a ghiolla amach chuige sa dorchadas.

'Gabh an cheannann dom, a Dhonncha,' arsa Conchúr leis. 'Buailfimid bóthar faoi cheann dhá mheandar.'

Dhoirt ráig bháistí as an spéir dhubh anuas orthu agus rith Conchúr isteach de ruaig.

D'fháiltigh a chlann roimhe agus, fad is a bhí bainne á bhogadh dó agus éadaí fliucha á gcur ar triomú, chas Conchúr pluid air féin agus bhuail faoi ar an leaba. Ceithre bliana a bhí caite i Maigh gCaisil acu i seirbhís an easpaig, is ann a tógadh na páistí ab óige, is ann a chuir sé Fionnuala agus beirt dá hál, agus is beag an fonn a bhí air a dteach agus a mbaile a fhágáil. Tháinig Sadhbh chuige agus d'inis sé a scéala di. 'Má thagann idir mé agus an t-easpag,' ar sé ar deireadh, 'ní bheidh teach ná tuarastal agam agus beidh orm sibh a scor.'

'Tá a fhios againn ar fad go ndéanfaidh tú do dhícheall ar ár son,' arsa Sadhbh. Chrom Conchúr a cheann. 'Tá ní éigin eile ag déanamh tinnis duit, an bhfuil?' ar sí.

'Tá sin. Is ar mholadh uaimse a cuireadh Feilimí Caoch i mbaol. Chuas go Cnoc na Cloiche inniu chun an baol sin a mhaolú ach is oth liom gurb é a mhalairt a thit amach agus gur mó i mbaol anois ná riamh é agus gur mise a chuir i mbealach na contúirte é.'

'An féidir rabhadh a thabhairt dó?'

'Is ar a bhaile i gClann Chana atá mo thriall. Caithfead teacht air as seo go maidin.'

'Níl ar do chumas ach an baol a chur ar a shúile dó. Codail anocht, a Chonchúir, agus tabharfaidh tú aghaidh ar an mbóthar le moch maidine.'

'Ní fhanfaidh sé seo go maidin. Caithfead imeacht anois láithreach.'

Rug Gráinne, an iníon ba shine, arán agus bainne caorach chuige agus, nuair a bhí ite is ólta aige, bhain Sadhbh scaball dá muineál féin agus shín chuige é. Go buíoch, dúirt sé paidir, phóg an scaball agus chrom gur chuir sí anuas thar a mhullach dubh é. D'fhill Gráinne air agus éadaí tirime aici dó, d'éirigh sé ina sheasamh arís agus ghléas.

Lasmuigh, bhí an bháisteach ag titim gan lagan, lóchrann mór an easpaig ina láimh ag Gráinne agus an solas ag caochaíl is ag preabadh san oíche, each úr ar aghaidh an tí agus í gléasta ag Giolla Phádraig dó agus Conchúr Óg ina sheasamh roimhe lena mhála diallaite. Bhí Donncha suite in airde ar an dara heach, claíomh lena shliasaid agus clogad crochta ar a dhiallait.

D'fhéach Conchúr go hamhrasach ar an ngiolla.

Is í Sadhbh a d'fhreagair. 'Ní fhéadfaimid thú a ligean amach san oíche gan chosaint.'

In airde ar an gceannann leis. Thóg Caitríona, an té ab óige, a chiotóg agus phóg sí droim a láimhe. Ghluais Donncha amach ar dtús, an dá each ag déanamh a mbealaigh rompu sa dorchadas de choisíocht bhreá bhog, gach aon mharcach cromtha faoina bhrat agus an phislíneacht bháistí ag éirí níos tréine gur tháinig ina doirteadh as na flaithis anuas orthu.

Tar éis breis is uair an chloig de phlobarnaíl trí locháin is fuarlaigh, d'aithníodar an Abhainn Mhór amach rompu, í ina clár dubh sa dorchadas.

Sheas Donncha a chapall ar an ard os cionn na habhann ag Achadh an Dá Chora. 'Tá tuile inti,' ar sé. 'B'fhéidir gur ciallmhaire fanacht le solas na maidine lena trasnú.'

Choinnigh Conchúr air síos go bruach. In áit an átha, sruth láidir glórach a bhí amach roimhe, agus in áit an tseandroichid coisithe, ní raibh fanta ach na cuaillí báite ar an mbruach. Chas sé ar ais, an t-uisce ag sileadh ina shúile, a bhrat fuar fliuch ag cuimilt ar a chosa agus a mhéara scólta ag an srian leathair.

Thugadar aghaidh soir le port na habhann agus, de réir mar a bhí na heacha ag gluaiseacht go spadánta ar an mbóthar báite, bhí an bháisteach ag titim as na spéartha anuas agus gach glaise is sruthán ag ardú sa dorchadas rompu. Tar éis síoraíocht sa diallait, thángadar ar bhothán iascairí. Lig madra glam as. Nocht cruth i ndoras boithe agus thug Donncha a each go dtí é. Ciúnaíodh an gadhar agus thruaillligh Donncha a chlaíomh. D'íslíodar de na heacha, thóg fear an tí na srianta uathu agus tharraing siar comhla shúgáin an dorais rompu gur chromadar isteach sa mboth.

Bhí bean an tí ina suí rompu, cruthanna eile sínte faoi bhrait thart timpeall ar an ngríosach sa teallach, bradáin thriomaithe ar crochadh go híseal as na fraitheacha. Choigil sí an tine agus chuir suán á bhogadh dóibh. Bhaineadar díobh. As a mhála diallaite, thóg Donncha mairteoil shaillte agus bairíní ach sula raibh an suán téite, bhí Conchúr sínte ar an leaba luachra agus é ag srannadh. Shocraigh Donncha brat tirim os a chionn sular shuigh sé féin is an lánúin chun proinne.

LE BREACADH an lae, b'iad na glórtha ísle thart timpeall na tine a dhúisigh Conchúr. Donncha agus fear an tí a bhí ag caint.

'Ag obair d'Ó Néill atá sibh, más ea?'

'Ní hea ach don easpag.'

'Fear macánta is ea an t-easpag. Deirid gur fostaí maith é.'

'Is ea, agus Ó Néill.'

'Deirid gur guagach an máistir é siúd agus nach fada a fhanann duine ar bith ar fostú aige.'

Chrom Donncha os cionn Chonchúir agus leag mias leite is spúnóg roimhe. Shuigh Conchúr suas, chas an brat air agus d'ith.

Bhuail fear an tí faoi lena ais. 'Ní bheidh tú in ann an abhainn a thrasnú, a dhuine uasail,' arsa an seanstócach. 'Tá sí curtha thar bruach agus ní éireoidh leat í a thrasnú ar an each mór sin agat, fiú.'

'Caithfear í a thrasnú.'

'Caithfear dul siar le bruach go droichead na Binne Boirbe, más ea.'

'Chuirfeadh sé sin leath lae lenár n-aistear.'

'D'fhéadfainn sibh a thabhairt trasna sa gcurachán ach bheadh oraibh na capaill a fhágáil in bhur ndiaidh.'

'An dtabharfá go bun na habhann sinn?'

'Thabharfainn, go deimhin. Bheadh sibh i mbéal Dabhaill faoi mheán lae.'

'Agus an bhfuil duine éigin agat a thabharfadh na heacha ar ais go Maigh gCaisil dúinn?'

'Tabharfaidh mo mhac féin ann iad.'

Leis sin, labhair bean an iascaire. 'Tá sé ró-óg,' ar sí go héagaointeach. 'Cén taithí a bheadh ag mo ghilidínse ar shaol na maithe móra? Chuireamar fáilte romhaibh mar is dual d'iascairí bochta a dhéanamh ach níl sé dlite dúinn ár gclann mhac a chur in áit an bhaoite.'

Arsa Conchúr, 'Dá mbeadh sibh toilteanach, a bhean mhaith, is ar fostú agamsa a bheadh do mhac agus d'íocfaí luach a shaothair go fial leis.'

'Breá sásta atáimid cabhrú libh, a dhuine uasail,' arsa an t-iascaire os ard agus shocht a bhean.

D'iarr Conchúr a mhála ansin agus bhreac litir lena dhearbhú gur ag obair dósan a bhí an macaomh agus le hiarraidh ar Shadhbh a shaothar a chúiteamh leis.

Bhí go maith. Go port na habhann leo. Chroch an t-iascaire agus a mhac curachán cléibh as gort sailí, thug go bruach í, chuir ar a droim san uisce í agus shuigh an t-iascaire inti. Shac Conchúr is Donncha na diallaití isteach agus shuíodar féin inti. D'ísligh an curachán go slat an bhéil.

Sháigh an t-iascaire amach agus chuaigh ag céaslú leis gur fhágadar an mac ina ndiaidh ar an mbruach agus gur rug an sruth chun siúil iad, an t-iascaire ar an aon-seas, a dhroim le tosach an bháid aige; an bheirt suite ar na diallaití i dtóin an bháid, Conchúr ag breathnú thar shlat an bháid tríd an gceobhrán báistí amach rompu, a bhróga ina láimh aige agus Donncha ag taoscadh.

Bhí sé in am eadra nuair a shroicheadar béal na habhann agus, i ngeall ar mhéid agus ar neart an tsrutha, b'éigean don iascaire dianchéaslú a dhéanamh lena dtabhairt go dtí an bruach theas — lachain is cearca uisce á ndúiseacht sa ngiolcach aige agus iad ag teacht i dtír i leataobh Chlann Chana. Thug Conchúr luach a shaothair don bhádóir. D'imíodar rompu ansin de phludar pladar trí fhuarlaigh is trí shrutháin sceite agus an bháisteach ag neartú ina n-aghaidh, Conchúr ag spágaíl roimhe agus a bhrat os a chionn aige, Donncha ag teacht ina dhiaidh aniar agus an dá dhiallait is na málaí crochta ar a ghualainn.

Tar éis tamall siúil, d'éirigh díon an tséipéil amach rompu i Machaire Gréine, agus chualathas cnagaireacht na gcorr éisc sna crainn dhubha péine in aghaidh na spéire ar a chúl. Fuaireadar amharc ó ard an bhóthair ar dhíonta na dtithe is na mbothán i mbaile Fheilimí Chaoich i nDoire Barrach agus ar Loch nEathach ag síneadh uathu soir sa mbáisteach. Ar theacht ar aghaidh an rátha dóibh, bhuail Donncha buille boschrainn ar an doras.

Go dtí an príomháras a tugadh iad. Bean sciamhach dhubh a bhí cois tine rompu, leanbh ar a cíoch aici agus cailíní ag freastal uirthi. D'ardaigh sí a ceann ón bpáiste gur nocht éadan fada dea-chumtha agus gruanna arda dearga.

Las a súile geala gáiriteacha nuair a chonaic sí a cuairteoir.

'A bhean uasal,' arsa Conchúr le bean Fheilimí Chaoich .i. Onóra iníon Fheilimí Éadan Dúcharraige Uí Néill, 'is mé Conchúr Mac Ardail, cléireach Easpag Chlochair, agus táim tagtha le scéala do do chéile.'

'Níl Feilimí sa mbaile, a Chonchúir Mhic Ardail, ach déan do ghoradh go dtaga sé. Cuirfear uisce á bhogadh duit féin agus do do ghiolla,' ar sise, óir bhí draoib go glúin ar Chonchúr agus linn uisce ag leathadh faoi ar urlár an tí.

'Is oth liom nach féidir liom fanacht, a bhean uasal, óir caithfead teachtaireacht a thabhairt do mhac Uí Néill gan mhoill,' ar seisean, agus d'inis údar a aistir d'Onóra.

'Chuir sé a ghiolla chugainn aréir,' ar sise, 'agus d'ordaigh na cúite a ghabháil chun seilge. Is dóigh liom, mar sin, go mbeidh sé anseo gan mhoill.'

'Más ea, a bhean uasal, fanfaimid go dtriomóidh ár gcuid éadaí sula ngabhfaimid amach ar an mbóthar faoina dhéin.'

Cuireadh uisce á théamh do Chonchúr, tugadh malairt éadaigh dó, agus ba ghearr go raibh sé buailte faoi go tirim teolaí cois tine agus é á cheistiú ag Onóra, óir ba bhean stuama staidéarach í ar mhór a suim i ngnóthaí an domhain. Thart timpeall ar an teallach, bhí a páistí cruinnithe, gan smid astu ach iad ag éisteacht le cur síos Chonchúir ar imeachtaí na nAnabaisteach sna hÍsilchríocha, ar sheilbh na Mahamadach ar chathair Mharseille agus ar allagar Rí Shasana leis an bpápa. Cheistigh Onóra é faoi scéalta ba ghaire do bhaile agus d'inis sé di faoi iarrachtaí na n-easpag Cineál Eoghain agus Cineál Chonaill a ghríosú chun cogaidh in aghaidh Rí Shasana agus, ar deireadh, nuair a shíl sé gur chuíúil dó féin ceist a chur, thapaigh sé a dheis.

'A Iníon Uí Néill,' ar sé, 'mura miste leat mé á fhiafraí díot, cén t-oide nó scoláire atá sa dúiche seo agaibh óir is minic a chuala caint ag do chéile ar Arastotal agus ar léann na Laidine?'

Rinne Onóra gáire gur las a grua. '*In omnibus requiem quaesivi, et nusquam inveni nisi in angulo cum libro,*' ar sí.

D'aistrigh Conchúr. 'Lorgaíos suaimhneas i ngach áit agus ní bhfuaireas é ach i gcúinne le leabhar.'

'Mise mé féin a bhíos ag léamh do na páistí as na leabhair a thugas liom thar loch anoir as Éadan Dúcharraige. Tá Toirealach ag triall ar scoil Mhic Giolla Earnáin ar an gCill Mhór agus is gearr go leanfaidh a chuid deartháireacha ann é. Tá cúpla leabhar anseo agam ach, le fírinne, is beag a líon. Taispeánfad duit iad.'

Sméid Conchúr a cheann agus theann isteach níos gaire don tine. Tugadh leamhnacht agus bairíní cruithneachta chuige. 'Rath Dé ar mháithreacha an bhainne,' ar sé, óir ba é a chéad bhlaiseadh de leamhnacht na bliana sin aige é. Ach dá mhéid a shástacht, nuair a chonaic sé bean an tí chuige agus lán gabháil leabhar aici, las an dá shúil ina cheann. 'Le do chead, a bhean uasal, ós rud é go bhfuil d'fhear ar a bhealach chugainn, fanfad anseo go dtiocfaidh sé.'

MAIDIR le Feilimí Caoch, is ar an mbóthar aniar a bhí sé faoin tráth seo. Ní dhearna aon mhoill i gClochar an lá roimhe sin óir ba é a dheartháir féin, an Fear Dorcha, tiarna na dúiche sin .i. an Chlosach, agus ba bheag leis a chomhluadar siúd ná go deimhin comhluadar an easpaig féin óir ba bhó mhór ag an easpag an Fear Dorcha. Ina áit sin, chuir sé giolla soir roimhe go Doire Barrach agus é ordaithe dó na cúite a ghabháil dó agus thiomáin sé féin is Mac an

Déagánaigh is a chuideachta soir ar bhóthar Ard Mhacha agus é beartaithe acu dreas seilge a dhéanamh i gClann Chana.

Go deimhin, ba shuairc shomheanmnach an comhluadar iad óir nuair a tháinig an bháisteach ina dhíle anuas orthu, sheasadar i dteach Éinrí mhic Sheáin i bPort an Fhailleagáin go ndearna sé aiteall, agus d'imíodar as sin i gcuideachta aos cheoil is oirfide an bhaile gur chaitheadar oíche i dteach Uí Néill in Ard Mhacha, mar a raibh fleá réitithe ag an maor dóibh.

Maidin arna mhárach, réitíodar chun bóthair.

'Ós rud é go bhfuil an maor anseo inár dteannta agus go bhfuilimid chomh gar sin do Mhachaire Locha Cubha,' arsa Mac an Déagánaigh, 'nach bhfuil sé chomh maith againn an cíos a thógáil ar an mbealach soir dúinn?'

'Is maith an chomhairle é sin,' arsa Feilimí agus, i gcuideachta an mhaoir, chuireadar chun siúil.

Soir bóthar Mhachaire Locha Cubha leo, Feilimí féin go ríoga ar a gceann, a fholt fada donn agus a bhrat ildathach scaoilte leis an ngaoth, a dhealg óir ag scaladh faoin ngrian, agus a mhuinchillí fada dearga ar taispeáint; Mac an Déagánaigh, Mac an Ghirr agus Mac Mhaor an Chloig ag marcaíocht lena thaobh, an maor .i. Art Ó Coinne, agus seachtar compánach lena gcúl, a gcuid giollaí ar a gcúl sin arís. Cé go raibh na bóithre báite, d'imíodar leo ar bogshodar ó bhaile go baile agus cóisireacht na Cásca á tógáil ag an maor ag gach aon bhaile díobh. Bhí meán lae caite agus an ghrian tosaithe ar a haistear siar nuair a bhaineadar ceann scríbe amach: an loch ag glioscarnaíl sa ngleann, teach amháin ar oileán, teach eile le bruach mar aon le botháin is goirt threafa, praslachain ag ardú as an luachair agus muca ag sceamhaíl sa doire cnó ar fhíor na spéire.

Ar chlos torann is tairm na gcapall di, tháinig bean an tí amach chucu. 'An bhfuil gnó agaibh le fear an tí seo?' ar sí, óir bhí a fear ar cuairt ar chomhalta leis sa gcomharsanacht.

'Is ag iarraidh chóisireacht Uí Néill atáimid,' arsa an maor, agus chuir sé Feilimí in aithne don bhean.

'Nach maith luath atá sibh tagtha i mbliana!'

'Ó tharla sa dúiche sinn, a bhean mhaith.'

'Is le Mac Dónaill a d'íocamar cíos riamh,' ar sise go teann.

'Ba leis, gan bhréag,' arsa an maor, agus draid mhór bhuí á nochtú aige, 'ach is le hÓ Néill a íocfas sibh feasta é.'

'Agus inis dom seo, a Airt Uí Choinne,' ar sise leis an maor, 'má thagann Mac Dónaill ag iarraidh a choda amárach, céard a dhéanfadsa?'

Feilimí a d'fhreagair. 'Má thagann, a bhean mhaith, cuirtear chugamsa é.'

Bhain an bhean smeach as a teanga agus d'fhill ar an teach gur thug orduithe do lucht an tí. Chualathas glagaireacht ar an bhfaiche agus, laistigh, leag bean an tí cuid na Cásca ar chiseog leathan — cúig bhairín, cúig mheadar ime, cúig lacha chlúmhacha agus a gcloigeann ar liobarna — agus shín an chiseog chuig an maor.

'Abhaile linn, más ea,' arsa Feilimí gur bhuail bos ar ghualainn a chompánaigh.

'Mura bhfuil ann ach cuidín na Cásca féin, ná fágaimis an ócáid gan baiste, a Fheilimí,' arsa Mac an Déagánaigh. 'Tá feircín den sac Spáinneach tugtha liom agam — fostaímis aos ceoil is oirfide agus caithimis an oíche le coirm is le scéalaíocht.'

'Déanfar amhlaidh,' arsa Feilimí agus ghluaiseadar leo arís go soilbhir suairc.

MAIDIR le hArt mac Colla Óig Mhic Dhónaill, ní dhearna sé siúd aon mhoill ach an oiread. San iarnóin, tháinig sé ar a chathlán gallóglach ag baile Mhic Comhghain i Lios an Daill. Ina gcuideachta, bhí Toirealach mac Fheilimí Rua Uí Néill .i. mac thiarna an Fheá, agus ruathar eile creiche ar Chluain Dabhaill á bheartú aige. Bhí fleá-bhruíon á cur le teach Mhic Comhghain agus saoir ag caisleoireacht ar bhalla íseal cloiche na bruíne. Ar leaca loma an urláir, bhí cláir imeartha leagtha ag óglaigh Thoirealaigh, díslí á gcaitheamh is geallta á gcur ar chártaí.

Arsa Art le Toirealach, 'Iarraim bhur gcead an cathlán sin agamsa a thabhairt liom chun cíos Mhachaire Locha Cubha a éileamh.'

'Tá sin agat, agus ár gcabhair,' arsa Toirealach, óir ba dhána dásachtach an mac taoisigh é siúd agus ba mhó ná sásta a bhí sé leas Airt mhic Colla Óig a dhéanamh agus aimhleas mhac Coinn Bhacaigh.

Chuireadar chun bóthair, Art ar a gceann ina dhúchlogad cealtrach agus a lúireach mháille — cathlán gallóglach is díorma ceithearnach ina ndiaidh aniar, tuanna fada is manaoisí troma ar a nguaillí — agus sos ná seasamh ní dhearnadar gur shroicheadar Loch Cubha an tráthnóna sin. An biatach agus a bhean a fuaireadar sa teach rompu agus gach aon mhallacht á cur le hanam Fheilimí na Leathshúile acu.

'Dar an ladhraicín bheannaithe,' arsa Art le Toirealach, 'mura rabhamar sách luath leis an gcíos a choinneáil uathu, nílimid rómhall lena thógáil ar ais,' ar seisean, agus d'ordaíodar na hóglaigh chun bóthair arís.

IN AM marbh na hoíche, bhaineadar Doire Barrach amach

agus dromchla an locha á lasadh ag léas na gealaí. Ar an ard ó dheas, sheasadar faoi bhun na gcrann péine agus d'ordaigh na taoisigh dá gcuid fear gléasadh chun troda. Go ciúin téaltaitheach, thángadar go sonnach na rátha; smeachóidí na dtinte ag cráindó ar shráid an tí ionas gur ghile an lios istigh agus gur dhuibhe fós an oíche lasmuigh. Bhí an t-eallach sa mbanrach, muintir Fheilimí Chaoich ina gcodladh iar bhfleá dóibh agus, cé is moite de thriúr giollaí ag ól leanna cois tine, an baile ina thost.

Rinne cú tafann. Doirteadh meadar leanna. Sa gclúid dó, chuir Conchúr uaidh leabhar Onóra agus mhúch a choinneal go ndeachaigh go doras an tí. Chualathas capaill ag cuachaíl sa mbanrach agus giollaí ag rith chucu. Lig an cú glam as agus shocht. Agus an dara cith saighead á ligean anuas orthu, ghabh na giollaí a n-airm agus d'imigh de ruaig i ndiaidh a mullaigh gur thuairt faoi léibheann dlúth fear a bhí ag fanacht sa dorchadas leo, clogaid is lúireacha máille orthu, tuanna catha ardaithe. Fiacla is cnámha géill á mbriseadh faoi bhuillí tua.

Sa bhfleá-theach, chualathas seitreach is glórtha sceimhlithe ón tsráid lasmuigh agus d'éirigh Feilimí de phreab as a leaba cois tine, rug leis a chlaíomh agus amach leis, a ghiolla lena sháil. Lasadh díon an scáthláin. Ligeadh béic, 'Mac Uí Néill sa teach!' Bhí Conchúr Mac Ardail amuigh roimhe agus fainic á cur aige ar na hionraitheoirí, 'Mac Uí Néill sa teach seo!' Lúb na cosa faoi ghiolla Fheilimí agus saighead ina ghualainn. Rith na gallóglaigh orthu. Sheas Feilimí sa doras ina léine, a chlaíomh faoi réir.

Arsa Conchúr de bhéic, 'Seachain a dteagmhódh rinn ná faobhar le mac Uí Néill.'

Bheartaigh óglach ga.

Rug Art ar chrann an gha, á fhostú. 'Dar meigeall Chríost,' ar seisean leis an óglach, 'ní mhaithfí sin dúinn go brách!'

D'éirigh compánaigh Fheilimí amach as an teach. D'iadar agus dhlúthadar thart timpeall ar a rídhamhna.

Ar chomhartha Airt, chúlaigh na hóglaigh gur éalaíodar leo san oíche. Rugadar an t-eachra leo agus, ar theacht go teorainn na críche dóibh, roinneadar an chreach agus scaradar.

Naonúr de mhuintir Fheilimí a bhí marbh, a dhá oiread sin leonta. Fad a bhí cóir á cur ag an mbantracht ar chréachta na bhfear, bhrostaigh sé marcach go Dún Geanainn ag tarraingt armshlua Uí Néill chuige.

LÁ ARNA mhárach, gan fanacht le hadhlacadh na marbh, d'fhág Feilimí a bhean i bhfeighil na n-othar agus bhailigh chuige a chuid óglach. Ghabhadar na capaill a tháinig slán ón ruathar agus thug a n-aghaidh siar ar an mBinn Bhorb. Ar ghearrán gearrchosach a ghabh Conchúr ar a lorg, a ghiolla ag teacht de shiúl na gcos ina dhiaidh.

Ar an mBinn Bhorb, an tráthnóna sin, i mbábhún an chaisleáin, thosaigh clann mhac na n-uaisle ag bailiú chucu. Mhol Mac an Ghirr aghaidh a thabhairt ó dheas.

'Nach bhfanfaimid go gcruinnítear neart iomlán ár dtíre?' arsa Mac Mhaor an Chloig.

'Ní dhéanfaidh an slua cos ach sinn a mhoilliú,' arsa Mac an Ghirr.

'Ach má bhíonn gallóglaigh Mhic Dhónaill cóirithe ina léibheann romhainn, ní bhogfaidh ár marcshlua iad gan cúnamh na gcoisithe,' arsa Mac Mhaor an Chloig.

'Má ghluaisimid go scafánta,' arsa Mac an Déagánaigh,

'tiocfaimid orthu ina dtreasa sraoilleacha ar an mbóthar agus déanfaimid liobair díobh.'

'Déantar amhlaidh,' arsa Feilimí.

Tháinig buíonta de mhacra Chineál Eoghain chucu an oíche sin agus, roimh chéadsoilsiú an lae, d'éirigh Feilimí agus d'ordaigh na hóglaigh a chur ina suí. Le breacsholas na maidine, bhí an marcshlua ar fhaiche an dúin á n-ullmhú féin chun bóthair nuair a chonaiceadar díorma marcach chucu ar an mbóthar aduaidh. Bheartaíodar airm. Thaibhsigh Ó Néill agus an t-easpag i gceobhrán na maidine agus dhá fhichead marcach ina ndáil. D'ísligh marcaigh Fheilimí a n-airm. Tháinig Conn anuas dá chapall os comhair an tslua agus chomharthaigh dá mhac an rud céanna a dhéanamh. Rinne amhlaidh. Taobh thiar díobh, suite in airde ar a each mór donnrua, a dhá chluais bioraithe, bhí an t-easpag, agus é ag faire na beirte go grinn.

'Chuala an scéala,' arsa Conn, 'agus thánag aniar láithreach le cúiteamh a éileamh ar do shon.'

'Ní cúiteamh atá uaimse ach díoltas.'

D'fháisc Conn a lámh ar ghualainn a mhic. 'Lig tharat anois é, a choileáinín liom. Lig tharat é, a deirim. Is tú rogha na cuaine ach caithfidh tú foghlaim le bheith i do thaoiseach fós. I mo dhiaidhse, is agatsa a bheas ceannas.'

Go ciúin, theann an t-easpag a each leo.

Nocht rinn an chantail ar ghlór Fheilimí Chaoich. 'Nach ag an tánaiste a bheas ceannas i do dhiaidhse?'

'*Absens haeres non herit*,' arsa an t-easpag. 'An té nach bhfuil i láthair, ní aige a bheas an tiarnas.'

Sméid Conn a cheann. 'An gceapann tú go dtacóidh taoisigh an Lucht Tí leis an amhsán mírúnach sin thar sliabh aniar? Ní thacóidh ná baol air. Ná baol air, a deirim. Ach leis an tír seo a rialú, teastóidh an Lucht Tí le do dhroim uait agus cú maith troda le do sháil. Agus níl sárú an árchon sin ann.'

Thug Feilimí súil nimheanta ar an easpag agus chuir uaidh lámh a athar. 'An dá luath is a bheas faill agam air, tochlód an ghin mhic tíre sin agus a dheartháir as a n-uaimh folaigh agus cuirfead deireadh go deo lena réim sa tír seo!' ar sé, agus leis sin shuigh in airde ar a each.

CHUIREADAR chun siúil, agus nuair a thosaigh an ghrian ar a conair siar thar dhoirí bachlógacha is úlloird bhláfara Chluain Dabhaill agus Uí Nialláin, tháinig an marcshlua aduaidh ar bhóthar Loch gCál, dhá chaogaid marcach faoi arm is éide, lúireacha troma ar a bhformhór agus gach súil acu le dianchomhrac in aghaidh choisithe oilte armúrtha na ngallóglach roimh dheireadh lae. Mac an Ghirr, Mac an Déagánaigh agus Mac Mhaor an Chloig agus seachtar eile de na radairí óga in aon-bhuíon chun tosaigh in éineacht le Feilimí, clogaid chíríneacha orthu, coirséid nó scornáin iarainn ar chuid acu, agus a gcuid muinchillí ildathacha ar taispeáint. Sa dara buíon i gcuideachta Uí Néill, bhí Ó Doibhlin agus Ó hÁgáin agus a gcuid giollaí, cuma níos gruama orthusan faoina gclogaid throma chealtracha óir in ainneoin an aighnis a bhí idir Conn Bacach agus Giolla Easpaig, ba le mífhonn a thug an tiarna aghaidh ar a chonstábla. Ina ndiaidh aniar a tháinig na marcaigh eile, ina scuaine fhada, clogaid leathair nó sailéid iarainn orthu siúd agus lúireacha máille go colpaí orthu.

Ar chasbhóithre lúbacha leo soir thar shleasa glasa na ndroimnníní gur nochtadh rompu i mbolg an lae loch leathan idir dhá mhaolchnoc, crannóg ina lár, teach eile ar an mbruach agus dlaoi dheataigh ag éirí os a chionn, na gamhna ag géimneach ar bhán an tí, an muicí is an mucra ar mhala an chnoic thiar. Sheas an marcshlua agus ghrinneadar na hardáin is na hísleáin ar a n-aghaidh amach ach in áit léibheann dlúth gallóglach a fheiceáil chucu, ní raibh rompu ar an mbóthar ach triúr marcach: beirt in éide cléirigh agus an treas fear gléasta i gclogad agus i sciathlúireach iarainn. D'aithin cách an clogad dubh cíorach buirginéadach.

'Nach air atá an aghaidh!' arsa Mac Mhaor an Chloig.

'Nach mór é a dhíth céille!' arsa Mac an Ghirr.

'Sin fear a thuigeann nach bhfuil an dara suí sa mbuaile aige,' arsa Mac an Déagánaigh.

Taobh thiar díobh, bhí Conn Bacach ag teacht aniar thar an líne marcach, a cheithearnaigh tí á leanúint faoi dheifir.

Dhealaigh Giolla Easpaig é féin ón dá mharcach eile, thug a each chun tosaigh agus d'ardaigh a ghlór go gcloisfeadh Conn é. 'Do choimirce, a Thiarna,' ar sé.

Lig Feilimí scairt as. 'Cén ceart atá agatsa ar choimirce an fhir ar sháraigh tú agus ar mhaslaigh tú é?'

Tháinig Conn i láthair. D'ísligh Giolla Easpaig dá each, bhain de a chlogad, agus sheas os a chomhair. D'fhan a bheirt chompánach, an tAthair Brian Ó Lúcharáin agus a shagart cúnta, sa diallait. 'Cuirim mé féin faoi choimirce agus faoi bhreithiúnas mo thaoisigh,' arsa Giolla Easpaig.

Theann Mac an Ghirr agus Mac an Déagánaigh a n-eacha isteach le Giolla Easpaig. Nocht Mac Mhaor an Chloig a chlaíomh. Las na súile ar Ghiolla Easpaig.

'An mhaith in aghaidh an oilc,' a scairt an tAthair Brian Ó Lúcharáin agus a chapall á thabhairt anall aige. 'An mhaith in aghaidh an oilc, a fheara!'

Ar chúl Choinn, bhí marcach le cloisteáil ag teacht ar mearshodar. D'fhéachadar. Conchúr Mac Ardail a bhí chucu agus staigín beag gearrchosach á bhrostú lena bhairéad aige. Bhí a chlaíomh tarraingthe as a thruaill ag Feilimí, Giolla Easpaig ina sheasamh go colgdhíreach, a chlogad faoina ascaill aige agus a shúile ar a thiarna. Thuirling Conchúr dá ghearrán agus rug greim adhastair ar each Fheilimí. 'Gach maith duit, a Mhic Uí Néill, achainí agam ort!'

Bhí Feilimí ina shuí in airde ar a each agus é chomh bán leis an lomra. 'Fág an bealach!'

'A Mhic Uí Néill, a Fheilimí?'

Leis an dorn ina raibh a chlaíomh, bhuail Feilimí buille de dhroim láimhe sa leiceann ar Chonchúr. Caitheadh cloigeann Chonchúir siar ach choinnigh sé a dhá chois i dtaca. Dhearg Feilimí. Thost an slua.

Dhírigh Conchúr é féin suas arís. 'Lig tharat anois é, a rí-dhamhna. Is tú sinsear d'athar agus rogha an tiarnais. Tá maithe agus móra na tíre cruinnithe anseo ar do chúl, agus seo é an deis a bprionsa a thaispeáint dóibh óir i ndiaidh d'athar is agatsa a bheas ceannas.'

Dhearc Feilimí an slua marcach a bhí cruinnithe ina thimpeall. Dhearc sé Giolla Easpaig agus an dá shagart, chuir sé an claíomh ar ais ina thruaill, thug a each thart agus d'imigh leis soir thar an líne marcach. Thruailligh Mac an Ghirr a chlaíomh mar a rinne Mac an Déagánaigh agus Mac Mhaor an Chloig. D'fhan Conchúr ina staic agus Conn ag breathnú faoina mhalaí rua air.

'Iarraim do choimirce ort, a Thiarna,' arsa Giolla Easpaig arís.

'Agus maidir le Feilimí?' arsa Conn go tur.

'Gabhaim orm féin é go n-íocfaidh Art éiric le do mhac,' arsa Giolla Easpaig.

'Bíodh a fhios agat gur ar ghnó Uí Néill a bhí mo mhacsa agus gurbh ionann an t-ionsaí sin airsean agus ionsaí ar phearsa Uí Néill féin,' arsa Conn, 'agus go n-éileofar éiric dá réir.'

'Tá a fhios sin agam,' arsa Giolla Easpaig.

'Agus maidir le Machaire Locha Cubha?'

'Fágfad sin faoi bhreith an aosa dlí.'

Ghabh Conn Giolla Easpaig faoina choimirce, agus d'ordaigh dó dul i gcomhairle lena reachtaire maidir le hionad agus le dindiúirí eile an bhreithiúnais. D'ordaigh sé an t-eachra a ghabháil ansin go dtabharfaidís a n-aghaidh siar ar Ard Mhacha.

D'FHÁISC Conchúr air a bhairéad, agus ar fhilleadh ar a ghearrán dó, bhí an t-easpag ann roimhe. Ar mhuin na staile móire donnrua dó siúd, a dháréag marcach lena dhroim, Conchúr ar a chosa agus a shúil dhearg ag at cheana féin.

'A Chonchúir na camchuairte, shíleas gur i Maigh gCaisil a bhís i mo sheirbhís-se ach is léir go raibh dul amú orm.'

'Ní raibh ná dul amú, a Thiarna Easpaig. Dearmad i leith Fheilimí Chaoich a bhíos a iarraidh a chur ina cheart, agus tá sin déanta anois, is dóigh liom. Tá Giolla Phádraig fágtha i mbun ár ngnóthaí i Maigh gCaisil agam agus mé féin ar mo bhealach ar ais ann anois díreach.'

'Is maith sin, a Chonchúir, óir tá an teach le glanadh roimh an mBealtaine. Mar fhocal scoir, a Chonchúir, níl mac ná constábla Uí Néill róbhuíoch díot, agus is é mo chomhairle-se duit thú féin a sheachaint ar an tiarnas seo a bhfuil tú chomh ceanúil sin air nó tabharfaidh sé chun na croiche thú. Tá giolla curtha go Maigh gCaisil agam le do thuarastal. Tá beagán breise ann mar, *nonostante tutto*, táim ceanúil ort. Abair mé le do chlann. Tá a fhios ag Dia nár mhaith liom sibh a fheiceáil ag siúl na mbóithre. Go ngnóthaí Dia duit. *Vai, e che Dio ti accompagni.*'

CAIBIDIL 3

Rún agus Mírún

MÚINEANN gá seift, agus go deimhin, níor thráth faillí ag Conchúr é. In áit fanacht go Bealtaine, d'íoc sé cíos leathbhliana ar leathbhaile bó ar leath-bhruach an Torainn, dhá mhíle lastoir de Dhún Geanainn, in áit nach raibh rófhada ó shuí Uí Néill agus nach raibh rómhór faoi shúil an easpaig, agus sna míonna dár gcionn, chuaigh sé sa tóir ar obair chléireachais agus ar obair theagaisc in Ard Mhacha agus sna scoileanna máguaird. Ba bheag an tairbhe dó é óir ní bhfuair d'fhostú ach corrlá ag dréachtú conarthaí agus uachtanna agus, cé go raibh sleachta as *Teagasc an Phrionsa Chríostaí* curtha i leabhar ag Conchúr Óg d'Fheilimí Caoch mar aon le sliocht as *Vegetius*, níor lig an faitíos do Chonchúr í a bhreith chuige.

D'imigh mí, d'imigh ráithe. Lá i dtús an fhómhair, nuair ba ghann a bhí na pinginí, tháinig Sadhbh chuige. Bhí Conchúr ag ithe leitean cois tine.

'Ní mian liom do chrá,' ar sise, 'ach tá táille altramais le híoc le hÓ Donnaíle, agus má tá Conchúr Óg le cur go hArd Mhacha, beidh táille le híoc air siúd freisin. Is baolach go mbeidh ort an t-eachra a dhíol.'

'An t-eachra a dhíol, a deir tú? Dona go leor mé ag taisteal na mbóithre agus poll i mo ghúna agam, an é gur mhaith libh mé a fheiceáil ag imeacht sna cosa boinn!'

'Cad chuige nach n-iarrfá fostaíocht ar athair do chéile? B'fhéidir go mbeadh obair aige duit sa scoil,' ar sise, ós iníon le hairchinneach Chluain Fiacla ab ea Fionnuala Ní Choileáin, máthair na bpáistí.

Gnúsacht a rinne Conchúr leis sin.

'Sin, nó fostaíocht a lorg ó do mhuintir féin? Nach gceapfá go mbeadh áit ag do chuid deartháireacha duit i Muineachán? Nó ag do dheartháir Pilib i dTigh Damhnata?'

Chuir Conchúr dranntán eile as. 'An tiarnas a thréigean, an ea?'

Thost Sadhbh sular labhair arís. 'Fuair tú oiliúint sagairt, a Chonchúir,' ar sí. 'Is iomaí sagart gan paróiste atá ag saothrú a gcoda as aifrinntí is faoistineacha.'

Le teann déistine, bhrúigh Conchúr a chuid leitean i leataobh agus d'éirigh ar a chosa lena cur ina tost. 'Ná bíodh aon imní ort, a chailín, gheobhadsa fostaíocht anseo fós,' ar sé. Agus leis sin, tharraing air a bhrat agus amach leis gur ghabh a each agus gur imigh.

NÍ RAIBH deoraí roimhe ar an mbóthar óir bhí maithe na tíre ar slógadh lena dtiarna sa deisceart. Soir leis de gheamhshodar thar mhachaire méith fhearann Uí Néill, soir thar na goirt bhuí choirce agus na garranta gorma lín agus, san iarnóin, d'ísligh dá each lasmuigh de scoil a shean-oide i gCluain Eo — teach fada íseal cloiche a raibh díon tuí air, ballaí liatha, agus aon doras amháin is dhá fhuinneog bheaga chúnga ar an taobh ó dheas. Ina sheasamh i mbéal an dorais roimhe, bhí seanfhear maol sróndearg, Tomás Carrach Mac Cathmhaoil, airchinneach Chluain Eo agus sean-oide na scoile. Laistigh, bhí na mic léinn le cloisteáil ag aithris a gcuid rannta Laidine.

'Mochean do theacht, a dhaltáin,' arsa Tomás Carrach nuair a chonaic sé Conchúr chuige ina bhairéad agus a sheanbhrat líbíneach liathdhonn. 'An bhfuil an mac drabhlásach tagtha ar ais chugam?'

'Is iontaoibh liom an fháilte, a phopa, a Thomáis,' arsa Conchúr go gáiriteach agus thugadar beirt teora póga dá chéile.

'Céard a thug anseo inniu thú, a Chonchúir liom?' arsa Tomás leis nuair a bhí Conchúr suite cois tine sa gcúil agus a dhá chois á n-ionladh in árthach uisce aige.

'Sa tóir ar fhostaíocht a thánag, a Mháistir.'

'Is oth liom nach bhfuil obair do dhiongbhála agam duit. Mar a chonaic tú féin, ó bunaíodh scoil na bProinsiasach i nDún Geanainn, níl aon tarraingt ar mo scoilse.'

Tar éis dóibh taoscán uisce beatha a ól, agus súil a chaitheamh ar chóip d'*Uacht Mhorainn* a bhí á breacadh ina leabhar ag Tomás, sheas an bheirt faoi bhunsop an tí ag amharc soir tríd an gceobhrán báistí ar Loch nEathach agus ar na cnoic ar an mbruach thall ag síneadh uathu san éigríoch. Ón doras oscailte, bhí línte tosaigh an *Aeneid* le cloisteáil acu á n-aithris os ard ag mac Thomáis do na daltaí istigh: *Arma virumque cano, Troiae qui primus ab oris Italiam, fato profugus, Laviniaque venit litora,* Ar airm a chanaim agus ar fhear a tháinig i gcéadóir ó chósta na Traí, ina dheoraí ag an gcinniúint, go dtí an Iodáil agus go cósta Lavinia.

'Ní gan dua a gheobhaidh tú fostú i dTír Eoghain ná in Oirialla. Fad a mhairfeas Odo Clocharensis, is eagal dom go mbeidh ort d'aghaidh a thabhairt siar ar Thír Chonaill nó dul ó dheas go dtí an Pháil.'

'Ach níl aon mhírún ag Aodh Chlochair dom.'

'Mura bhfuil féin, ní léir sin don té a mbeadh oide nó cléireach le fostú aige agus nár mhaith leis seasamh ar chosa an easpaig. Deirid, áfach, go bhfuil gnóthaí an tí ina bpraiseach i Maigh gCaisil ó d'imís. Tá sé féin chomh meáite ar Ó Néill, Ó Dónaill agus na Gearaltaigh a thabhairt le chéile chun cogadh a fhearadh ar Shasanaigh go bhfuil faillí déanta aige i ngnóthaí na deoise agus an tiarnais. Téigh agus iarr litir theistiméireachta air a d'éascódh an bealach duit chun fostú a lorg ó mháistrí eile. Cá bhfios nach mbronnfadh sé do sheanchúram ar ais ort?'

'Déanfad sin,' arsa Conchúr. 'Buailfead siar chuig an easpag láithreach bonn.'

Agus bhuail.

Siar leis ar sodar ina bhairéad is a sheanbhrat liathdhonn ach ní bhfuair roimhe i Maigh gCaisil ach cearca is lachain ar fhaiche an tí agus giolla beag smaoiseach ina sheasamh go postúil sa doras. Chuir Conchúr tuairisc an easpaig.

'Ar maidin a d'fhág mo thiarna easpaig,' a d'fhógair an giolla. 'Ó dheas a chuaigh sé le hÓ Néill ar cheann ollslua de mhaithe is de mhóra Thír Eoghain i gcomhar le hÓ Dónaill agus leis an nGearaltach Óg agus le taoisigh eile na tíre, agus níl súil ar ais leis go mbeidh an Pháil ina púir dheataigh aige.'

'Tá an sop séidte, más ea,' arsa Conchúr. 'Tá, agus an diabhal déanta!' Lig osna as, agus thug a aghaidh soir.

Cois Torainn an tráthnóna sin, leag Sadhbh a phraiseach roimhe agus d'itheadar.

Ar deireadh, nuair nár labhair sí, is é Conchúr a bhris an tost. 'Ná cloisim níos mó cainte ar Mhuineachán,' ar sé. 'An tseachtain seo, díolfad an t-eachra.'

SÉIDEADH an sop, lasadh an bharrach, agus folmhaíodh an Mhí roimh ollsluaite Uí Néill agus Uí Dhónaill. Scoireadar a n-eachra i dTeamhair, chrochadar a mbratacha i dTlachta. Loisceadar Baile Átha Fhirdhia, chreachadar an Uaimh, bhánaíodar Ceannanas. Rugadar leo éadáil óir is airgid, umha is iarainn, mar aon le hionmhas is iolmhaoine, bia is deoch. Ag tionntú abhaile don slua meidhreach maíteach mórmheanmnach sin, ar theorainn na Mí agus Oiriall, rinneadar longfoirt idir dhá loch ar abhainn an Lagáin; sluaite Chineál Eoghain ar thaobh amháin den bhealach, sluaite na gConallach agus na gConnachtach ar an taobh eile. Sheoladar fairtheoirí amach ag coimheád na bhfoslongfort dóibh, agus chuir Ó Néill a chuid cláirseoirí ag triall ar fhoslongfort Uí Dhónaill agus chuir Ó Dónaill a chuid oirfidí is abhlóirí féin ag triall ar fhoslongfort Uí Néill ionas gur chaitheadar araon tús oíche go subhach sách i gcomhluadar aos ceoil is oirfide a chéile.

Ar a leaba luachra dó, ina phuball ar cholbha an bhóthair, cuireadh Giolla Easpaig mac Colla Óig as a chodladh ag torann is gleo agus d'éirigh go bhfaca fir nochta ag imeacht de ruaig tríd an bhfoslongfort agus iad ag fógairt go raibh na Gaill chucu. Bhí an spéir ag glasú san oirthear agus cruthanna fear is capall ag teacht chun cruinnis.

D'éirigh Ó Néill aniar as a phailliún ina léine, é á ghléasadh ag a ghiollaí. 'Cad a d'imigh ar an lucht faire?'

Bhí Art mac Colla Óig tagtha ar an láthair, a thua fhada ina dheasláimh aige. 'Ní mór dúinn cóir chosanta a chur orainn féin go beo.'

'Má sheasaimid an fód seo, timpeallófar sinn agus marófar an uile dhuine againn,' arsa Giolla Easpaig. 'Ullmhaítear na fir chun bóthair láithreach go ngabhfaimid seilbh ar an áth.'

Leis sin, chualathas torann bodhar na gcapall chucu thar an móinteán aneas.

'Má thagann marcshlua an namhad orainn agus sinn inár scuaine shraoilleach ar bhóthar an átha,' arsa Art, 'déanfaidh siad scláradh agus sceanach orainn.'

'Agus má fhanaimid mar a bhfuilimid,' arsa Giolla Easpaig, 'imreofar ár is eirleach orainn, Is é rogha an dá dhíogha é. Coinnímis na hóglaigh chomh dlúth ar a chéile agus is féidir agus buailimis romhainn.'

'Déantar amhlaidh,' arsa Conn.

Ghléasadar go tapa, chuireadar cóir chatha ar a gcuid óglach sa dorchadas agus ghabhadar an bóthar ó thuaidh thar fhianbhotha is thinte tréigthe a gcompánach, Giolla Easpaig ar a each, ocht bhfichid tua lena ndroim agus iad gléasta chun cogaidh .i. a bhuirginéad dubh iarainn ar cheann an chonstábla, a sciathlúireach ar a chabhail, plátaí anuas thar a choróga, agus a chlaíomh i dtruaill lena thaobh; clogaid is lúireacha máille nó seacaí leathair ar na hóglaigh, agus tuanna catha lena nguaillí; gathanna is saigheada á n-iompar ag na giollaí. Ar a gcúl, tháinig Conn Bacach agus buíon d'uaisle Chineál Eoghain ar a n-eacha, agus ghluaiseadar araon rompu sa dorchadas gur chualadar fuaim na habhann os a gcomhair amach.

Ar dhruidim leis an áth dóibh, chuaigh oirfidí, ceoltóirí is giollaí tharstu de rith, iad leathnocht agus ag titim i mullach a chéile le teann uafáis is gealtachta. Agus leis sin, as an diamhracht dolas, thaibhsigh marcaigh armúrtha ar eacha móra troma agus d'imíodar ina dtoirneach i ndiaidh na dteifeach gur thugadar sitheadh santach faoin drifisc cois abhann agus gur líonadh an t-aer le béiceanna na bhfear agus le seitreach na gcapall. D'ísligh Giolla Easpaig dá each, shín a shrian chuig a ghiolla agus thóg a thua. 'Go beo!' ar sé le fear na brataí ach níor ghá dó sin óir bhí na gallóglaigh ag imeacht rompu de rith; scuaine fhada fear ina mbeirteanna is ina dtriúir, gach fear ag saothrú faoi ualach clogaid, airm is lúirí.

D'iompaigh buíon de ridirí an namhad ina dtreo gur bheartaíodar a gcuid sleánna. Ghabh monabhar tríd an slua gallóglach.

D'ardaigh Giolla Easpaig a lámh gur chuir béic as. 'Seasaigí,' ar sé. Sheas na fir. 'Teannaigí isteach le chéile.'

'Mura ndéanfaimid deifir,' arsa Art, 'marófar ár ndaoine muinteartha.'

'Mura ndéanfaimid dlús,' arsa Giolla Easpaig, 'marófar sinn ar fad.'

Bhéic a gcinn feadhna orduithe agus chóiríodar na gallóglaigh ina gcolún catha. Ar an áth amach rompu, méadaíodh ar an nglóraíl: fir ag glaoch ar chabhair Dé, fir eile á gcaitheamh féin amach san uisce.

Sheas Giolla Easpaig os comhair na ngallóglach, a dhá láimh leata amach aige, agus d'fhan go raibh na díormaí is na cipí fáiscthe ar a chéile ina léibheann dlúth druidte sular lig chun tosaigh arís iad. 'Gualainn ar ghualainn,' ar sé, 'siúlaigí.'

Ar an gcóiriú sin dóibh, ghluaiseadar rompu ina gcolún dlúth catha agus nuair a bhaineadar an t-áth amach, chúlaigh na marcaigh rompu agus rinne na hóglaigh cró tuanna is sleánna díobh féin thart timpeall ar an drong thruamhéileach a bhí cruinnithe gan airm gan éadach le bruach na habhann. Nuair a tháinig Conn Bacach agus a bhuíon marcach ar an láthair, théaltaigh ridirí na nGall uathu faoi liathsholas na maidine.

'Coinnigh thusa an t-áth dom,' arsa Conn le Giolla Easpaig, 'agus gabhfadsa ó dheas go mbaileod a bhfuil fanta dár slua go dtabharfaimid linn thar abhainn iad.'

Agus leis sin, d'imigh Conn agus na marcaigh, chaith na hóglaigh clogaid is tuanna ar an léana cois abhann agus líonadar a mbolgáin uisce.

NÍOR thúisce marcaigh Uí Néill imithe leo agus an ghrian á nochtú ar fhíor na spéire ná tháinig Niall Conallach Ó Néill agus a shlua an bóthar aneas, dhá chéad ceithearnach a líon. Thug sé a each anonn le taobh Ghiolla Easpaig agus, gan ísliú as a dhiallait ná a chlogad cealtrach a bhaint dá chloigeann, labhair de ghrág dhíoscánach. 'Céard a bhí ar na fir faire?'

'Ina gcodladh a bhíodar, gan amhras.'

'Is fada an codladh a gheobhaidh siad uaimse ar cheann téide,' arsa Niall Conallach. 'Más mian leat do theach cois locha a choimeád, déan mar a dhéanaimse,' ar sé. Agus leis sin, thug a each isteach san abhainn agus d'imigh roimhe trasna an átha, a chuid ceithearnach ag teacht ina dhiaidh aniar.

'An míthreoir éigin atá air siúd?' arsa Art, a bhéal ar leathadh aige agus é ag stánadh i ndiaidh dhíormaí na Moirne, na Finne agus Mhuintir Luinigh agus iad ag téaltú leo as amharc faoi chaschoillte is faoi roschoillte Oiriall.

'Ní hea,' arsa Giolla Easpaig, 'ach mírún. Táimid crochta ag éan cuaiche na gConallach.'

'Más sin é an scéal é, nár chóir dúinn féin iad a leanúint ó thuaidh?'

'Ó thugas m'fhocal,' arsa Giolla Easpaig, 'seasfad an fód.'

Leis sin, nocht bratacha an namhad ar an ard ó dheas.

LEATHLÉIG ó láthair, ar bhruach an locha thoir le céadsoilsiú an lae, ghabh an giollanra an t-eachra, ghabh an marcra a gclogaid iarnaí is a lúireacha máille, agus níor thúisce sa diallait iad — Feilimí Caoch, Mac Mhaor an Chloig, Mac an Déagánaigh, Mac an Ghirr agus uaisle Chineál Eoghain — ná chualadar gleo mór anoir gur fhéachadar agus go bhfacadar slua dorcha amach rompu in aghaidh fhíor na spéire, agus iad ag gluaiseacht i dtreo an átha thiar.

Thóg Feilimí an onchú dhearg shíoda ó Mhac an Ghirr, á crochadh agus á luascadh os a chionn, gur ghluais roimhe de choisíocht dheas thomhaiste agus gur dhoirt na marcaigh ó dheas thar an machaire ina dhiaidh. Chomh luath is a chuireadar slua an namhad idir iad agus an loch, chualathas béicíl a gcinn feadhna agus séideadh a mbonnán. Sheas an námhaid agus bheartaíodar airm.

Arsa Mac an Déaganaigh, 'Táid á gcur féin i gcóir chosanta.'

'Fanfaimid mar a bhfuilimid go fóill, más ea,' arsa Feilimí, 'óir más féidir iad a choinneáil sa riocht sin, beidh deis ag ár gcoisithe iad féin a chur i riocht troda.'

Leis sin, tháinig marcach aniar chucu agus dhoirt dá each os a gcomhair, na súile ag sileadh air agus an teanga ramhraithe ina bhéal. 'Tá Giolla Easpaig mac Colla Óig agus na gallóglaigh i dteannta ag slua mór Gall ag Béal Átha hÓ agus ní mór fóirithint orthu sula dtreascraítear iad.'

Shín Feilimí a bholgán uisce chuige. 'Beimid chugaibh ar an toirt,' ar sé, agus ghair chuige a chuid marcach gur réitigh chun bóthair arís.

D'ól an t-eachlach a shá, ghabh buíochas le Feilimí, shuigh in airde ar a each agus d'imigh ar cosa in airde i dtreo na habhann.

BHÍ AN ghrian ag ardú ar an spéir. Ó thuaidh, cois abhann, thug Giolla Easpaig an focal agus d'eagraigh na cinn feadhna na hóglaigh ina línte dlútha, fiche fear ar leithead agus ochtar ar doimhneas. Lena gcúl, bhí an t-áth agus droimníní driseogacha Oiriall; os a gcomhair amach, bhí slua na nGall cruinnithe ar an ard, a gceannairí tagtha amach rompu ar a n-eacha agus iad ag breathnú na ngallóglach le spéis.

Is ansin a tháinig Séamas Buí ar ais chucu gur bhéic ón diallait. 'Tá Feilimí Caoch agus an marcshlua chugainn.'

Lig na fir liú gairdis astu.

D'ísligh sé dá each agus labhair de ghlór íseal le Giolla Easpaig. 'B'éigean dom an timpeall a ghabháil óir tá na céadta — agus na mílte, b'fhéidir — ar a mbealach aneas chugainn, idir chos is each.'

'Táimid i sáinn má tá,' arsa Giolla Easpaig. 'Is gearr eile a bheimid in ann an bruach a chosaint gan cabhair ón marcshlua. Ach arís ar ais, má fhanaimid orthu siúd, beidh na Gaill sa mullach orainn agus an t-áth le trasnú againn faoi chith saighead is urchar.'

'Trasnaímis an abhainn lom láithreach más ea,' arsa Art. 'B'fhearr an chosaint a dhéanfaimis thall óir ní bheadh ach líon beag den namhaid in ann teacht inár n-aghaidh in aon am amháin.'

'Bíodh sin amhlaidh,' arsa Giolla Easpaig, 'ó thugas m'fhocal, seasfaimid an fód seo go dtaga an tiarna.'

Ar a n-aghaidh amach, séideadh stoic, béiceadh orduithe, agus chóirigh sluaite na nGall iad féin chun catha. Nocht díorma gunnadóirí as an gcéad ranga agus arcabúsanna troma ar iompar acu, aidhníní ar lasadh. Ar ordú Ghiolla Easpaig, chuaigh na fir ar a gcromada ionas gur lú an baol dóibh na gunnaí. Scaoileadh rois piléar. Cé nár thit aon fhear ina measc, bhuail scaoll na hóglaigh ar dtús ach d'ordaigh Giolla Easpaig ina seasamh iad go dteilgidís cith saghead is gathanna ón léibheann amach. Chúlaigh na gunnadóirí. Ach níor thúisce sin ná tháinig claimhteoirí agus tuadóirí an namhad ag blaoch is ag bladhrach thar an léana chucu.

'Gabhaimis ar ár gcluichí gaisce,' arsa Giolla Easpaig.

'Ar ár gcluichí gaisce!' a scairt na hóglaigh gur bheartaíodar a gcuid arm. D'fhan Giolla Easpaig go raibh an namhaid tagtha i raon diúraice gur thug an focal. Scaoileadh saigheada is diúracáin, freagraíodh le piléir; fuileadh agus fordheargadh.

D'fhan arís go rabhadar ag breathnú sa tsúil ar an namhaid sular thug an dara hordú. Trí thromgháir a thug na hóglaigh sular éiríodar de rúid gur thuairteadar in aghaidh a gcéilí comhraic agus gur ghabh gach fear ar a chéile de rinn is d'fhaobhar, ag greadadh is ag gearradh, ag tolladh is ag tuargaint.

'Gualainn ar ghualainn!'

Briseadh agus bascadh, créachtaíodh agus coscraíodh. Satlaíodh fir faoi chosa na gcapall; tarraingíodh marcaigh as a ndiallait. Céim ar chéim, bhí na gallóglaigh á mbrú siar. Agus nuair ba dhéine an comhrac — fir tua á dtiomáint thar bruach agus claimhteoirí go glúine sa sruth — lig Giolla Easpaig a shean-scairt. D'fhreagair Art mac Colla Óig dá bhéic agus sháigh é féin chun tosaigh, a scian faoina dhraid aige agus é ag gearradh is ag réabadh roimhe le faobhar is le sáfach tua. Sna sála ar Art, tháinig a aos grá féin i bhfóirithint air gur tiomáineadh an namhaid i ndiaidh a gcúil roimh dhearg-ruathar na ngallóglach.

Scar an dá shlua ó chéile. Chruinnigh an namhaid a

ndíormaí ar an ard ó dheas agus, faoi shúil a gcinn feadhna, d'iompair na gallóglaigh a gcompánaigh leonta ar ais go dtí an t-áth.

Go traochta, thug Art súil imníoch ar Ghiolla Easpaig.

'Ní baol dúinn,' arsa Giolla Easpaig leis. 'Is gearr go mbeidh Feilimí Caoch agus an marcshlua chugainn.'

MAIDIR le Feilimí Caoch, bhí an marcshlua cruinnithe in aon bhaicle agus iad réidh chun bóthair nuair a chonaiceadar buíon bheag marcach ar a mbealach aniar chucu. Mac an Déaganaigh is túisce a d'aithin. 'Is é Ó Néill féin atá chugainn.'

Sheasadar na heacha gur tháinig an tiarna ina láthair. 'Tá na coisithe teite,' arsa Conn, 'tá Ó Dónaill agus an Gearaltach Óg rite siar, agus tá slua Gall tagtha idir sinne agus an t-áth chun an bealach ó thuaidh trí Oirialla a dhúnadh orainn. Tugtar siar le bruach an locha sinn go ngabhfaimid an bealach ó thuaidh trí Fhear Manach.'

'Ach tá Giolla Easpaig agus Clann Dónaill sáinnithe ag na Gaill ar an áth,' arsa Feilimí.

Is é an t-easpag a d'fhreagair. 'Is tábhachtaí go mór ár gcúisne,' ar seisean.

D'ardaigh Conn a lámh lena chur ina thost. 'Ná cloisim focal eile asat.'

Shocht an t-easpag.

Labhair Ó Doibhlin. 'Ní baol do na gallóglaigh óir tá a gcúl leis an áth agus slí éalaithe ó thuaidh acu, ach beimid uile briste má fhaigheann an ghramaisc seo greim ar ár dtiarna.'

'Ortsa atá ár mbrath,' arsa Conn.

'Tá go maith,' arsa Feilimí, agus, in aon bhuíon amháin,

ghluais an marcshlua siar le bruach an locha gur fhág blár an chatha ina ndiaidh.

I mBÉAL an átha, tháinig Giolla Easpaig ar ógánach sínte ar an ngaineamh mín cois abhann agus beirt cromtha os a chionn, seanóglach agus ógfhear a raibh a scian á cuimilt de chloch fhaobhair aige. Go cáiréiseach, bhaineadar a ionar den óglach agus ghearradar an mhuinchille dá léine go bhfeicidís a ghualainn.

Bhain an seanóglach a chlogad féin dá cheann agus chuimil an t-allas dá bhaithis. 'Tá máistir leighis anseo againn,' ar sé le Giolla Easpaig. 'Tá cóir á cur aige ar Alastar dúinn.'

Portalach beag bolgshúileach a bhí in ógfhear na scine. Ar chomhartha uaidh siúd, choinnigh an seanóglach an t-othar ar an talamh agus rug an dara hóglach greim uillinne air go ndeachaigh ógfhear na scine ag tochailt sa ngualainn — an t-othar ag lúbadh is ag únfairt i ngreim na beirte — gur thóg sé an piléar as an bhfeoil.

'An fíor a ndeir sé?' arsa Giolla Easpaig leis.

'Ní fíor, a Chonstábla, níl ionam ach dalta. Ach is fíor gur mhúin m'oide dom le piléar a thógáil as an bhfeoil agus an chréacht a ghlanadh le biotáille. Má fhanann aon salachar inti, tá baol ann go gcaillfidh sé an ghéag ar fad.'

'Is é Dia a chas anseo thú.'

'Moladh go deo le Dia, a Chonstábla, ach is é Cormac mac Eoghain Mhóir a chas anseo mé. Ar giollaíocht i Machaire Locha Cubha a bhíos. Tháinig mac Uí Néill chuig Cormac seachtain ó shin ag iarraidh cíosa agus rug sé leis an bhólacht i dtochsal athghabhála. B'éigean dó mise a scor agus thánag aduaidh i ndiaidh an tslua ar thóir fostaíochta.'

'Ar tháinig, muis?' arsa Giolla Easpaig os ard, 'Agus cá bhfuil feallaire na leathshúile is na leathbhróige anois nó an maireann sé?'

Tháinig Art thar an léana chuige agus shín a mhéar soir leis an slua mór cos is each a bhí ag teannadh leo. 'Tá súil agam nach fada uainn a chabhair,' ar sé.

'Is túisce a d'iarrfainn ceathrú ar Ghaill.'

'Ní bheimid in ann an bruach a choinneáil i bhfad eile orthu.'

'Gabhfaimid ar chluichí an átha más ea.'

Agus ghabh.

MAIDIR le Conchúr, is ar fhaiche Ard Mhacha a bhí. Ós rud é nach raibh fostú faighte aige, bhí sé tagtha ar an aonach chun an dá chapall a dhíol. Rinne sin agus níor fhan aige ach an cheannann. Chaith sé an chuid eile den lá ar cuairt ar sheanchompánaigh agus é sa tóir ar mháistir nua. An port céanna ag gach aon duine acu: Ó Néill le gairm ina rí i dTeamhair agus saol na bhfuíoll d'uasal is íseal ó Shamhain amach!

An lá dár gcionn, ar a bhealach abhaile dó, casadh an chéad díorma díomuach ar an mbóthar aneas air agus iad ag tarraingt na gcos ina ndiaidh. Ag droichidín na Caille, sheas sé gur roinn a phroinn le ceithearnach a d'inis dó gur fhan Conn Bacach thiar i bhFear Manach agus go raibh Feilimí Caoch imithe soir abhaile go Clann Chana.

'Ar chailleabhair mórán de bhur gcompánaigh?'

'A bhuí le Clann Dónaill, thugamar na cosa linn,' arsa an ceithearnach. 'Choinníodar siúd an t-áth ar na Gaill fad a bhí ár gcairde á thabhairt do na boinn.'

'Agus ar thángadar slán?'

'Deirid gur líonmhar a gcuid marbh sínte ar scairbh is ar scaineamh na habhann. Choinníodar an bruach thuaidh orthu go dtí titim na hoíche sular thugadar a n-aghaidh abhaile, agus is go binbeach borb a labhraíonn Mac Dónaill Gallóglach ar mhac Uí Néill.'

'Is ea más ea,' arsa Conchúr, 'agus tá an phraiseach ar fud na mias.'

Ar an ard thiar, sheas an ceithearnach agus thug súil ó dheas i dtreo Shliabh Fuaid agus Dhún Dealgan. 'Tá sin,' ar sé, 'agus is gearr go n-íocfaimid an téiléireacht.'

AG FUINT aráin ar an teallach a bhí Sadhbh nuair a shroich Conchúr an baile. Bhain sé a sparán as a chrios, dhoirt amach ar an mboirdín gur chomhair an t-airgead an athuair sular chuir ar ais sa sparán. Shín an sparán chuig Sadhbh. 'Tá táillí na n-óganach ansin agus tuarastal na ngiollaí.'

Chuir Sadhbh an sparán i dtaisce. 'Dúrais,' ar sí, 'go raibh cleamhnas á bheartú agat idir Giolla Phádraig agus an iníon is sine ag Mac an Mhaoir — chuala inniu go bhfuil sí luaite le hógánach eile.'

Lig Conchúr osna chiúin as.

'Is í Gráinne atá ag déanamh imní dom,' arsa Sadhbh. 'Is dócha nach bhfaighidh sí an áit a bhí geallta i dteach Uí Néill di anois?'

Gan freagra a thabhairt uirthi, shín sé é féin siar ar an leaba.

NÍOR thráth ceiliúrtha ag an easpag ach an oiread é óir bhí sé siúd sna cosa fuara ó d'fhágadar an Mhí. Níor labhair an tiarna focal leis ar an mbóthar aneas ach é a fhágáil i gcomhluadar na n-othar is na n-easlán gur bhaineadar Inis Ceithleann amach. Cuireadh giolla chuige ansin a dúirt leis go bhfanfadh Ó Néill seal i gcuideachta Mhig Uidhir i bhFear Manach agus nár mhiste don aoire filleadh ar a thréad. D'imigh an t-easpag ó thuaidh agus a eireaball ina ghabhal aige.

Ach níor thúisce i gClochar é, agus é ag céimniú siar is aniar ar leacracha fuara na heaglaise, ná thosaigh sé ag beartú ar fhabhar an tiarna a ghnóthachtáil arís agus d'imigh leis agus fuadar faoi.

In airde ar a stail mhór dhonnrua leis gur chuir chun bóthair, a dháréag aspal ina dhiaidh aniar, agus é féin ag aithris is ag athrá sa diallait go méileach míshiansach míbhinn. Ó thuaidh go hArd Sratha leis, go teach Eoghain Uí Bhreasláin .i. deartháir an ollaimh. Cuireadh fáilte roimhe agus tugadh isteach san áras é, líonadh meadar leanna dó agus chuaigh sé féin is an Máistir Ó Breasláin ag ibhe os cionn ghríosach na tine san áras fada dorcha, an seanscoláire crón ina fhallaing is a cheannbheart olla, an t-easpag mór ina shuí lena thaobh agus é ar a mhine ghéire ag iarraidh an dochar a bhaint as brisleach Bhéal Átha hÓ óir is é an máistir a bhí ina theachta idir Ó Néill agus Ó Dónaill tráth úd a gcomhghuaillíochta. 'Iarraim ort labhairt ar ár son le hÓ Dónaill,' a dúirt sé leis an máistir ar deireadh, 'agus a áiteamh air go bhfuil Ó Néill chomh tiomnaithe is a bhí riamh dá gcumann is dá gcairdeas, ach a chur ina luí air freisin nach maith linn a dhlúthchairdeas le tánaiste Uí Néill agus nach gníomh carad é, dar linn.'

De ghlór creathánach a d'fhreagair an seanmháistir é. 'Nach bhfuil sé ráite naoi n-uaire agam leat gur comhaltaí is cleamhnaithe iad Niall Conallach agus Ó Dónaill agus nach mian le hÓ Dónaill an gaol sin a shéanadh. Ach tuigeann tú féin go rímhaith nach aon bhac é sin ar chairdeas Uí Dhónaill le hÓ Néill.'

Lig an t-easpag osna as. 'Fágaimis mar sin é, más ea,' ar sé, agus d'éirigh ina sheasamh gur tháinig a ghiolla chuige lena bhrat is a cheannbheart. '*Obiter dictum*, a Eoghain liom,' ar sé leis an máistir, 'maidir leis an gcás seo idir Ó Néill agus Giolla Easpaig mac Colla Óig faoi Mhachaire Locha Cubha, bhí Ó Néill ag caint ar do chomhairle féin a iarraidh.'

'Mo chomhairle-se? Shíleas gur ag mac an ollaimh a bhí cluas Uí Néill?'

'Tá mac do dhearthár gan taithí fós sna cúrsaí seo.'

'Nach fada ráite agam é! Ceist chasta anróiteach í seo óir ní heol dúinn aon fhianaise ar shealús an fhearainn agus ní dalta ná mac-chléireach éigin a thiocfadh ar réiteach dúinn.'

'Agus céard a deirir le rann úd Ghiolla na Naomh Mhic Aogáin?'

Dhírigh an máistir aniar. 'Cén rann é sin?'

D'aithris an t-easpag a rann os ard dó; d'fhigh an máistir a mhalaí ar a chéile.

'Níor chuala riamh é. Óglachas den ghné is measa — ní hé Giolla na Naomh a chum.'

Cheangail an t-easpag a bhrat faoina bhráid.

Leis sin, labhair glór slóchtach aniar as an gclúid. 'Agus cén t-iontas sin,' arsa an glór, 'óir is é a chleacht an t-aos dlí riamh, aistí slibrí sleamchúiseacha gan chomhfhuaim gan chomhardadh!'

'Thug tú d'éitheach, a bhean,' a scairt an máistir leis an nglór sa dorchadas. 'Thug tú do dheargéitheach, a deirim!'

'Níor thug ná é,' arsa an glór. Muireann bean Eoghain a labhair .i. iníon an Ollaimh Mhic Con Mí as Loch Laoghaire.

Thiar sa gclúid a bhí sí, mar a bhí le seacht mbliana, sínte ar a leaba le pian droma. Ag labhairt os ard di sa dorchadas, chuaigh sí ag slánú comhardaí gur aithris an rann leasaithe don Bhreaslánach is don easpag.

'Bhíos in amhras riamh faoin Aogánach,' arsa an t-easpag ar deireadh. D'fháisc air a cheannbheart, ghabh a chead ag an máistir is a dhea-bhean agus amach leis chuig a chuid giollaí ar an bhfaiche gur fhógair go meidhreach gur ar Dhún Geanainn a bhí a dtriall.

Ó dheas leis thar an Ómaigh, a dháréag marcach ina dhiaidh aniar agus é ag crónán os íseal dó féin. Ar bhóthar Dhún Geanainn dó, sheas i Maigh gCaisil go bhfuair an doras dúnta roimhe, na madraí scaoilte, agus ceithearnach ina sheasamh ar mhúr na cathrach agus ordú aige dó filleadh ar a dheoise.

D'IMIGH seachtain. Le headra na maidine cois Torainn, is ag casadh is ag iontú ar a leaba a bhí Conchúr. Bhí Sadhbh ina suí, an tine á fadú aici, agus léas geal solais isteach chucu tríd an doras oscailte, na páistí le cloisteáil i mbun macnais ar fhaiche an tí. Chuala coisíocht capaill ar an tsráid agus tháinig Sadhbh go colbha na leapa chuige ina cosa boinn, a súile leata le himní.

'Tá marcaigh lasmuigh agus iad do d'iarraidh.'

D'éirigh Conchúr go drogallach, chas air a bhrat os cionn a nochtachta agus chuaigh amach, Sadhbh ag teacht go ciúin faichilleach ina dhiaidh. Sheas sé sa doras agus chuir lámh os cionn a shúl in aghaidh an tsolais. Bhí Donncha ina sheasamh ar an tsráid ghrianlasta roimhe agus eachlach os a chomhair agus each mór ar srian aige. Marcaigh eile i ndoras an rátha.

'Mac Mhic Cana,' arsa Donncha as taobh a bhéil le Conchúr. D'ísligh an t-eachlach dá chapall agus shín srian an eich chuig Conchúr.

'Is é guí Fheilimí mhic Uí Néill nach dtiocfaidh Conchúr Mac Ardail ina láthair arís gan each fónta faoina thóin,' ar sé, agus d'ardaigh sa diallait.

Bhreathnaigh Conchúr ar an stail bhreá shnasta bhuí ach sula bhfuair deis freagra a thabhairt ar an eachlach ná a bhuíochas dá mháistir a chur in iúl, bhí an t-eachlach imithe ar bogshodar amach doras an rátha. Chuimil sé an t-each le taitneamh, rinne iontas dá hairde, dá cliatháin lonracha donnbhuí, dá soc geal bánbhuí agus dá súile móra donna, agus cheangail an srian den chuaille os comhair an tí gur imigh isteach agus giodam faoi.

'Tuarastal ó mhac Uí Néill?' arsa Donncha os ard leis féin. 'An té a mbíonn an t-ádh ar maidin air, bíonn sé air maidin is tráthnóna.'

Bhí Sadhbh istigh roimh Chonchúr agus min choirce á téamh i mbainne aici dó. 'Tá triomach ann,' ar sise. 'Nífead d'ionar maith inniu.'

'Ná déan,' ar seisean. 'Beidh sé uaim. Tabharfad aghaidh ar Dhún Geanainn ar maidin. Chualas go bhfuil súil ar ais le hÓ Néill inniu. Is cinnte go dtiocfaidh an t-easpag aniar ina chuideachta.'

'Seo é do dheis an litir sin a iarraidh air, más ea.'

'Má bhíonn sé toilteanach mé a fheiceáil.'

'Cén fáth nach ngabhfá caol díreach chuig do chomhalta?'

'Chuig Ó Néill féin?'

'Ní ligfeadh an náire don easpag thú a eiteachtáil os comhair Uí Néill.'

'Agus arís ar ais, dá n-eiteodh, bheadh an scéal ag tír is talamh.'

'Fear an phocáin gabhair, caithfidh sé é féin a thaispeáint ar an aonach.'

'Go deimhin is go dearfa duit, a iníon ó, ach is agat atá an ceart.'

Amach leis go dtí an t-umar uisce gur chaith baslach air féin agus gur fhéach arís ar an each. Nuair a tháinig sé ar ais isteach, bhí léine leagtha amach aici dó agus uisce curtha á théamh i gcoire os cionn na tine aici.

'Mairg nach ndéanfadh comhairle mná,' ar sé agus é ag gáire.

'Cuirfead paidir ar do shon.'

'Cuir,' arsa Conchúr, 'agus, amárach, cuirfead Conchúr Óg soir go Clann Chana le leabhar Fheilimí Chaoich.'

Shín sí mias leitean is spúnóg chuige agus d'itheadar.

ROIMH mheán lae, bhaineadar Dún Geanainn amach, Conchúr ar an each buí agus Donncha ar an gceannann, dhá thúr an chaisleáin go hard in aghaidh na spéire agus torann is gleo i ngach aird ina dtimpeall — gaibhne ag orlaíocht sa gceárta, deatach ag ardú as na simléir, boladh na braiche ar an aer. Bhí aol á chur ar bhallaí agus, ar shráid an chaisleáin, bhí gaineamh á leathadh ag giollaí le súil le teacht a dtiarna.

Bhuail clog na seiste i mainistir na bProinsiasach ó dheas san Eanach agus bhailigh slua ar an bhfaiche ghlas taobh amuigh de dhoras mór an dúin. D'ísligh Conchúr dá each agus bhrúigh roimhe, a bhairéad beag dubh air agus a ionar dúghlas ar taispeáint faoina sheanbhrat liathdhonn. Chualathas a dteacht ar dtús. Aniar trasna na ngort buí cruithneachta a thángadar, ceol na bpíob á chur go fraitheacha na firmiminte agus na préacháin ag ardú rompu, buíon marcach chun tosaigh, fear bratai ag siúl roimh Ó Néill, agus Ó Néill féin ar each dubh agus é ina chulaith dhubh is óir, triúr dá chlann mhac lena dhroim — Toirealach, Conn Óg agus Brian — agus na fir cheoil is na ceithearnaigh ina ndiaidh aniar. Ba bheag os cionn ceithre fichid fear a bhí sa gceithearn, agus a leath díobh sin ar easpa airm is éadaigh.

'Ní haon fhilleadh caithréimeach dóibh é,' arsa Conchúr faoina fhiacla.

'Níl dé ar an easpag,' arsa Donncha.

'Ní hiontas sin,' arsa a gcomharsa leo, 'mar is go maolchluasach atá Aodh Chlochair ó thug Ó Néill íde na muc is na madraí i bhFear Manach dó.'

Lig Conchúr osna as.

D'ardaigh glórtha an tslua ar theacht Uí Néill go doras mór an dúin. Ach ar fheiceáil ghnúis dhorcha an taoisigh do Chonchúr, chuir sé focal i gcluais Dhonncha, 'Ní lá é seo le haisce a iarraidh,' a dúirt sé, agus chas sé ar a sháil le súil nach n-aithneodh an tiarna é, agus d'éalaigh i measc an tslua.

FAOI Chnoc an Chaisleáin do Chonchúr nuair a chuala sé béic. Bhí ceathrar óganach ceangailte dá chéile agus iad á dtiomáint rompu le buillí de chrann sleá faoi shúil Uí Dhoibhlin — é siúd suite in airde sa diallait faoina lúireach mháille. Bhí duine díobh chomh cosúil lena mhac féin Niall ina chruth, ina dheilbh is ina mhullach dubh gur sheas Conchúr a each agus gur fhéach nó gur iompaigh an t-óganach súil ghlas sceimhlithe chuige agus gur lig Conchúr osna faoisimh as.

'Lucht faire Bhéal Átha hÓ,' arsa ceithearnach leis.

Chuala Conchúr an bhéic arís agus tháinig giolla in ionar sróil ina dhiaidh, 'A Chonchúir Mhic Ardail!' ar sé, agus tugadh ar ais chun an dúin é ar ordú Uí Néill.

As taobh a bhéil a labhair sé le Donncha. 'Cá bhfios nach mbeadh obair éigin ag an tiarna dom?'

'Ach cá fhad a choinneos sé thú? Má fheiceann an t-easpag i seirbhís an tiarna thú, ní dócha go bhfaighidh tú fostú arís uaidh.'

'Is gearr eile a chothódh an dóchas sinn.'

Lean sé an giolla isteach sa dún, Donncha sna sála orthu agus na heacha ar srian aige. Os a gcomhair amach, bhí Conn Bacach ina sheasamh i measc bhantracht an tí, úll á chnagadh aige agus cuma níos gealgháirí faoin tráth seo air. D'umhlaigh Conchúr dó.

Shiúil Conn anall chuige agus rug barróg air. 'Cloisim go bhfuil bachall is bóthar tugtha ag ár dtiarna easpaig duit.'

'Ní go baileach é, a Thiarna. Míthuiscint a bhí eadrainn.'

'Míthuiscint eile, an ea?' arsa Conn go meidhreach. 'Agus céard a chomhairleofá domsa? Tá mo chiste creachta agus mo sparán pollta ag Odo breá is a chuid cogaí. Céard a dhéanfas mé? An bhfostód tuilleadh maor?'

'Ní haon dochar maor nó dhó ach is beag an mhaith duit iad má tá poll i do sparán. Dá dtabharfaí chugam leabhar na gcuntas, d'inseoinnse do do mhaor cá bhfuil na pinginí is na puint le gnóthachtáil.'

'An inseodh, muis? Agus abair liom seo, an fíor a ndeirid fút, a Chonchúir, gur bhainis litir as sparán eachlaigh, go ndearnais cóip di agus gur chuiris ar ais ina phóca í gan an séala a bhriseadh uirthi sula raibh glac choirce ite ag a chapall?'

'Ní fíor, a Thiarna. Úll a thugas don each agus dhá mharc don eachlach.'

Lig Conn gáir as. 'Agus chuir Aodh Easpag an ruaig ort?'

'Chuir sé deireadh le mo chonradh, a Thiarna.'

'Agus is maith an lá dúinne gur chuir. Is maith an scéala é, a deirim. Tá cléireach uaim, fear a bheadh i mo sheirbhís anseo i nDún Geanainn. Bheadh teach an fhíona ar fáil dó agus leathchíos Bhaile na Scoile. Teastaíonn duine éigin uaim a bhféadfainn muinín iomlán a chur ann.'

'Is mé do sheirbhíseach, a Thiarna.'

'Agus mo chomhalta,' arsa Conn, 'agus ná dearmadtar sin.' D'iompaigh sé chuig a ghiolla. 'Beir focal uaim chuig an reachtaire agus abair leis an t-aireagal os cionn an chúil fíona a chur á ghlanadh do mo chléireach, do Chonchúr Mac Ardail. Agus iarr leabhar na gcuntas ar mhaor Uí Ágáin dó.' D'iompaigh sé ar ais chuig Conchúr. 'Bí anseo amárach.'

'Amárach, a Thiarna? Cén fáth a gcuirfimis aon ní ar an méar fhada?' arsa Conchúr.

Rinne Conn gáire. 'Inniu más ea. Ach inis seo dom, an bhfuil duine éigin i mo theaghlachsa ina sparán ag an easpag?'

'I mo sparánsa a bheas an duine sin as seo amach, a Thiarna.'

Lig Conn gáir eile as agus d'imigh.

BA BHEAG am a bhí ag Conchúr chun é féin a shocrú isteach ina ionad cléireachais — aireagal fuar cloiche a raibh cúil fíona thíos faoi agus túr faire os a chionn. Bhí fuinneog bheag ar bhalla na sráide, teallach sa mballa ó thuaidh, agus fuinneog chúng diúraice ar an taobh thoir a thug aghaidh amach thar an móta ar an gcroch agus ar cheithre chorp nochta a bhí á gcasadh go mall faoi choróin caróg is feannóg, na goirt choirce ar a gcúl ag síneadh uathu go bun na spéire. Ní bheadh áit san aireagal dá theaghlach, thuig sé, agus chaithfeadh sé an fearann cois Torainn a choinneáil. Agus cé nach aon mhórthuarastal a bheadh aige as cíos leathbhaile bó, chúiteodh sé cíos an Torainn leis agus choinneodh snáithe éigin faoin bhfiacail. 'Agus cá bhfios, agus mé feicthe i seirbhís Uí Néill,' ar seisean leis féin, 'nach bhfaighinn fostaíocht eile?'

Chomh luath is a bhí an seomra glanta, chuir Conchúr fios ar dhá stól agus brait le cur ar na ballaí agus, ó tharla go raibh an staighre bíse róchúng do throscán, chuir sé comhlaí fuinneoige agus bord scríbhneoireachta á ndéanamh ag saor.

'Mura dtiocfaimid ar bhealach éigin chun sparán an tiarna a líonadh sa ngearrthréimhse, ní fada eile a bheas muid féin anseo — agus pé dóchas a bhí ann roimhe seo go bhfaighimis fostaíocht ón easpag, ní dhrannfaidh sé linn ina dhiaidh seo,' arsa Conchúr le Giolla Phádraig agus Conchúr Óg. 'Ní bheidh an dara deis ann.' Bhí leabhair na gcuntas leagtha amach ar an urlár agus an bheirt cromtha os a gcionn; tine á lasadh ag Donncha sa teallach. 'Aimsígí an díolachán éisc dom. Aimsígí airgead na holla agus na seithí,' a dúirt sé leo, agus nuair nach raibh teacht orthu sin sna leabhair, cuireadh fios ar ghiolla an mhaoir ón gcaisleán.

Tugadh an giolla ina láthair. 'Is ar cheadúnas a dhíoltar an t-iasc agus an ollann,' ar sé. 'Ag Uilliam Pléimeann i nDún Dealgan atá ceadúnas an éisc. Ar fhiche punt sa leathbhliain, tá ceadúnas aige leis an mbradán a cheannach go díreach ó na hiascairí. Ag Éamann Mac Roth in Ard Mhacha atá ceadúnas na holla — deich bpunt sa leathbhliain.'

'Is gearr uainn an tSamhain,' arsa Conchúr, óir is faoi Shamhain is faoi Bhealtaine a d'athnuaití conarthaí. 'A Ghiolla

Phádraig, tabharfaidh tú cuairt ar Éamann Mac Roth ar maidin. Tabhair leat Donncha agus Gilidín,' ar sé, óir bhí fios curtha ar mhac an iascaire acu agus gan d'ainm acu air ach an t-ainm a bhaist a mháthair féin air. 'Agus bígí faoi arm. Tabharfad conradh duit le cur faoi bhráid Mhic Roth agus mura maith leis é, abair leis teacht chugamsa leis an gceadúnas a phlé. Is i Loch gCál a bheadsa i gcuideachta an tiarna. Tiocfaidh Gráinne liom,' ar sé.

'Tiocfaidh agus mise,' arsa Conchúr Óg.

'Gabh abhaile agus tabhair leat ar ais Caitríona. Táim ag iarraidh uirthi na leabhair a thógáil ar láimh. Caithfear daoine a fhostú, caithfear scéala a chur go Muineachán. Tá costais feannta is súdaireachta uaim, costais salainn is bairillí adhmaid. Mise i mbannaí oraibh go mbeidh puint i sparán Uí Néill roimh dheireadh na bliana seo!'

Bhí giolla an mhaoir ina sheasamh ina staic roimhe.

Arsa Conchúr leis, 'Mura miste le do mháistir é, coinneod na leabhair anseo.'

'Is dócha go bhfuilimse gan mháistir ó fostaíodh thú féin, a dhuine uasail,' arsa an giolla, 'óir is ar mhaor Uí Ágáin a bhí cúram na leabhar agus is mise a d'fhostaigh sé chun an cúram sin a chur i gcrích.'

'Cá hainm thú, a ghiolla?'

'Tadhg Bán Mac Murchaidh, a dhuine uasail.'

'An bhfuil léamh is scríobh agat?'

'Léamh, a dhuine uasail, lámh shlachtmhar ar pheann agus lámh thapa ar chlaíomh.'

'Fostódsa thú, a Thaidhg Bháin.'

Arsa Donncha, 'Mura miste leat mé á rá, ní thaitneoidh sé seo le hÓ hÁgáin.'

'Is baolach nach mbeidh Ó hÁgáin róshásta liom ach, nuair a bheas sé d'acmhainn againn, cúiteoimid a chaillteanas leis. Maidir leatsa, a Thaidhg, is í do lámh thapa atá uaim ar dtús. Gheobhaimid capall duit agus, ar maidin, tiocfaidh tú go Loch gCál liomsa.'

Ghabh Tadhg Bán buíochas leis agus d'imigh ar lorg Ghiolla Phádraig.

Bhí Donncha fós san aireagal. Lig Conchúr osna as. 'In ainm Dé, abair amach é.'

'A Mháistir,' arsa Donncha, 'nach síleann tú gur chóir é seo ar fad a chur faoi bhráid Uí Néill ar dtús?'

'Síleann, dar ndóigh,' arsa Conchúr. 'Ach tá a fhios agatsa chomh maith is atá a fhios agam féin nach bhfuil an tiarna ag iarraidh súil a leagan arís orm nó go mbeidh lán laidhre agam dó. Seo é ár ndeis agus caithfimid í a thapú.'

Sméid Donncha a cheann leis agus d'imigh.

Ba ghairid ina dhiaidh sin a tháinig giolla ón gcaisleán chuige: bhí an reachtaire á iarraidh.

As le Conchúr go dtí túr thoir an chaisleáin go bhfuair sé Pádraig Óg Ó Maoil Chraoibhe sa gcúil roimhe agus áireamh á dhéanamh aige ar lastas spíosraí agus rísíní; mullach mór cáise á ghearradh ag na giollaí dó.

'Fuaireas iarratas ar eachra ó do ghiolla,' arsa an sean-reachtaire liath, 'agus deirtear liom gur tú atá curtha i mbun an chiste.'

'D'iarr an tiarna orm an cúram a thógáil ar láimh.'

'Bíodh a fhios agat gurb é Ó hÁgáin an cisteoir agus go gcaithfidh tú trian gach fáltais a íoc leis siúd.'

'Tá go maith.'

'Agus ar son theach an fhíona, íocfaidh tú deachma liomsa.'

A dhath ní dúirt Conchúr leis sin.

D'fhill sé ar an aireagal agus ding cháise i mbréidín aige. Chrom an athuair ar an obair a bhí roimhe nó gur thug a aghaidh abhaile agus an ghealach go hard os cionn an Torainn. Bhí an scéala tugtha ag Conchúr Óg do Shadhbh agus bhí fíon téite faoina chomhair.

'Níl ann ach cíos leathbhaile,' ar seisean.

'Agus each ó láimh an phrionsa,' ar sise.

LE MAIDNEACHAN lae, thug Conchúr aghaidh ar Uí Nialláin. I séipéal Loch gCál a socraíodh suí an bhreithiúnais. Bhí Ó Néill agus a mhuintir curtha fúthu in aice láimhe, i gcrannóg a mhic .i. Conn Óg, agus bhí Giolla Easpaig Mac Dónaill agus a mhuintir siúd i dteach eile ar bhruach an locha. Ar bhuille na teirte, chruinníodar go léir faoi scáthlán ar fhaiche an tí agus bhain na breithiúna is na haighní a bhfallaingí ildaite ciumhsacha díobh gur nochtadh a ngúnaí glédhubha go ndearnadh scata préachán díobh: iad ag malartú scéalta faoi chonarthaí fostaíochta, faoi aighnis talún, faoi mhná coibhche is faoi pháistí tabhartha.

Thug Conn Conchúr i leataobh. 'Céard is déanta lenár gconstábla groí?'

'An é, a Thiarna, nach bhfuil do chroí is d'anam ann?'

'Is deacair seasamh i gcoinne laoch Bhéal Átha hÓ.'

'Ach ní duine é an déan a bheadh sásta claonadh ina bhreithiúnas,' arsa Conchúr, óir ba é Éamann Mac Cathmaoil .i. Déan Ard Mhacha, a bhí ceaptha ina bhreitheamh.

'Céard is déanta leis, mar sin?'

'Déanadh an déan a bhfuil le déanamh aigeasan ar dtús. Ansin, taispeánadh an tiarna a fhéile.'

'Tá go maith,' arsa Conn.

Maidir le Giolla Easpaig, ar fheiceáil na mórchuideachta léannta cruinnithe thart ar an Máistir Ó Breasláin dó, thug seisean an Máistir Ó Coileáin i leataobh. 'An bhfuilir cinnte, a Mháistir, go bhfuilimid ullamh don chúis seo?' ar sé, óir cé gur *legum magister* ab ea an Coileánach, bhí sé óg agus ar bheagán taithí.

'Ná déanadh sé lá imní duit, a Chonstábla,' arsa an Máistir Ó Coileáin, ar fhéachaint dó ar streachailt an tseanmháistir lena mhaide siúil. 'Dá mbeinnse i mo thost, sheasfadh seilbh an fhearainn ar do shon chomh maith le do dhea-cháil féin mar óglach ionraic agus mar sheirbhíseach dílis don tiarna.'

Leis sin, tháinig Conn anall chucu agus chuir fáilte mhór roimh 'chuaille catha is cleith tí an tiarnais' gur thug Giolla Easpaig agus Mór i ngreim láimhe isteach faoin scáthlán mar a raibh na cailíní cuideachta á maoirsiú ag a iníon Máire, agus bia is deoch á roinnt acu ar an gcomhluadar.

Tháinig iníon Chonchúir chuig Giolla Easpaig agus corn dí aici dó — gearrchaile dubhfholtach dea-chumtha gorm-shúileach, gúna den ghorm céanna uirthi agus ionar den sról buí — an Fear Dorcha sna sála uirthi agus crúsca leanna á iompar aige.

'An féidir go n-aithním thú?' arsa Giolla Easpaig léi.

'Is mé Gráinne iníon Chonchúir Mhic Ardail. I seirbhís iníon an tiarna atáim.'

'Chuala gur pósadh an bhean chuideachta a bhí aici.'

'Pósadh, agus táimse tagtha ina háit,' ar sí, óir ba í an mhaidin sin féin a thug Conchúr i láthair Uí Néill í agus a glacadh léi i seirbhís a iníne.

'Is maith liom casadh leis an ógbhean is nuaí i seirbhís an teaghlaigh,' ar seisean, agus rinne cúirtéis bheag di.

Theann Mór anonn chucu, a brat mór olla tarraingthe aníos thar a cluasa uirthi, agus shín punt a méire leis an bhFear Dorcha go ndearna gáire geal leis an gcailín. 'Níl a fhios agam an orainne nó ortsa atá an fear seo ag freastal.'

Rinne an Fear Dorcha maolgháire agus líon corn eile do Ghráinne sular imíodar le freastal a dhéanamh ar na maithe eile.

'Féach sin anois,' arsa Mór faoina fiacla le Giolla Easpaig, 'níl an cléireach seachtain féin i nDún Geanainn agus tá mac Uí Néill ag freastal ar a iníon!'

As taobh a bhéil a labhair Giolla Easpaig lena bhean. 'Cad chuige, a bhean, nár chuiris ort an gúna a cheannaíos duit?'

D'fhreagair sise go pras é. 'Thugas do Shinéad é óir is mó atá sise ina ghá ó tharla nach bhfeicfear i gcuideachta mhaithe na tíre í.'

Lig Giolla Easpaig osna as.

BUAILEADH an cloigín agus ghluais an chuideachta isteach sa séipéal chun tús a chur le hobair an lae. Níorbh é achrann Ghiolla Easpaig agus Choinn an t-aon aighneas a bhí le réiteach an lá sin óir bhí eadrán le déanamh ar dtús agus breith le tabhairt ar cheist a bhain le fiacha agus le hairgead spré. Tugadh an bhreith sin faoi mheán lae agus, tar éis proinne, is i gcuideachta na n-aighní i ndoras an tséipéil a bhí Conchúr nuair a tháinig marcach ar cosa in airde chucu. D'éirigh an capall ar a cosa deiridh ar fhaiche na heaglaise agus shleamhnaigh Gilidín dá cairín anuas ar an talamh. Bhrostaigh Conchúr chuige, Gráinne sna sála air.

'Tá Giolla Phádraig i gcuibhreach ag Éamann Mac Roth,' arsa Gilidín os íseal. 'Tá Donncha fanta ar faire taobh amuigh den teach.'

Thug Conchúr i leataobh é. 'In ainm Dé,' ar sé i gcogar leis, 'cén chaoi ar lig sibh dóibh é a thógáil?'

Chrom Gilidín a cheann go maolchluasach, 'Bhuaileadar bob orainn, a Mháistir. Thug bean an tí Giolla Phádraig léi agus cuireadh chun na cúile sinne ag iarraidh greim bia. Nuair a bhíomar ansiúd, cuireadh soc gunna le mo chluais agus caitheadh amach ar an tsráid mé féin agus Donncha. "Abhaile leat chuig do mháistir," a deir an giolla liom, "agus abair leis go bhfuil glais is geimhle ar a mhac."'

'Céard a bhí ar Dhonncha gur lig sé dóibh sibh a scaradh ó chéile?'

Níor fhreagair Gilidín.

'Céard a bhí air?' arsa Conchúr an athuair.

Gráinne a d'fhreagair. 'Ní fear óg é Donncha níos mó, a Dheaide.'

Shocht Conchúr.

'Cuirfidh Ó Néill iallach orthu é a shaoradh,' arsa Gráinne. 'Nach gcuirfidh, a Dheaide?'

Faoina fhiacla a labhair Conchúr léi. 'An ag magadh fúm atá tú? Ná cloiseadh an tiarna oiread is gaoth an fhocail.'

'Ach ní fhéadfaidh tú Páidín a fhágáil i lámha na mbithiúnach sin!'

'Éist, a chailín. Má chloiseann an tiarna faoin bpraiseach atá déanta de seo, ruaigfear ar ais go Muineachán sinn!' Chas sé ar a chois agus d'imigh faoi dheifir isteach doras an tséipéil faoi dhéin na n-aighní.

Tháinig deora le Gráinne.

Labhair Gilidín os íseal léi. 'Geallaim duit go gcuirfimid gach uile ní ina cheart.'

'Éist liom!' ar sise agus d'iompaigh go grod uaidh.

Las an t-ógánach go bun na gcluas.

BUAILEADH an cloigín an athuair. Shuigh an breitheamh ag bord íseal coinneal-lasta, a dhroim leis an altóir aige, agus a bheirt chúntóirí lena ais; Conchúr agus cléireach an déin lena dtaobhsan, a n-oirnéis scríbhneoireachta faoi réir. Ar dhá thaobh an tsaingil, bhí Conn, Giolla Easpaig, agus a dhá muintir siúd ina suí ar fhormnaí ísle adhmaid. I gcorp an tséipéil a bhí an pobal ina seasamh, idir pháirtithe leasmhara agus mhaithe na dúiche.

An déan a labhair ar dtús. Chuir sé fios ar Mhac an Mhaoir agus thóg sé siúd Saltair Phádraig as a tiachóg ghreanta dubhleathair, gur thugadar móid uirthi agus gur ghabh Ó Néill agus Mac Dónaill Gallóglach orthu féin géilleadh do bhreith an déin — mar a rinne na hurraí ina ndiaidh, an Fear Dorcha agus Pádraig Óg Ó Maoil Chraoibhe ar son Uí Néill agus Séamas Buí mac Ruairí agus Mac Oirc .i. an comharba, ar son Mhic Dhónaill.

Ar iarratas an bhreithimh, d'éirigh aighne Uí Néill ar a chosa agus tuigeadh do chách ansin nárbh é an seanmháistir ach a mhac, Eoghan Óg Ó Breasláin, a bhí i mbun an chúraim — é ina sheasamh go féinleor faoina bhairéad eochrach ornáideach agus streill phostúil dhreachlánmhar air. Dhearc Giolla Easpaig go himníoch ar an Máistir Ó Coileáin ach níor lig sé siúd air go bhfaca sé é.

Chuir an Máistir Ó Breasláin an cúiseamh faoi bhráid an bhreithimh agus mhaígh go raibh seilbh gafa ag Mac Dónaill

Gallóglach ar fhearann de chuid Uí Néill, agus rinne cur síos mar bhronntanas saoil amháin ar thabhartas Uí Néill do Mhac Dónaill Gallóglach .i. ar thabhartas Eoghain mhic Néill Óig d'Eoin mac Donncha mhic Giolla Easpaig, trí ghlúin roimhe sin, agus gur le hÓ Néill dá bhrí sin an fearann ó cheart.

An Máistir Ó Coileáin a labhair ansin, agus thug sé siúd cuntas ar sheilbh fhada Chlann Dónaill Gallóglach ar an bhfearann, rud a dhearbhaigh fir ionraice na dúiche don bhreitheamh, ina nduine is ina nduine. 'Agus ó tharla,' a deir sé, 'go bhfuil an fearann i seilbh Mhic Dhónaill le trí ghlúin *tempus continetur*, mar a thaispeánamar daoibh, is ag Mac Dónaill atá cearta tuiní ar Mhachaire Locha Cubha.'

Bhí an Máistir Ó Breasláin ar a chosa. 'Seilbh le trí ghlúin "gan fógra" atá ráite sa bhféineachas, a Dhéin,' ar seisean go diongbháilte, 'agus ós rud é go raibh fógra tugtha arís is arís eile ag an tiarna ar a chearta féin ar an bhfearann, is léir nach bhfuil cearta Mhic Dhónaill ar an bhfearann seo slán ar chor ar bith ach a mhalairt,' ar sé, agus thug finné i leith a mhaígh gur dhearbhaigh Conn Bacach mac Coinn, agus Art Óg mac Coinn roimhe, ceart Uí Néill ar Mhachaire Locha Cubha.

D'iarr an Máistir Ó Breasláin ar a athair féin teacht i láthair ansin. Thost an tionól agus an seanmháistir crón ag éirí ina sheasamh. Chuir sé a mheáchan ar a mhaide siúil agus, i nguth tanaí creathánach, d'aithris rann sin an easpaig 'Seilbh Néill mhic Aodha Uladh, ón bhFeabhal go Loch Cubha', arna leasú ag a bhean i sean-rannaíocht gona comhardadh gona meadaracht chuí, ina raibh tagairt don fhearann agus é i seilbh Néill Mhóir Uí Néill ceithre ghlúin roimhe sin.

Shuigh an seanmháistir agus d'éirigh an máistir óg ina sheasamh. 'Ós rud é go bhfuil fianaise againn gur bhain an fearann seo le Niall Mór Ó Néill dhá ghlúin sular gaireadh Ó Néill d'Eoghan mac Néill Óig, tá a fhios againn nár bhain an fearann lena mhaoin dhílis féin agus nár leis é le tabhairt uaidh ach mar bhronntanas saoil amháin,' ar sé.

'Deargbhréag!' arsa Giolla Easpaig i gcogar go fíochmhar leis an Máistir Ó Coileáin. 'Abair leo gur bréag é sin.'

'Ach cá bhfuil do chruthú?' arsa an Máistir Ó Coileáin i gcogar ar ais leis. 'Cá bhfuil d'fhinné?'

'In ainm dílis Dé, abair rud éigin,' arsa Giolla Easpaig.

Chroith an Máistir Ó Coileáin a cheann go díomúch.

Chrom an déan chun cainte lena bheirt chúntóirí sular bhain cling as an gcloigín arís agus gur labhair. 'Ó tharla gur taispeánadh dúinn inniu i láthair Dé agus fhir ionraice na dúiche, mar is cuí, go mbaineann Machaire Locha Cubha le tiarnas Uí Néill agus gur taispeánadh freisin go raibh an fearann i seilbh Mhic Dhónaill Gallóglach le trí ghlúin anuas, ach go ndearna Ó Néill a chearta a fhógairt is a dhearbhú sa tréimhse sin, ordaím, le toil Dé, go bhfanfaidh ceart is seilbh an fhearainn ag Ó Néill agus go bhfanfaidh cead coinmhidh ag Mac Dónaill Gallóglach ar an bhfearann an t-am a mbíonn ar ghnóthaí an tiarnais laisteas den Abhainn Mhór. Áiméan.'

Phreab Conn ar a chosa, ghlac buíochas leis an déan, agus chuaigh anonn chuig Giolla Easpaig gur thug póg ar an dá leiceann dó. Bhain sé a fháinne dá mhéar agus chuir ar mhéar Ghiolla Easpaig é. 'É seo,' a deir sé. 'É seo, a deirim, i gcomhartha athmhuintearais.'

D'umhlaigh Giolla Easpaig roimhe. 'Táim buíoch díot, a Thiarna.'

'Seo, seo,' arsa Conn, 'ólaimis deoch air.'

D'ibheadar deoch sa scáthlán lasmuigh den séipéal agus ba mhar sin dóibh, an Fear Dorcha, Conn Óg, agus Conchúr Mac Ardail ina suí i gcuideachta Choinn is Ghiolla Easpaig, gur tháinig Feilimí Caoch i láthair.

An Fear Dorcha a chonaic ar dtús é. 'Seo chugainn Feilimín i ndeireadh na fleá!' ar sé os ard.

Bheannaigh Feilimí go múinte don chuideachta. 'Nach maith nár chuiris fios orm,' ar sé lena athair.

'Ní tú an t-aon mhac atá agam,' arsa Conn.

Las Feilimí. 'Ní dóigh liom gur thuilleas an t-imdheargadh seo uait, ná go náireofaí mé os comhair an té a chuir m'aos grá is mo chuid giollaí chun báis de rinn sleá nuair a bhí orduithe mo thiarna á gcomhlíonadh go humhal acu.'

Arsa Giolla Easpaig le binb, 'Ná os comhair an té a sheas an fód in aghaidh naimhde an tiarnais nuair a thug tusa do na boinn é,' ar seisean.

D'iompaigh Feilimí chuig Giolla Easpaig gur scairt amach os ard. 'Tráth eile é siúd a rabhas umhal do mo thiarna óir is ar a ordú siúd a fágadh tusa sa mbearna bhaoil.'

'Céard seo?' arsa Giolla Easpaig.

'Is leor sin,' arsa Conn.

Agus sula bhfuair Giolla Easpaig freagra ar a cheist, mheabhraigh Pádraig Óg Ó Maoil Chraoibhe dóibh go rabhadar ar láthair oireachtais. Chas Feilimí ar a chois agus d'imigh.

Labhair Conchúr i gcogar le Giolla Easpaig. 'Ná tabhair aird air, a Chonstábla. Fuaróidh sé sa gcraiceann ar théigh sé ann.'

'Fuaróidh seisean, b'fhéidir,' arsa Giolla Easpaig faoina

dhraid. 'Chuireas iontaoibh ionat nuair a dúrais go labhrófá leis an easpag ar mo shon, agus cá bhfuil sé siúd inniu? Muise, nach ormsa a bhí an díth céille!'

Leis sin, d'imigh Giolla Easpaig ag triall ar a bhean agus d'ordaigh di filleadh ar an mbaile, go raibh gnó eile aigesean. Thug sé leis duine de na giollaí, ghabhadar a n-eacha, agus níor thúisce imithe thar mhúrtha an leasa é ná bhain sé fáinne Uí Néill dá mhéar agus chaith uaidh ar cholbha an bhóthair é. D'imigh an bheirt mharcach leo sna feiriglinnte, Gilidín ag stánadh ina ndiaidh.

I gcogar a labhair Conchúr leis. 'Gabh an t-eachra dúinn, ní mór dúinn triall ar Ard Mhacha go beo!'

FEAR eile a raibh fuadar chun imeachta air ab ea an Máistir Ó Coileáin. I ndoras an leasa a bhí sé féin is a chuideachta tráth ar tháinig file beag rua chucu ar a each, meangadh go cluasa air, agus a chualacht ildathach ilchruthach reacairí, abhlóirí, ceoltóirí agus giollaí ag teacht sna cosa ina dhiaidh aniar, buabhaill á séideadh, téada á ngreadadh, cloigíní á mbualadh agus siansaí séiseacha á gcur go fraitheacha na spéire acu.

Chuir a bholscaire an file in aithne. 'Solamh mac an Ollaimh Mhic Con Mí, ar cuairt ar Rí na hEamhna.'

Rinne an Coileánach iarracht ar imeacht ach rug an giolla greim adhastair ar an each. 'Cá bhfuil do dheifir, a Ghiolla na Naomh?' arsa Solamh Mac Con Mí. 'Tá fleá is fuireaga ullmhaithe ag Ó Néill don Mháistir Ó Breasláin anocht mar chúiteamh ar a aiste bhréagaireachta.'

Tháinig an Fear Dorcha i láthair agus labhair go teann: 'Is ag caint ar aighne Uí Néill atáir.'

'An cumadóir céanna,' arsa an file. 'Chum sé fadhbóga móra inniu a chuirfeadh náire ar éigsín buinní den treas aicme — ní áirím aos dlí ós rud é nach féidir a leithéidí siúd a náiriú.'

Rinne an Coileánach iarracht eile ar imeacht ach choinnigh an giolla greim docht ar a adhastar.

'Cá bhfuil an cruthú?' arsa an Fear Dorcha.

'Labhair le mac Uí Anluain, a mhic Uí Néill, a rídhamhna. Neosfaidh seisean duit an té ar leis Loch Cubha agus an chaoi a bhfuair do shin-sin-seanathair seilbh air. Neosfaidh seisean duit é. Líon an corn agus tugaigí cluas dúinn anocht agus b'fhéidir go neosfainn féin daoibh é.'

D'imigh an file beag uathu ansin agus é ag triall ar an teach, a chompántas go siansánach scolghárthach sna sála air. Luigh an Máistir Ó Coileáin brod ar a each agus d'imigh sé féin is a ghiollaí leo, agus fágadh an Fear Dorcha ar an gcosán ag breathnú go machnamhach i ndiaidh chualacht an fhile.

FAOIN tráth seo, bhí an t-eachra gafa ag Gilidín agus iad réidh chun bóthair.

'Go beo!' arsa Conchúr.

Tháinig Conn chucu, a ghallóglach lena sháil. 'Gabh i leith uait,' ar sé le Conchúr, 'ní mór an socrú seo a chur ar páipéar.'

'Nach bhfanfadh sé go mbeimid i nDún Geanainn amárach?' arsa Conchúr go dóchasach.

'Tú féin a dúirt gan aon ní a ligean ar an méar fhada. Ó tharla cléireach an déin fós anseo, beidh sé in ann a shéala a chur leis. Fág seo go gcuirimis dínn an gnó seo.'

Chrom Conchúr a cheann agus rinne rud air.

Tháinig na deora le Gráinne.

'Tá na heacha faoi réir agam,' arsa Gilidín léi. 'Chomh luath is a bheas an tiarna réidh le d'athair, imeoimid.'

Sméid sí a ceann leis.

MAIDIR leis an déan, ar bhóthar Ard Mhacha a bhí sé siúd, é féin agus Mór Ní Ágáin ag marcaíocht le hais a chéile, beirt mharcach armtha ar an mbóthar rompu, agus seanascal an ardeaspaig i gcuideachta na ngiollaí lastiar díobh, an dá chluais bioraithe air.

'A Athair onórach,' arsa Mór leis an déan, 'is mór an crá croí dom an t-aighneas anróiteach seo idir Giolla Easpaig agus Ó Néill.'

'Och, ní maith an scéal é, a bhean bhocht, ach, buíochas do Dhia agus do na naoimh uile, tá deireadh curtha leis sin inniu.'

'Níl ná é! D'imigh sé uaim ina chuaifeach agus is maith atá a fhios agam gurb é obair an lae seo atá ag dó na geirbe aige.'

'Ina chuaifeach, a deir tú? I gcuntas Dé, ní maith an scéal é sin! Céard is déanta leis, más ea?'

'Níl uaim ach go labhrófá le hÓ Néill ar son m'iníne, ar son Shinéad. Ba mhór againn beirt dá dtabharfaí áit i dteaghlach a iníne di. D'éascódh sé an bealach idir Giolla Easpaig agus é.'

Bhí cor i muineál an tseanascail le teann fiosrachta, ach focal den sioscadh sin níor thug chun cruinnis cé is moite de chaint deiridh an déin.

'Ní móide,' arsa an déan, 'go n-iarrfaidh Ó Néill mo chomhairle sna cúrsaí sin, a Mhór, ach le cúnamh Dé, déanfad mo dhícheall. Agus guífead ar bhur son.'

LE FUINEADH néal nóna a bhain Conchúr colbha thoir Ard Mhacha amach, cruth dubh na hardeaglaise go hard in aghaidh na spéire agus cantaireacht na coimpléide ag teacht chucu ó Theampall na Fearta; madraí scaoilte rompu, cait ag meamhaíl sna sconsaí, agus solas i gcorrfhuinneog. Caol díreach go teach Éamainn Mhic Roth leo, Conchúr chun tosaigh, Tadhg Bán is Gilidín lena dhroim, iad triúr faoi arm. Thángadar ar Dhonncha ina sheasamh ar faire, an doras dúnta rompu agus soilse lasta in uachtar an tí. Ar chomhartha ó Chonchúr, bhuail Donncha buille den bhoschrann ar an doras.

Ligeadh isteach iad. Níor iarr an doirseoir orthu a gcuid arm a fhágáil aige ach d'fháiltigh go suairc soilbhir rompu agus thug caol díreach in airde go barr an tí iad, mar a raibh an chuideachta suite chun boird i seomra mór coinneal-lasta faoi bhallaí táipéise agus faoi shíleáil daite adhmaid. Bhí Giolla Phádraig go gáiriteach i gcomhluadar na mban óg agus bia is deoch á ndáileadh air. D'éirigh fear an tí ina sheasamh le fáilte a chur roimh Chonchúr, d'ordaigh freastal is friotháil a dhéanamh air agus chuir ina shuí lena ais é gur leagadh deoch roimhe. Bheannaigh Giolla Phádraig go maolchluasach dá athair.

'Bhís ag iarraidh táille an cheadúnais a ardú?' arsa Mac Roth.

'Bhí sin agus tuilleadh.'

'Tháinig ciall chugat.'

'Tháinig sin.'

Leagadh bia os comhair Chonchúir. Go hamplach, d'alp Mac Roth ceathrú circe agus d'ól braon as a mheadar leanna. Rinne Conchúr mar a chéile.

Ar deireadh, is í bean Mhic Roth .i. iníon an Phléimeananigh, a labhair. Bean ard bhricíneach, í cúng-uchtach leathanmhásach, a gruaig ceilte i bhfaisean na Sasanach faoi chaille i gcruth binne. 'Tháinig ciall chugat, a dúrais?' ar sise le Conchúr.

'Is é a bhí i gceist agamsa a iarraidh oraibh a bheith páirteach linn i ndéantús an éadaigh ach is leasc liom é sin a ligean uainn.'

'Ach ós é reic na holla is gnó dúinne, cad chuige a mbeimis páirteach i ndéantús an éadaigh?'

'Is maith í an ollann ach is mó de bhrabús atá san éadach. Mholas féin go mbeadh duine de bhur dteaghlach ag obair linn i nDún Geanainn agus go mbeadh duine dínn féin ag obair libhse sa Pháil agus i Sasana.'

'Agus na teaghlaigh eile? Ar labhraís leosan?'

'Libhse amháin, ach is léir nach bhfuil suim agaibh ann.'

Thug iníon an Phléimeannaigh súil thar leiceann ar a fear. 'Mar sin, is dócha gur duine de na teaghlaigh eile anseo in Ard Mhacha a bheadh ag obair i nDún Geanainn libh?'

Lig Mac Roth osna as. 'Tá go maith, táimid toilteanach.' Leag a bhean a lámh anuas ar rí a láimhe agus chuir cogar ina chluais gur labhair Mac Roth an athuair. 'Ós rud é gur gnó nua é seo, ní bheidh aon ghá le hathrú ar an gconradh atá againn cheana féin.'

'Ach is é riachtanas an tiarnais le hairgead tirim is cúis le féile seo an tiarna.'

Gan fanacht lena fear, labhair iníon an Phléimeannaigh le Conchúr. 'Más amhlaidh atá, déanfaimid réamhíocaíocht libh ar airgead na bliana seo chugainn ach ní shíneofar conradh nua go mbeidh tús éigin curtha leis an obair seo.

Agus chun an tús sin a chinntiú, cuirfead Gearóid, mo nia féin, go Dún Geanainn libh thar ár gceann.'

Pléadh an tsuim airgid agus coinníollacha na híocaíochta sular dáileadh deochanna orthu an athuair gur chaitheadar an chuid eile den oíche ag plé cáin is custaim, alúm is arcabúsanna, brait urláir ón Tuirc is síoda ó Dhamaisc. Lá arna mhárach, d'fhág Conchúr agus a chompántas teach Mhic Roth agus mála beag óir faoina chrios aige, mar aon le dhá fheircín de Mhalmas geal na Meánmhara faoi dhiallait Dhonncha — ceann do Chonchúr agus ceann eile dá thiarna. Ar chomhairle Ghilidín, sheas Conchúr i dTrian na Sasanach agus cheannaigh trí bhanlámh den éadach uasal do Ghráinne sular bhuaileadar bóthar. Ag marcaíocht lena dtaobh, bhí Gearóid mac an Phléimeannaigh, ógánach fada liopasta nach raibh mórán níos sine ná Giolla Phádraig ach a bhí in ann Laidin a choinneáil le Conchúr.

Theann Gilidín a each le heach Ghiolla Phádraig go ndéanfaidís dreas marcaíochta le hais a chéile. 'Chonac,' ar seisean as taobh a bhéil leis, 'go ndearna iníon Mhic Roth teanntás ort.'

Las Giolla Phádraig go bun na gcluas. 'Is dócha nach aon dochar é ó tharla iníon Mhic an Mhaoir geallta.'

Ar chloisteáil na cainte sin dó, scoir Conchúr den Laidin gur fhógair os ard. 'Cuir uait do chuid fuarchaoineacháin, a mhic ó, agus cuimhnigh gur fearr an cleamhnas a dhéanfar anois duit ós i bhfostaíocht Uí Néill atáimid. Agus cé nach mbeidh aon bhrabach ag Ó Néill ar obair na hoíche aréir, cabhróidh na puint is na pinginí seo linn fanacht ar fostaíocht aige go ceann scaithimhín eile — agus ní beag sin!'

CAIBIDIL 4

Iníon na Dúcharraige

CHUAIGH caitheamh ar na míonna agus ar na ráithí, agus i bhfómhar grianmhar na bliana 1541, is ar buaile sa Donnaíleacht Íochtarach a bhí an tiarna agus a mhuintir. Ar léana glas cumhra idir coill is sruthán, sheas bean Uí Dhonnaíle cosnochta ar an bhféar lomtha, a folt liathbhuí cuachta ar a ceann, a gúna cnaptha suas faoina glúine, giollaí á gcur anonn is anall ar obair an fhulachta aici: bhí conadh le breith chuig an tine, uisce le tarraingt as an linn, cláir le leagan ar leapacha raithní, luachair le leathadh sna fianbhotha. I leataobh, ina shuí ar an mbruach, bhí reachtaire Uí Néill, Pádraig Óg Ó Maoil Chraoibhe, a chosa ar fuarú aige, snáthaidí móra ar foluain os cionn an uisce, beacha ag crónán sa seileastram — an firín beag liath ar a sháimhín só nó gur dhúisigh glór fir as a thámhnéalta é gur fhéach agus go bhfaca Conchúr chuige.

'Buail fút, a Chonchúir Mhic Ardail,' ar sé, 'go n-insí tú scéala Dhún Geanainn dom.'

Chrom Conchúr gur ól boiseog uisce as an sruthán sular shuigh le taobh an tseanreachtaire gur lig osna as. 'Ó d'fhágais Dún Geanainn, tá scuaine giollaí ón gcaisleán chugam agus liodán ceisteanna acu orm: Cé a thógfas áit an fhuinteora ar a leaba othrais dó? Cé a íocfas ceannaí Ó Méith atá tagtha le cliabhán oisrí? Cé a labhrós leis an dáileoir faoina ródhúil sa leann? Agus gan ach aon cheist amháin ar mo bhéalsa: Cén uair a bheas an reachtaire ar ais?'

Rinne Pádraig Óg gáire. 'Réiteach amháin air seo: deireadh a theacht le baintreachas an taoisigh — agus is géar a theastaíonn dea-bhean cheannasach thíobhasach,' ar sé, agus chlaon a cheann go hómósach le bean Uí Dhonnaíle óir bhí na tréithe sin aitheanta uirthi. Sin agus an chneastacht agus an fhéile.

Rinne Conchúr gáire. 'Sílim gur ógbhean cheanúil théisiúil a bhí ar intinn ag an tiarna. Ach déanfad nóta de.'

Ar an ordú sin dóibh gur chualathas trup na gcapall chucu ar chosán na coille. Nocht na sealgairí as fothain na gcrann: an macra ar dtús go gaisciúil glórach ar a gcapaillíní gearra, Seán mac Coinn, Niall mac Conchúir, Gearóid Pléimeann agus clann mhac an Donnaíligh; na seanfhiagaithe sna sála orthu, Conn Bacach, an Fear Dorcha, Ó Donnaíle, agus uaisle na dúiche sin, iad deargtha i ndiaidh shaothar an lae; an cheithearn á dtionlacan, agus eilit mhórbheannach crochta thar dhroim capaill acu. Ina ndiaidh aniar a tháinig an bhantracht agus an iníonra go siansach seanmnach síthbhinn óir is ina ndumha seilge a chaitheadar siúd an lá i bhfochair lucht ceoil is oirfide na tíre.

Shleamhnaigh Niall anuas dá chapaillín gur sheas ar an talamh os comhair a athar. D'fhan Conchúr go raibh cuntas na seilge cloiste faoi dhó aige, an fia curtha ar taispeántas agus lucht a sheilge molta, sular fhág a mhac i gcuideachta na n-óganach agus gur imigh lena scéal a nochtú do Chonn Bacach. 'Ghéill seanascal an ardeaspaig ar cheist an chíosa,' ar sé, 'agus dúirt go gcuirfí cíos Chluain Dabhaill in aghaidh na ndeachúna.'

'Nach ndúras leat go ngéillfeadh?' arsa Conn. 'Ach fan go gcloise tú: tá obair eile agam duit, obair a chuirfeadh puint i gcófraí an tiarnais.' Rug sé greim láimhe ar a fheidhmeannach gur threoraigh isteach faoin gcoill é. Go ciúin coséadrom, tháinig Donncha agus beirt den cheithearn ina ndiaidh, sleá le gualainn gach ceithearnaigh díobh. D'ísligh Conn a ghlór, 'Bradáin na Moirne, a Chonchúirín liom.'

I ngan fhios don tiarna, chroch Donncha a shúile go fraitheacha na coille.

'Ach nach le Niall Conallach an Mhoirn?' arsa Conchúr.

'Is léir go gceapann sé féin é sin,' arsa Conn, 'ach is liomsa iasc as gach líon ar an Moirn agus ar an bhFinn agus níl de cheart aige siúd an ionga bhuí mheirgeach ar ordóg mhór bhréan a choise clé a thumadh inti fiú. Tabhair cuairt ar an Ollamh Mac Con Mí, tabhair cluas don Ollamh Ó Breasláin. Tabhair aire dó sin dom agus tabharfadsa aire duitse.'

Nuair nach ndúirt Conchúr a dhath leis sin, labhair Conn an athuair. 'D'íocfadh sé seo costas an droichid sin dúinn. Agus ná ceap nach mian liom go neartófaí an tír seo, nach mian liom go mbeadh droichid á dtógáil, bóithre nua á ndéanamh, coraí á ndeisiú, scoileanna á mbunú. Tarlóidh sé sin ar fad in am trátha nuair a bheas cistí an tiarnais slán. M'fhocal air sin, a Chonchúir.'

Sméid Conchúr a cheann. Scaoil Conn dá ghreim ar a láimh chun an dealg óir a bhaint dá cheannbheart fionnaidh agus a ghreamú i mbrat Chonchúir. 'Ach an méidín seo a dhéanamh dom, cuirfead cíos leathbhaile eile leis an bhfearann a thugas duit,' arsa Conn. 'Beidh sé uait chun tú féin is do chlann mhac a ghléasadh mar is cuí agus sibh ar ghnó an tiarnais.'

Ghlac Conchúr buíochas leis agus chuir fios ar na giollaí.

Agus na capaill á ngabháil acu, labhair Conchúr os íseal le Donncha. 'Ná ceap nach bhfacas-sa thú agus do dhá shúil ag éirí as na mogaill le teann déistine.'

'Ní déistin a bhí orm, a mháistir, ach imní óir má chloiseann an Mheirg go bhfuil a chearta iascaigh á n-iniúchadh agat, ní mhaithfidh sé duit é.'

'Is é an tiarna a d'ordaigh. Cosnóidh sé siúd ar nimh na Meirge mé.'

'Go dtuga Dia fad saoil dó ós air atá ár mbrath.'

'Ós ar iasachtaí ó cheannaithe Ard Mhacha is Dhún Dealgan atá sparán an tiarna ag brath, níl an dara suí sa mbuaile againn.'

Bhí obair le déanamh: bhí Tadhg Bán agus Giolla Phádraig le cur go Loch Laoghaire le labhairt le Mac Con Mí agus as sin go hArd Sratha le labhairt le hÓ Breasláin. D'fhág sé Niall lena chomhaltaí agus Conchúr Óg ag friotháil ar Ó Néill go bhfillfeadh sé féin agus Donncha ar Dhún Geanainn.

Go deireanach an oíche sin, shroich sé a bhaile féin.

Bhain Sadhbh an brat de gur scrúdaigh an t-éadach smolchaite. 'Níor mhór duit fios a chur go hArd Mhacha ar bhrat is gúna nua,' ar sí, agus rinne suntas den dealg.

'Ó Néill a bhronn,' ar seisean. 'Níl ann ach biorán.'

'Biorán,' ar sise, 'ó láimh an tiarna.'

'Soit!' arsa Donncha, agus chrom os cionn na tine gur lig an teas lena chnámha.

AR ÉIRÍ le fáinne an lae dó ina dhea-bhaile dílis féin i nDoire Barrach, chuala Feilimí Caoch sioscadh na mban lasmuigh. Bhí bó tar éis imeacht san oíche ón mbólacht ar an machaire le teacht ar a lao sa ngort in aice an tí agus is ann a bhí sí an mhaidin sin agus í ag tál ar an lao. Rinne an bheirt bhan iarracht an bhó a thiomáint amach. Le teann cantail, lig an bhean ba shine ruaig mallachtaí aisti.

'Is geall le hÓ Néill Mór féin í,' ar sí ar deireadh. 'Óir dá mhéad uair a chuirtear óna lao í, filleann sí uirthi i gcónaí. Deirid nach féidir é féin agus an Fear Dorcha a scaradh ó chéile.'

Focal ní dúirt Feilimí leis sin ach fios a chur ar a ghiolla con agus imeacht leis i mbun seilge. Seachtain a chaith sé ar an ordú sin, gan bheann ar bhean ná ar chlann ach é ar a chois gach lá roimh éirí gréine lena ghiolla is a cheithre chú agus é ag fiach go nóin agus go fuineadh lae ar chearca uisce is ar phraslachain sna hinsí is sna léanta báite cois locha.

Ar an seachtú lá, cois tine tráthnóna, bhí leathchluas aige le hOnóra agus í ag léamh do na páistí, nuair a chuala sé na giollaí sa doras ag caint ar a dtiarna, á rá gur imithe ar cuairt ar an bhFear Dorcha sa gClosach a bhí Conn, agus go raibh sé beartaithe aige an Fear Dorcha a fhógairt ina thánaiste in áit na Meirge. An mhaidin dár gcionn, d'éirigh Feilimí agus chuir fios ar a chuid eachlach, á gcur soir is siar chun neart iomlán a thíre a ghairm chuige.

Leag Onóra corn leanna agus breac ar thrinsiúr roimhe agus shuigh gur tugadh a leanbh chuici. Níor dhrann Feilimí leis an mbia.

'Cé uaidh a dtógfaidh tú an chreach?' arsa Onóra.

'Ó mo dheartháir thiar ar an gClosach. Agus ó m'athair.'

'Ó d'athair? Bhí sé chomh maith agamsa do chlann a thabhairt ar láimh shábhala, más ea.'

'An é nach gceapann tú go mbainfinn creach ó m'athair, a bhean?'

'Níl aon amhras orm ach go mbainfeá, ach cén mhaith dúinne é sin mura bhfuil dóthain fear againn chun sinn féin a chosaint ar a dhíoltas?'

'Ní hé an chéad uair aige masla a thabhairt dom agus ní ligfead leis an uair seo é.'

Lig Onóra osna aisti. 'Fear guagach luaineach é d'athair. Ná bí thusa ag brath air más mian leat ár leas a dhéanamh.'

'Ach cé air a mbraithfinn murar féidir brath ar m'athair féin?'

'Taispeánfad duit,' ar sí, bhain an leanbh dá cíoch agus shín chuig a bean chuideachta í, chas uirthi a cochallbhrat dubh deargchiumhsach agus amach léi gur imigh roimpi go bruach an locha, Feilimí sna sála uirthi, giolla, bean chuideachta agus leanbh ina ndiaidh aniar. Thángadar ar an bport mar a raibh an bádóir agus d'ordaigh sí dó iad a thabhairt chun an oileáin.

Cúig chéad slat amach ón mbruach a bhí Inis Dabhaill. Oileán íseal réidh: túr cloiche, teach agus faiche ghlas ar thaobh amháin de, caschoill fearnóige is sailí ar an taobh eile. Glanadh an bád dóibh, shuíodar inti agus thug an bádóir amach ar an loch iad le contráth na hoíche, an t-aer ina dtimpeall beo le scolghártha na n-éan. Chuireadar i dtír ar an oileán agus shiúil gan focal go dtí an dún. Óna ionad faire, d'aithin an doirseoir a thiarna agus a bhantiarna chuige agus lig isteach iad. Fadaíodh an tine i mbarr an tí agus leagadh bairíní coirce, bradán is leann ar clár dóibh.

Sular itheadar aon ghreim, shín Onóra eochair chuig a bean chuideachta. 'Beir chugam mo chófra,' ar sí.

As cófra mór darach, rug an bhean chuideachta cóifrín beag adhmaid iontlaise chuici. D'oscail Onóra an cóifrín agus thóg amach dealg órloiscthe, corn eabhair airgeadmhaisithe agus fáinne den deargór. 'Bronn an dealg ar Ó Doibhlin, bronn an corn ar Ó hÁgáin agus bronn an fáinne ar Ó Coinne. Fág fúmsa an déan. Murar féidir brath ar d'athair, caithfimid brath ar ár gcairde féin.'

Thug Feilimí teora póga dá bhean. 'Ortsa atá mo bhrath feasta,' ar sé, agus chuir teachta ag triall leis na séada sin ar Sholamh Mac Con Mí .i. mac an Ollaimh, á iarraidh air siúd na bronntanais a bhreith chuig taoisigh an Lucht Tí dó, mar ba chuí.

MAIDIR lena ghairm slógaidh, tháinig an chéad bhuíon chuig Feilimí le headra na maidine: Mac Cana agus dháréag faoi arm as Clann Bhreasail ina chuideachta. Ba ghearr ina dhiaidh sin gur tháinig Mac Giolla Earnáin as an gCill Mhór i láthair, Ó Fallúin as Droim Brúchais, Mac Giolla Mhura as an gCabrach, Ó Lorcáin as Maigh Lorcáin agus Ó hÉanaigh as Clann Chearnaigh chomh maith le bó-airí is biataigh Chlann Chana, idir chos is each leo araon. Ar theacht i dtír d'Fheilimí is d'Onóra, dhearc sé go díomuach an beagshlua a bhí ar fhaiche an tí aige.

'Ní haon mhórshlógadh é seo agat,' arsa Onóra.

'Níor tháinig a leath,' arsa Feilimí. 'Cuirfead abhaile iad agus déarfad leo teacht ar ais lena líon ceart.'

'Ná déan, ach tabhair cuireadh chun fleá dóibh.'

'Fiú dá mbeadh fleá dlite dóibh, níl sin faoi réir agam.'

'Is ar mhaithe leat féin a chruinneofá uaisle do thíre faoi dhíon do thí, a mhic Uí Néill. D'fhéadfaí fleá a ullmhú d'ollsluaite Ailealla is Mhéibhe leis an slad a rinnis ar éanlaith an locha le seachtain anuas. Beidh sin ullamh agamsa dóibh faoi cheann trí lá,' ar sise.

Chrom sí ar an obair ansin gur chuir giollaí ag ullmhú na fleá agus eachlaigh ag triall ar a n-aos ceoil is grá.

Ar an treas lá, tháinig an lucht fleá go Doire Barrach agus chuir Feilimí báid á nglanadh dóibh gur tugadh go hInis Dabhaill iad. Ar an oileán, bhí fíon á thaoscadh as bairillí agus laofheoil is éineoil á bhfuint ag giollaí dóibh, tinte móra á lasadh sa bhfleá-theach agus luachair úr á leathadh ar an urlár. I ndoras an tí dó, chonaic Feilimí báidín chuige ó Achadh Uí Mhaoláin, d'aithin sé an bheirt a bhí i ndeireadh an bháid agus chuir a mhac ag triall orthu.

D'fháiltigh Toirealach mac Feilimí rompu ar an bport: Tomás Carrach Mac Cathmhaoil ina fhallaing mhór bhreac, Conchúr Mac Ardail ina bhrat nua gorm agus a bhóna buí fionnaidh, dealg Uí Néill go geal faoina bhráid. Thug Conchúr súil ina thimpeall, ar an bhfaiche ghlas fhéarach, ar an túr is ar an bhfleá-theach, agus ar an bhfairsinge locha mórthimpeall an oileáin. 'A Thoirealaigh,' ar sé, 'is in imleacán an tiarnais atáimid.'

Leath an dá shúil ar Thoirealach. 'San imleacán, a Mháistir?'

'An té a bhfuil Inis Dabhaill aige, tá an Abhainn Mhór aige agus greim ar chroílár Thír Eoghain.'

Bhí Onóra tagtha ina ndáil, a folt dubh cuachta i gcochall dearg agus ionar is gúna dubh go colpaí uirthi. 'Céard seo, a Chonchúir?'

'Is cuma cé chomh cumhachtach is atá an Mheirg san iarthar nó an giolla rua sa deisceart, táid cuibhrithe ar gach aon taobh den Abhainn Mhór. Agus is cuma cé aige a bhfuil Dún Geanainn nó Ard Mhacha óir mura bhfuil smacht aige ar na bealaí thar an Abhainn Mhór, níl smacht aige ar an tiarnas.'

Isteach sa mbruíon leo ansin gur shuíodar i measc mhaithe is mhóruaisle Chlann Chana, Chlann Bhreasail is Uí Nialláin, gur itheadar agus gur óladar a sáith.

I ndeireadh na hoíche, nuair a bhí an t-aos ceoil is oirfide ag seinm don chuideachta, thug Tomás Carrach a chorn leanna amach go dtí an tine fuinte. 'Táim róshean don chlaisceadal míbhinn laistigh,' ar sé lena chompánach, le Conchúr Mac Ardail.

'Is fearr a chloisfimid a chéile lasmuigh,' arsa Conchúr, óir bhí an oíche bog, cineálta, reanna neimhe ag glioscarnaíl os a gcionn agus na healaí ar snámh sa dorchadas amach rompu.

Amach leis an Ollamh Mac Con Mí ina ndiaidh gur thug súil ina thimpeall. 'Cloistear dúinn, a Chonchúir dhil, gur mian leatsa droichid a thógáil thar Dabhall?'

'Is é mian an tiarna é, a Ollaimh.'

'Ach is furasta droichead a bhriseadh. Nach é bua an tiarnais seo gur féidir léi lúbadh mar a dhéanfadh sifín sa ngaoth?'

'An tiarnas a lúbas ar nós an tsifín, a Ollaimh, bíonn sé ar uireasa scoileanna móra, ardeaglaisí is pálais. Is é mian an tiarna go neartófaí an tiarnas trí bhóithre nua a chur á ndéanamh, trí choraí is droichid a chur á ndeisiú, trí scoileanna a chur á mbunú.'

Arsa Tomás Carrach. 'Ach níl tarraingt ar na scoileanna níos mó.'

'Agus nach bhfuil scoil na bProinsiasach ann?' arsa Onóra. Bhí sí siúd tagtha amach ina ndiaidh agus beirt ghiollaí faoi dheochanna milse so-ólta léi.

'Scoil na hArd-Eaglaise?'

'Agus na dámhscoileanna?'

'Ní ag caint ar aon *studium particulare* dá leithéid atá ár dtiarna,' arsa Conchúr, 'ach ar scoil mhór, ar *universitas* dár gcuid féin a chuirfeadh oideachas ar fheidhmeannaigh an tiarnais seachas ár n-ógánaigh a bheith ag triall ar scoileanna Shasana, na hAlban agus na Fraince.'

'Bheadh costas air sin,' arsa Onóra.

'Gan amhras, bheadh, óir ba ghá dea-mháistrí is ollúna a mhealladh as scoileanna móra na Mór-Roinne le cur leis na dea-mháistrí is ollúna atá anseo againn féin.'

'Agus cé na cearda a mhúinfí sa scoil sin nach bhfuil á múineadh sna dámhscoileanna nó sna scoileanna féineachais is leighis?' arsa an t-ollamh. 'An í an fhealsúnacht a mhúinfí inti nó an éigse? An liacht nó an diagacht?'

'An uile cheard, mar a dúirt an tIldánach le doirseoir na Teamhrach,' arsa Conchúr.

Agus d'fhreagair an t-ollamh go soilbhir suairc é i bhfocail Ghofraidh Fhinn:

'Fear sa doras, arsa'n doirseoir,
Cú gan chóimheas.
An uile cheard ar a chumas,
Fear dearg ródheas.'

Chrom Conchúr a cheann go humhal dó, agus lean air: 'Ach in áit céim sa diagacht nó ollúnacht san éigse,' ar sé, 'is ar an bhfealsúnacht agus ar an bhféineachas a bhronnfaí céim sa *studium generale* seo, chun oiliúint a chur ar fheidhmeannaigh a mbeadh fostaíocht ann dóibh sa tiarnas agus, go deimhin, ar mhaithe is ar óga na tíre fré chéile. Bheadh léachtóirí ann le diagacht, agus iad ceadaithe ag an déan, gan amhras, ach bheadh ollúna dána ann oilte ar an reitric.' D'fhéach sé arís ar an ollamh agus sméid sé siúd a cheann. 'Is anseo,' arsa Conchúr, 'a chuirfear oiliúint ar *uomo universale* an chúige.'

'Tá scoil agamsa i gCluain Eo duit,' arsa Tomás, 'ach ní thoilfeadh an eaglais go deo pingin a chaitheamh uirthi.'

'B'fhéidir,' arsa Onóra, 'nár mhiste leis an eaglais dá gcaithfí airgead an tiarnais uirthi.'

'Céard a cheapfá de sin, a Chonchúir?' arsa Tomás. 'An bhféadfá ár dtiarna a mhealladh le hairgead a chaitheamh ar an léann dár bhfeidhmeannaigh óga?'

'Sin,' arsa Onóra, 'nó b'fhéidir go mbeadh Feilimí sásta airgead a chaitheamh ar scoil don tiarnas?'

'Ach gur anseo ar leic a dhorais féin i gClann Chana a bheadh an scoil aige siúd, is dócha,' arsa Tomás.

D'ísligh Onóra a glór. 'Níl aon chúis go gceapfaí gur anseo i gClann Chana a bheadh Feilimí mac Coinn is a theaghlach amach anseo.'

Thost an chuideachta.

Ar deireadh, is é Conchúr a labhair. 'Go deimhin, níl, agus ba mhaith an scéal é nach anseo a bheadh,' ar sé, sular labhair arís de ghlór ard. 'Gura fada buan ár dtiarna Conn Bacach i mbun an fhlaithis.'

'Áiméan,' arsa cách go sollúnta.

Dhiúg Tomás an braon deiridh as an gcorn agus d'ardaigh a ghlór le teann dóchais: 'Tá Cluain Eo gar go maith do Dhún Geanainn agus do chnámh droma an tiarnais, nach bhfuil?'

Ach sula bhfuair freagra, tháinig Mac Giolla Earnáin amach chucu. 'Muise, is anseo atá bhur seanchnámha á dtéamh cois tine agaibh,' ar seisean. Chonaic sé Onóra ansin agus labhair an athuair. 'Iarraim maithiúnas ort, a iníon na Dúcharraige,' ar sé, gur chrom a chloigeann maol go humhal.

'Dá mbeifeá feicthe ar dtús agam, thuigfinn go maith cén gnó a bhí ag na seanóirí anseo óir is geall le leamhain iad a chaitheann iad féin ar an gcoinneal úr shoilseach.'

'Éist do chuid plámáis, a Mhaoilíosa,' ar sise leis, 'agus buail fút anseo le mo thaobh go gcuirimid an saol trí chéile.'

Shuigh Mac Giolla Earnáin le hais Onóra is Thomáis Charraigh gur shín a dhá bhonn amach os cionn ghríosach na tine. 'Chuala,' ar sé, 'go bhfuil Feilimí Rua agus Ó Néill i mbun cainte arís.'

'Is maith liom go bhfuil réiteach ar an scéal sin faoi dheireadh,' arsa Onóra.

'Réiteach?' arsa Tomás. 'Muise níl ná é, a bhean mhaith, óir chualathas go bhfuil cathlán gallóglach seolta ó dheas go dtí an Ghlasdromainn ag ár nGiolla Easpaig groí!'

'Go dtí Feilimí Rua? Sa bhFiodh? Agus céard a bheadh ar bun ansin aige?'

'D'eile ach tuilleadh achrainn!' arsa Tomás.

'Muise is achrannach treampánach an mac mioscaise é,' arsa Mac Giolla Earnáin. 'Ach is measa fós an deartháir!'

'Art?' arsa Tomás. 'Ar ndóigh, tá sé siúd an-mhór le hAodh Ó Cearúlláin agus gabhfaidh sé sin chun sochair dóibh.'

'Le hEaspag Chlochair?' arsa Onóra. 'Níor chuala sin. Is é a chuala-sa go mbíonn an t-easpag agus an constábla de shíor in adharca a chéile!'

'Ar ndóigh, bíonn an bheirt sin ag baint barr dá chéile os comhair a dtiarna, ach ní hionann an constábla agus a dheartháir. Níl sé i bhfad ó tháinig Art i gcabhair ar an easpag agus is fearr an éisteacht a thabharfadh Ó Néill don easpag sin ná d'aon duine eile beo.'

'Nó ba ea sular tháinig eatarthu.'

'Tháinig Art mac Colla Óig i gcabhair ar an easpag, arú? Eachtraigh dom,' arsa Onóra, agus chomharthaigh don ghiolla an corn a líonadh do Thomás.

'Ní hansa,' arsa Tomás, gur chuimil a shrón dhearg fhíonlasta agus gur shín a chorn folamh chuig an ngiolla. 'Tá cúig bliana ó shin, tráth ar cailleadh an seaneaspag — i measc na naomh go raibh sé — agus tráth dá raibh Aodh Ó Cearúlláin á mholadh ag Ó Néill lena áit a thógáil, óir ba é a shéiplíneach é an tráth úd,' ar sé, 'chuir an t-ardeaspag ina aghaidh — is é sin ár dtiarna Seoirse Crómair, an príomháidh — gur scríobh litir chlamhsánach chuig an bpápa ina thaobh. Easpag as an bPáil nó as Sasana féin a bheadh ó Sheoirse breá, dar ndóigh. Ba dhóbair don Chearúllánach a dheis ar an deoise a chailleadh dá bharr. Bhuail spadhar Ó Néill agus chuir sé Conn Óg agus Art mac Colla Óig go hArd Mhacha le ceacht a mhúineadh don ardeaspag gur chreach a theach is a ghraí agus gur thug greadadh is greasáil dá sheanascal.'

'Don slíodóir sleamhain sin Mac Daimhín?'

'Don slíodóir sleamhain céanna, Seinicín Mac Daimhín. Thug Art leathmharú air i nDroim Mairge agus chuir sé sin fearg chomh mór ar an ardeaspag gur chuir sé siúd Art is Conn Óg faoi choinnealbhá, agus d'fhanadar faoi choinnealbhá ar feadh leathbhliana nó go ndearna Ó Néill féin idirghabháil ar a son. Agus, dar ndóigh, tá an chuid eile den scéal agaibh féin — gur chuir Ó Néill thú féin, a Mháistir,' ar sé le Conchúr, 'chun na Róimhe ag stocaireacht ar son Aodha Uí Chearúlláin.'

'Muise,' arsa Onóra, 'ní raibh a fhios agam gur ar son Aodha Chlochair a baineadh an chreach, agus cé nach bhfuil aithne agam ar an Seinicín seo, ní haon dea-scéala a chuala ina thaobh, agus is beag an t-iontas dá dtabharfadh duine greadadh dó ar a shon sin amháin.' D'éirigh sí ansin go bhfilleadh ar an bhfleá-theach gur rug a fear amach léi. 'Is ag caint ar *universitas* a bhunú atá na saoithe is na scoláirí seo, a Fheilimí.'

'Ábhar is geal le mo chroí,' ar seisean, gur shuigh i measc na bhfear. 'Insígí dom, a uaisle, insígí dom cén fhís atá agaibh do shaoithe is do mhacaoimh an chúige.'

Agus chromadar arís chun comhrá.

Thug Onóra Conchúr i leataobh gur labhair leis. 'Is tú a chuir comhairle Erasmus chugainn, nach tú?'

'Is mé, a bhean uasal, bhí sé de shásamh agam an méidín beag sin a dhéanamh ar bhur son.'

'Is eol dom sin agus is eol dom freisin go ndearnais nithe eile nach iad ar ár son, agus táimid buíoch díot, ach inis seo dom, chualaís mo chuid cainte anois beag agus dúrais gur mhaith an scéal é gurb é Feilimí a thiocfadh i gcomharbas ar a athair. An gceapann tú go bhfuil an neart againn le cur in aghaidh a dheartháireacha?'

'Dúrt sin, a bhean uasal, agus is dóigh liom gurb é Feilimí is láidre de chlann mhac an tiarna agus de rídhamhnaí na tíre fré chéile, gan aon agó, ach ní bhfaighidh sé an ceann is fearr orthu uile in éineacht. Mar a dúirt Solamh féin, is fearr an fear foighneach ná an fear láidir.'

'Solamh, gan bhréag! Tá go maith, ach inis seo dom, céard a deir ár gcara Erasmus?'

'Deir sé siúd nach ndéantar dea-phrionsa gan comhairle an fhealsaimh.'

'Agus cén chomhairle a chuireann Erasmus ar an gcomhairleoir?'

'Is dócha gurbh é a mhian go n-oibreodh mo leithéidse ar mhaithe leis an tiarnas.'

'Sin é a chomhairle don phrionsa, ach ní prionsa thusa, a Chonchúir, dá fheabhas thú,' ar sí. 'Mo chomhairle-se duit, a chomhairleoir: aire duit, mar feallfaidh na prionsaí ort agus fágfaidh siad ar an bport folamh thú. Deirim é sin leat mar gur mór linn do chuid oibre ar son an tiarnais agus gur mian linn thú a choinneáil slán.'

BHÍ GO maith. Chuaigh ár gcóiseoirí a chodladh an oíche sin; cuid acu sách nó sáraithe ag an bhfíon, cuid eile fós suaite is spreagtha ag aislingí móra an tiarnais. Ach más go sámh nó go suaite a chodail Onóra Ní Néill le sliasaid a dea-fhir, nuair a dhúisigh sí ní raibh dearmad déanta aici ar imagallamh na fleá. Chaith sí an lá i gcuideachta na n-aíonna ceanntuirseacha agus, an mhaidin dár gcionn, bhuail bóthar — í féin agus a mac Toirealach, beirt bhan chuideachta agus an leanbh, agus ceathrar marcach á tionlacan. Go suí an ardeaspaig léi, go *necropolis* Néill Chaille is Bhriain Bóraimhe agus go *metropolis Patricii* dá ngairtear Ard Mhacha na gcat, na gclog is na gcolúr. Ag an gcros thuaidh ar imeall an tsráidbhaile, d'éirigh séacla cosnochta in aibíd dhonn amach rompu gur ardaigh cuaille cam bán ina láimh fhada chnámhach. '*Cave*!' ar sé de bhéic.

Gheit capall; baineadh siar as an gcéad mharcach.

'Eolas an bhealaigh dom, a bhráthair,' ar seisean. 'Is ag triall ar theach an déin atáimid.'

Le hOnóra a labhair an bráthair. 'Is túisce a threoróinn thar leaca dearga Ifrinn thú, a dheirfiúirín!'

D'ísligh Onóra an cochall dá ceann. 'An é a sheachaint le mo bheo a mholann tú dom?' ar sí.

'Le d'anam féin, a dheirfiúirín! Óir tá sé ar an dá theach is faide ó theach Dé i gcathair seo na gintlíochta!'

'Agus cén teach é an teach eile, a bhráthair ionúin?'

Rug an bráthair ar mhuinchille Onóra, an dá shúil ar leathadh ann le solas an fhíréin. Theann beirt mharcach isteach leis. 'Teach na Prióireachta, mar a deirim, agus Teach an Ard-Easpaig,' ar sé, 'óir is é Caesar is tiarna sa gcéad teach agus Mamón is tiarna sa dara teach. Agus bíse airdeallach, a dheirfiúirín chroí, óir is i ndúnáras na diagantachta is díocasaí an Diabhal, agus is san áit a ghuitear go glórach a nítear gintlíocht gos íseal.'

D'ísligh beirt de na giollaí dá gcapaill, rugadar ar an mbráthair agus bhíodar ar tí é a ardú agus a theilgean den bhóthar nuair a labhair Onóra ar a shon. Shín sí bonn copair chuig giolla díobh le tabhairt dó. Pingin ní thógfadh an bráthair. 'Canta aráin,' ar sé agus chuaigh an giolla ag ransú ina mhála diallaite gur tháinig ar bhairín mine dó. Chuir an bráthair an t-arán faoina aibíd agus ar ais leis faoin ardchros, chroch Onóra a cochall ar a ceann arís, agus leanadar orthu isteach sa mbaile mór gur imíodar rompu trí aos sráide Thrian na Sasanach, thar Chnoc na hEaglaise, agus ó dheas trí Thrian Másain gur tháinig ar theach an déin, is é sin ar Phrióireacht an Chéile Dé.

Gabhadh a gcapaill dóibh ar fhaiche an tí agus, sa teach mór ilseomrach, thug duine de na mic léinn Onóra agus a bean chuideachta go teampall mór ardsíleálach na prióireachta mar a raibh nótaí binne aoibhnis an déin agus chantóirí an Chéile Dé ag baint macalla as fraitheacha an tí. Chuir an mac léinn ina suí ar chúl an chóir iad, chuir cogar i gcluais dhuine de na coiligh (ós é sin a thugtar le teann grinn ar chantóirí an chóir .i. coiligh Dé), d'fhág slán ag Onóra agus, le linn an *Rector Potens Verax Deus,* chas ar a chois agus d'imigh. Nuair a bhí paidreacha deiridh nóna ráite, tháinig nóibhíseach chucu lena dtabhairt go seomra na caibidle.

Suite chun boird rompu faoi dhealbh bhán an tSlánaitheora ar an gcrois, bhí seanmhantachán maol agus é cromtha os cionn litreach. Ar chomhartha ón ngiolla, shuigh Onóra agus a bean chuideachta os comhair an déin, agus leag an bhean chuideachta bronntanas Onóra ar an mbord roimhe, lán sparáin de bhoinn óir.

D'ardaigh an déan a cheann. 'I gcuntas Dé!' ar seisean go cabach léi. 'Céard seo? Ofráil chun na heaglaise? Grásta Dé ort, a iníon mhaith.'

'Tabhartas beag ar son anamacha ár muintire. Ní dada é, ach tá súil againn seirbhís níos mó a dhéanamh don eaglais amach anseo.'

'Seirbhís níos mó, a deirir? Agus cén tseirbhís í sin, a iníon ó, mura miste leat mé á fhiafraí?'

'Labhair m'fhear céile liom ar fhearann eaglasta atá i seilbh Uí Néill gan cúiteamh ná cíos á íoc leis an eaglais ar a shon.'

'Ar fhearann na heaglaise? Is iomaí sin fearann is baile atá crúbáilte ag ár dtiarna teamparálta, muis. D'ardaíomar an cheist go mion is go minic leis. I gcuntas Dé, d'ardaigh sin, a iníon.'

'Amach anseo, le do chúnamhsa, cuirfimidne an scéal sin ina cheart.'

'Más é toil Dé é, a iníon ó.'

Lig Onóra osna aisti agus labhair arís. 'Ní dóigh liom go dtuigeann tú, a Dhéin. Is é m'fhearsa an mac is sine ag Ó Néill agus, de dheoin nó d'ainneoin an tánaiste, is é a thiocfas i gcomharbas air — agus is é a bheas buíoch díobh siúd a chabhrós leis.'

Chogain an déan a dhrandal sular labhair. 'Is maith linn do dhúthracht,' ar sé, agus d'iarr ar a dhalta a chuid cuairteoirí a thabhairt amach. 'Cuirfead paidir chun Dé ar bhur son.'

Chrom Onóra a ceann go humhal agus ghabh a cead aige.

Amach leo thar na nóibhísigh a bhí ina suí sa gclabhstra, na colúir ag durdáil ar dhíon an tséipéil os a gcionn. Ar shráid an tí, labhair an bhean chuideachta. 'Thug sé éisteacht mhaith duit, a Onóra.'

Faoina fiacla a d'fhreagair Onóra í. 'Ní leor sin.'

LASMUIGH ar fhaiche an tí, ghabhadar na heacha agus, in áit aghaidh a thabhairt abhaile, ghabh Onóra ó dheas trí Thrian Másain, thar theach mhaor Uí Néill, mar a raibh na hógánaigh ag greadadh liathróide in aghaidh na binne, gur ghabh thar an gcros theas agus gur ghluais amach thar cholbha an tsráidbhaile go Droim Mairge agus go teach mór áirgiúil an ardeaspaig. 'Mura bhfuil cúnamh ar fáil ó Chaesar,' ar sí, 'gabhfaimid i muinín Mhamóin!'

I mbarr an tí sin, i seomra mór painéalaithe idir dhá mhorc tine, chuir seanascal an ardeaspaig fáilte roimpi, óir is ó dheas sa Pháil i dTearmann Feichín a bhí cónaí ar an ardeaspag féin an tráth úd agus ba é a sheanascal, Seinicín Mac Daimhín .i. an t-oifiseal, a bhí i bhfeighil an tí i nDroim Mairge dó — easóigín beag fir a raibh caipín veilvit gorm air, ionar sróil agus streill cham gháire, é suite chun boird ar chathaoir ard dhroimdhíreach agus ceithre chú seilge ina luí faoina chosa.

Shuigh Onóra agus thug an giolla fíon spíosraithe chuici.

Níor léirigh an t-oifiseal aon iontas nuair a chuir sí í féin in aithne dó. 'Tá áthas orm thú a fheiceáil, a iníon Fheilimí na Dúcharraige.'

'Ar gnó a thánag,' ar sise. 'Ba mhaith liom focal a chur i do chluais i dtaobh gnóthaí sa deoise.'

'Abair, a bhean uasal, tá cluas le héisteacht orm.'

'Is cosúil go bhfuil Feilimí Rua agus Giolla Easpaig mac Colla Óig i mbun comhcheilge.'

'Ní féidir! Mac Dónaill Gallóglach? An constábla? I ngan fhios d'Ó Néill?'

'I ngan fhios d'Ó Néill, a Sheanascail. Agus is é an Déan Mac Cathmhaoil atá ina theachta eatarthu. Eisean agus deartháir an chonstábla.'

'Art mac Colla Óig?'

Thost an bheirt.

Ar deireadh, labhair an t-oifiseal arís. 'Sin é a mheasas, óir chonac bean Ghiolla Easpaig le deireanas agus nead á déanamh i gcluais an déin aici. B'fhéidir go bhféadfainn comhairle a chur ort?'

'Ba mhór linn do chomhairle, a Sheanascail, ach ba mhór againn freisin é dá gcuirfeá comhairle ar an déan. Ós tú oifiseal an ardeaspaig.'

'Déanfar, a bhean uasal. Déanfar amhlaidh.' Chrom an seanascal agus ghabh ag láínteacht le ceann de na cúite. Tar éis tamaillín, dhírigh suas arís gur labhair an athuair. 'Bhí focal agat leis an déan inniu?'

'Bhí, a Sheanascail.'

'Agus thairg tú cabhair do chéile dó chun cíos na dtailte eaglasta i gCluain Dabhaill a fháil ar ais?'

Thost Onóra sular labhair. 'Thairg,' ar sí.

'Bíodh a fhios agat nach é an déan a bhíos ag plé le tionóntaí an ardeaspaig. I measc cúraimí eile, is é atá freagrach as na cúirteanna eaglasta.'

'Tuigim.'

'Agus tuig freisin gur minic ina bhreitheamh ag Ó Néill sna cúirteanna tuata é. Obair éadálach.'

Sméid Onóra a ceann.

'Anois, agus tú ag caint leis inniu, dá mbeadh sé ráite agat leis go raibh Ó Néill ag caint ar Chonchúr Mac Ardail nó ar Ghiolla na Naomh Ó Coileáin nó a leithéidí a ainmniú ina mbreithiúna sna hOirthir ina áit féin, bheadh toradh níos fiúntaí ar an gcomhrá a bhí agat leis.'

'Tuigim, a Sheanascail.'

'Ná bíodh aon imní ort, a Onóra dhil. Déarfad féin leis go bhfuil Conchúr Mac Ardail molta mar bhreitheamh ag an gcomhairle — cuirfidh sé sin an cat i measc na gcolúr. Cuirfidh sin, agus na cloig á mbaint! Agus maidir le tailte eaglasta an ardeaspaig, is mise atá freagrach astu sin, agus meabhródsa é sin duit féin is do d'fhear san am cuí amach anseo.'

Go haerach coséadrom, d'fhág Onóra slán ag an oifiseal agus, sular thug sí aghaidh ar an mbóthar abhaile, shiúil sí na trí thrian in Ard Mhacha agus cheannaigh coinnle céarach maille le cornán den éadach uasal dearg, seacht mbanlámh den síoda dubh agus banlámh den síoda buí. Roimh imeacht di, sheas sí i dteach an tsaoir Mhic Giolla Mhura gur iarr air teacht go hInis Dabhaill. Bhí obair aici dó.

BHÍ GO maith. Lá gréine i ndeireadh an fhómhair, thug gnó a bhí ag Conchúr leis an reachtaire ó dheas go Maigh gCaisil é óir bhí athsheilbh glactha ag an tiarna ar fhearann an easpaig agus cuntas á dhéanamh ag an reachtaire ar a mhaoin is ar a eallach. I ndoras na cathrach, shín giolla méar le doire coille ar fhíor na spéire: 'Is ann atá an máistir,' ar sé. 'Tá bainbhíní na Féile Mártan á n-áireamh le haghaidh na Nollag aige.'

Ar theacht i gcóngar na coille darach dó, chuala Conchúr rúspáil na muc sa mothair agus dearcáin ghlasa an fhómhair á gcuardach san ithir acu. Chuala glór a d'aithin sé ansin agus, go ciúin, thug a chapall isteach faoi ghéaga na gcrann, d'ísligh, agus shín a shrian chuig Donncha. Lean air de shiúl na gcos.

I gcluainín beag féarghlas idir na crainn, bhí an reachtaire, a ghiolla agus a mhuicí ina seasamh. Ar a ghlúine rompu, bhí fear mór casdaolach fionn ina mhaol agus é ag olagón go géar cráite.

Chrom an reachtaire, Pádraig Óg, agus shín a lámh chuig an easpag. 'Ach nach bhfuil an saol ar do mhian agat in Oirialla?' ar sé.

'An ag magadh fúm atá tú? Tá a fhios ag madraí na tíre nach bhfuil fabhar Uí Néill agam agus ní hamháin nach n-íoctar cíos liom ach tá mo mhaoin shaolta á breith as m'fhearann féin orm i lár an lae ghil. Gan náire! Níl néal codalta agam ó chuaigh mé siar ann. Impím ort, a Phádraig.'

Chabhraigh Pádraig Óg leis éirí ar a chosa agus chuimil an t-easpag an salachar dá ghlúine.

'Déanfad mo dhícheall ach, le fírinne, a Thiarna Easpaig,' arsa Pádraig Óg, 'níl Ó Néill sásta go luafaí d'ainm os a chomhair.'

Lig an t-easpag ochlán eile as.

Bheannaigh Conchúr don chuideachta. Chúb an t-easpag roimhe. Chrom Conchúr gur thóg a lámh is gur phóg a fháinne. Labhair go lách leis. 'Déanfadsa iarracht ar do shon, a Thiarna Easpaig,' ar sé.

Stán an t-easpag go hamhrasach air. Bhí a shúile deargtha agus a fhéasóg gan bhearradh. 'Táim róbhuíoch díot, a Chonchúir. Bheinn faoi chomaoin go deo ag mo thiarna dá gcuirfeadh sé a mhaor ó dheas le hiallach a chur ar mo chuid tionóntaí a gcíos a íoc liom.'

Thionlaic Conchúr agus Pádraig Óg go dtí an bóthar é, mar a raibh giolla agus dhá ghearrán ag fanacht leis.

'*Sono molto grato*,' arsa an t-easpag, é dírithe suas arís agus a cheann go hard aige. 'Meabhróidh tú dó gur mé a sheirbhíseach dílis dúthrachtach.'

Ar imeacht don easpag, d'iompaigh Conchúr chuig Pádraig Óg, 'An labhródsa leis an tiarna nó an labhróidh tú féin leis?'

'Labhair thusa leis, más maith leat. Den chéad uair, tuigeann Aodh bocht céard is titim as fabhar Uí Néill ann, agus tabhair titim air! Ach má cheapann sé go bhfuil grinneall sroichte, tá dul amú air,' ar sé, 'óir más mór é féile Uí Néill lena chairde, is mó fós a dhomhaiteachas leis an té a chuireann díomá air. Ach ní ar lorg an easpaig a thángais?'

'Is ag iarraidh áit d'eachlaigh i nDún Geanainn a bhí mé, a Phádraig.'

'Dar ndóigh, tá an uile dhuine agaibh ag iarraidh áras is banrach i nDún Geanainn. Tá tú cruógach, cloisim. Deirtear liom go bhfuil iniúchadh á dhéanamh agat ar chearta iascaigh na Moirne is na Finne.'

'Shíleas gur faoi rún a bhí an scéal sin.'

'Ní hann do rún i nDún Geanainn,' arsa Pádraig Óg. 'Seachain thú féin. Mura ngabhfaidh scéal seo an chíosa chun tairbhe don tiarna, ní ar Niall Conallach ach ortsa a bhuailfear an milleán. Agus maidir le do chuid eachlach, déanfadsa cúram díobh sin.'

AN OÍCHE sin, is i dteach an fhíona ag ullmhú do chruinniú na comhairle i gcuideachta Ghilidín a bhí Conchúr nuair a tháinig Giolla Phádraig agus Tadhg Bán chuige isteach le scéala as Ard Sratha — maille le beart bairíní cruithneachta a chuir Sadhbh anoir chuige. Chuir sé fáilte rompu, cheistnigh faoina gcomhráití leis na hollúna iad agus bhreac nótaí ar páipéar. Nuair a bhí an tuairisc scríofa agus an dúch triomaithe uirthi, dhún sé an leabhar.

'An dóigh libh go raibh Niall Conallach ar an eolas faoi bhur n-iniúchadh?'

'Mura raibh, is cinnte go bhfuil anois.'

'Tá go maith,' arsa Conchúr. 'Is léir go bhfuil cearta móra ag Ó Néill ar iascach na Moirne is na Finne agus gurb é Niall Conallach atá á gcoinneáil uaidh.' Dhearc sé ar Ghiolla Phádraig. 'Do bharúil?'

'Is mór an buíochas a bheadh ag ár dtiarna ar an té a thabharfadh an dea-scéala seo chuige.'

Dhearc Conchúr ar Ghilidín. 'Agus céard a déarfá féin?'

Ag crochadh éadaí le triomú cois tine a bhí Gilidín. 'Is cinnte gur mór,' ar seisean, 'ach is cinnte go mbeadh an Mheirg sásta dul chun cogaidh ar a son.'

Sméid Conchúr a cheann leis. 'Ach mura dtagaimidne ar fhoinse nua airgid, is gearr go mbeidh tobar an tiarnais tráite,' ar sé. D'éirigh sé agus chas air a bhrat. 'Mar sin féin, is fearr gan aird na Meirge a tharraingt orainn féin. Cuirfead éileamh ar cíos i lámha an tiarna amárach roimh chruinniú na comhairle agus fágfad faoi féin an cháipéis a thabhairt don Mheirg nó í a bhá faoi chloch.'

AN MHAIDIN dár gcionn, chuaigh Conchúr ar thóir an tiarna. Go seomra an teaghlaigh sa túr thiar a chuaigh, go grianán an tí, seomra fada folamh a raibh trí fhuinneog de phánaí glana glé sa mballa ó dheas agus, leis an mballa ó thuaidh, cornchlár faoi phlátaí copair is airgid chomh maith le trí mhórshéad an teaghlaigh (iad leagtha amach go cúramach ag na giollaí faoi shúil an reachtaire) .i. lúireach mháille Dhónaill Mhic Lochlainn ó bhlár an Chaméirí, an bhratach a chuir Rí Alban chuig Dónall mac Briain tar éis Chath Alt na Bonnóige, agus an dealg óir a bhronn an Gearaltach ar Chonn Mór. Chrom Conchúr os cionn an bhoird agus chonaic go raibh an carn litreacha bogtha ag Conn ach nach raibh a ainm curtha aige le hoiread is ceann acu. Ba é sin ba nós dó, á gcur anonn is anall gan síniú. Lig Conchúr osna as.

Isteach le Conn, a ghiolla lena sháil, agus shuigh sa ríchathaoir ag ceann an bhoird agus a chúl leis an tine aige — óir bheadh sé féin i láthair don chruinniú seo.

Bheannaigh Conchúr dó, d'umhlaigh, agus shín an cháipéis chuige. Shín Conn ar ais chuige í. 'Léigh í,' ar sé, agus de réir mar a bhí sí á léamh aige, bhí muca ag teacht ar mhalaí an tiarna agus a bheola á bhfáisceadh go teann ar a chéile aige.

'Shíleas go mbeifeá sásta,' arsa Conchúr nuair a bhí an t-iomlán léite aige dó.

'Sásta?' arsa Conn go piachánach. 'Tá mé do mo chreachadh gan náire ag an ngadaí meirgeach sin agus ag a mhéirdreach bhéalchráifeach mná.'

'Is mór an méid é nuair a bheas sé sa gciste agat.'

Thóg Conn an cháipéis uaidh lena léamh.

'Rud eile,' arsa Conchúr. 'Casadh orm an t-easpag.'

'Bhís in Oirialla?'

'I Maigh gCaisil. Bhí sé féin ar cuairt ann.'

'Cuirfead maor agus díorma ceithearnach siar ann lena ruaigeadh.'

'Níl aon ghá leis sin, a Thiarna, tá sé imithe siar go Clochar. Deir sé nach bhfuil a chuid tionóntaí sásta cíos a íoc leis.'

Chrom Conn ar an gcáipéis an athuair.

'B'fhéidir,' arsa Conchúr, 'go bhféadfaí an maor sin a chur siar go hOirialla le hiallach a chur ar na tionóntaí an cíos a íoc?'

'B'fhéidir go bhféadfaí,' arsa Conn, 'ach is cinnte nach ndéanfar, óir is é an maor céanna sin atá ag tógáil an chíosa sin agam féin. Cá as ar bhain mé do thuarastalsa, dar leat? Tuilleadh diabhail aige, féadfaidh sé scaithimhín eile a chaitheamh le troscadh is le tréanas ar a dhá ghlúin mar a dhéanfadh easpag Dé. Agus mura bhfana sé thiar, cuirfeadsa easpag eile ina áit.'

Leis sin, d'fhógair an giolla teacht na gcomhairleoirí. Isteach leo. Cuireadh Feilimí agus an Fear Dorcha ina suí ar láimh chlé Uí Néill, an reachtaire ar a dheasláimh .i. in áit a thánaiste, agus taoisigh an Lucht Tí ar a dheasláimh siúd. Shuigh Conchúr ina ionad féin, agus níor thúisce sin ná labhair an reachtaire, óir ba é siúd .i. Pádraig Óg Ó Maoil Chraoibhe, a bhí in áit an chinn comhairle ó díbríodh an t-easpag. 'Níl aon súil leis an tánaiste anseo inniu ós rud é go bhfuil sé gafa le gnóthaí eile,' ar sé.

'Nach bhfuil sé in am an cúram sin a bhaint den Mheirg?' arsa Ó Doibhlin.

'Agus tánaiste nua a thoghadh?' arsa Ó Coinne.

'Rud nach miste ó tharla gur ar slógadh le hÓ Dónaill atá sé faoi láthair,' arsa Ó hÁgáin.

D'ísligh Conn a ghlór gur chuir gothaí rúndiamhra air féin: 'Tráthúil go leor, bhíos á phlé sin leis an bhFear Dorcha.'

D'iompaigh Feilimí chuig Ó hÁgáin gur bháigh a leathshúil ann. Sháigh Ó hÁgáin gob a uillinne in Ó Doibhlin gur sheas sé sin ar chois Uí Choinne. Lig Ó Coinne cnead as. 'Má tá tánaiste nua le toghadh, a Thiarna,' ar sé, 'ba mhaith liom do mhac féin a mholadh: an sinsear, Feilimí.'

'Cuirfeadsa mo ghuth le guth Uí Choinne,' arsa Ó Doibhlin.

'Cuirfidh agus mise,' arsa Ó hÁgáin.

Dhearg an Fear Dorcha; bhánaigh Conn Bacach. Níor labhair ceachtar acu.

'Ní dóigh liom,' arsa Pádraig Óg go mín, 'go bhfuil sé i gceist tánaiste nua a thoghadh fós.'

Leis sin, chualathas glórtha ar an staighre agus tháinig giolla chucu agus Róise Ní Dhónaill .i. bean Néill Chonallaigh, á tionlacan aige, í faoi fhallaing liathghlas is ceannbheart fionnaidh, dreach dhomlasta mhíchéadfach uirthi. Ina diaidh aniar, tháinig céasánach beag carrach de shéiplíneach, gúna preabánach liathghlas go lorgaí air agus bairéad beag cúil ar a cheann. Phlab an séiplíneach an doras ina dhiaidh gur bhain croitheadh gliogarnach míbhinn as na plátaí ar an gcornchlár agus gur gheit a raibh i láthair. 'In ainm dílis Dé!' arsa Conn faoina fhiacla.

'Leithscéal chugaibh ón tánaiste, a uaisle. Ós rud é nach raibh sé in ann a theacht i láthair, d'iarr sé ormsa labhairt ar a shon,' arsa Róise.

Bhrúigh na comhairleoirí gáire fúthu agus rinneadh áit di ar dheasláimh Choinn.

'Sílim go bhfágfaimid sin mar atá,' arsa Conn ansin, 'agus go bpléifimid nithe eile.'

'Ar na nithe eile atá le plé,' arsa Pádraig Óg, 'tá cleamhnas don tiarna.'

'É sin,' arsa Conn go leamh gur fhéach as corr a shúile ar Róise. 'Céard atá agaibh dom an uair seo? Straoill as an Seanchaisleán? Bodóinseach éigin as Both Domhnaigh, an ea? Is cuma liom má fhaighim Teamhair agus coróin na Róimhe féin ar a son ach ná bíodh orm mo bhéilín tim tláith a leagan ar bhruas mór ribeach na caillí arís.'

As taobh a bhéil a labhair Conchúr. 'Bean tíobhasach a mhol an reachtaire, sílim.'

Rinne Pádraig Óg casacht is cáithíl. 'An t-easpag a bhí ag plé leis an gceist sin.'

Chroch Conn a shúile go síleáil. 'Pléitear nithe eile, a Phádraig,' ar sé, agus d'iompaigh chuig Conchúr go ndúirt, 'Déan thusa cúram de seo, a Chonchúir.'

Thug Róise féachaint faoina malaí ar Chonchúr. 'Ní hiontas míshásamh ar an Lucht Tí,' ar sí, 'ós faoi chléiricín an easpaig anois é a mbantiarna a roghnú. Pribhléid é sin a bhíodh ag maithe na tíre tráth a mbíodh cead acu a dteach féin a dhéanamh.'

'Céard atá i gceist agat lena "dteach féin a dhéanamh?" Sílim go bhfuil dul amú ort, a iníon Uí Dhónaill?' arsa Pádraig Óg.

'Níl ná é, a mhic Uí Maoil Chraoibhe. Deirtear liom nach gceadóidh an tiarna dúnfort cosanta do Mhac Dónaill Gallóglach — ná d'aon uasal den Lucht Tí — ar a fhearann féin.'

Stán Róise orthu gur ghrinnigh sí taoisigh an Lucht Tí ó dhuine go duine. Chúbadar a súile uaithi.

Tháinig Conchúr rompu. 'Agus cad chuige dúnfort ós rud é go ngabhann an tiarna cosaint a uirríthe air féin?' ar sé.

'Cad chuige giolla iasachta ó Oirialla in áit feidhmeannach de Chineál Eoghain mar a bhí sa seanreacht?' arsa Róise go pras. 'Is gearr gur ina shuí ar Leac na Rí a bheas tú!'

Dhorchaigh Conn. Bhris barr a phinn i láimh Chonchúir agus fágadh smál dúigh ar an leathanach.

'Ós ag caint ar an seanreacht sinn,' arsa Conchúr, a ghrua lasta agus an cleite briste fáiscthe ina dhorn, 'tá sé ráite go bhfuil sárú á dhéanamh ar cheart an tiarna ag baill dá fhine féin.'

'Tá go deimhin,' arsa Conn agus thóg sé cáipéis Chonchúir den bhord, á síneadh chuig Róise. 'Éileamh ar íocaíocht ar iascaireacht na Moirne agus na Finne é sin duit, a Róisín,' ar sé. 'Agus ní giolla iasachta é Conchúr Mac Ardail ach comhalta liom féin, agus mura maith le hiníon Uí Dhónaill duine deríshliocht Oiriall i bhfeidhmeannas Uí Néill, meabhraítear di go ndlíonn an seanreacht ár n-urlámhas ar Oirialla. Mar a dhlíonn sé ár n-urlámhas cois Moirne is cois Finne.'

Smideanna beaga a bhí ag bean an tánaiste. Thug sí súil nimheanta ar Chonchúr agus thóg an cháipéis as láimh an tiarna.

SAN IARNÓIN, agus an tuairisc breactha ag Conchúr Óg dó, chuaigh Conchúr i mbun gnóthaí i dteach an fhíona agus ní dheachaigh soir go dtí tráthnóna an lae dár gcionn. Cois Torainn, fuair sé Caitríona ag gol go faíoch roimhe agus Sadhbh ag iarraidh í a shuaimhniú.

'An madra,' arsa Donncha.

'Tá Bran caillte,' arsa Gilidín os íseal le Conchúr.

Labhair Sadhbh. 'Bhí marcaigh ón Seanchaisleán anseo inniu agus teachtaireacht acu duit.'

'Abair.'

Chuir sí a béal le cluais Chonchúir gur labhair i gcogar. 'Ceithearnaigh Néill Chonallaigh, bhádar an madra bocht san umar agus chrochadar ar chuaille é lasmuigh. Murach gur dhún Gilidín doras an tí orthu, sílim go mbeadh drochbhail curtha acu ar dhuine éigin. Dúirt a gceann feadhna go bhfacthas ár gcuid gadhar ag smúrthaíl cois Moirne agus go dtabharfadh sé an íde chéanna orainn féin.'

Thug Conchúr féachaint ghéar ar Chonchúr Óg. Bhí an dá shúil ar leathadh air siúd. Chrom Conchúr os cionn Chaitríona, thug póg ar an mbaithis di agus labhair go caoin léi sular iarr ar Shadhbh í a chur siar a chodladh.

Nuair a bhí Sadhbh agus Caitríona thiar ar an leaba, labhair Conchúr lena mhac. 'Is léir, más ea, go bhfuil fios fátha bhur dturais ag an Meirg, ach mura mbeadh an cháipéis sin curtha i lámha Uí Néill inniu agam, bheadh sé mar ghad ar mhuineál ag an Meirg orainn. Ó tá an cháipéis i lámha Uí Néill anois, ní haon chontúirt sinne don Mheirg níos mó.'

'Ach d'fhéadfadh sé díoltas a bhaint amach fós.'

'D'fhéadfadh sin, cé gur fál i ndiaidh na foghla anois dó é. Ar maidin, más ea, tabharfaidh tú féin agus Gilidín na cailíní siar go Dún Geanainn. Fanfaidh sibh i dteach an fhíona go mbeidh áit fheiliúnach agam daoibh. Cuirfidh Giolla Phádraig ár mbólacht ar láimh shábhála. Agus cuirfeadsa scéala siar go hOirialla ag iarraidh cúnaimh.'

LÁ ARNA mhárach, thiomáin Giolla Phádraig agus Donncha an bhólacht soir go Cluain Eo lena cur ar choimirce Thomáis Charraigh, agus thug Conchúr a gcuid maoine ar chapaill ualaigh siar go Dún Geanainn. Bhí na ciseáin á mbaint ag Gilidín de na capaill ar shráid an chaisleáin nuair a tháinig Conn amach chucu. Chaith sé a lámh thar ghualainn Chonchúir.

'A Chonchúir liom,' ar sé, 'chuala go raibh de dhánacht ag maor na Meirge cuairt a thabhairt ar mo rúnaí.'

'Thugas an teaghlach anoir lena gcur ar láimh shábhála anseo.'

Scaoil Conn dá ghreim ar Chonchúr go ndearcfadh sa tsúil air. 'Agus thugas-sa ordú don reachtaire Maigh gCaisil a fholmhú faoi bhur gcomhair,' ar sé.

D'umhlaigh Conchúr. 'Táim fíorbhuíoch díot, a Thiarna.'

'Is fearr an chosaint a bheas ann duit agus ní leomhaidh ceithearnaigh na Meirge lámh a leagan ort ar thairseach Dhún Geanainn. Agus is feiliúnaí go mór é mar áit chónaithe do chomhairleoir is do chara rúin an tiarna.'

D'umhlaigh Conchúr dó an athuair.

'Agus féach seo,' arsa Conn, 'tá fear anseo a thabharfas ar aeraíocht thú. Deir sé gur maith a ghabhfadh marcaíocht cois locha chun tairbhe duit.' D'ardaigh Conchúr a cheann go bhfaca Feilimí Caoch le hais a athar agus meangadh go cluasa air. 'Déan cúram de, a Fheilimí,' arsa Conn, 'nach gcuirfidh tú mo chomhalta i mbaol óir is mór é mo bhrath ar an bhfear seo.' Agus d'imigh leis ar ais i dtreo an chaisleáin.

Chuir Feilimí a lámh faoi ascaill Chonchúir agus thug ar ais i dtreo theach an fhíona é. 'Seo leat,' ar sé. 'Gabhfaimid soir go Cluain Eo go gcaithfimid súil ar scoil Thomáis Charraigh,' ar sé.

Ní dhearna Conchúr moill. D'fhág sé Conchúr Óg i mbun

an tí agus amach leis go giodamach, Donncha sna sála air. Ar éirí ar mhuin eich dó, sciorr Donncha gur dhóbair dó titim.

Rug Conchúr ar adhastar an eich dó agus labhair go ciúin leis. 'B'fhéidir gur fearr dá bhfanfása i mbun an tí.'

'Níl ann ach gur sciorras, a mháistir.'

'Teastaíonn fear maith i mbun ár ngnóthaí i Maigh gCaisil fad a bheadsa ag freastal ar an tiarna.'

'Agus cé a thabharfadh aire duitse?'

'Tadhg Bán.'

'Níl sé ar fónamh. Tá sceilp bainte as a chluais. Dúirt sé gur cat a chuir crúca ann.'

'An é nach gcreideann tú é?'

Gnúsacht a rinne Doncha leis sin. 'Tabhair leat Gilidín.'

'Ach níl scríobh ná léamh aige siúd.'

'Is fusa léamh a mhúineadh ná dílseacht.'

'Labhróimid faoi seo arís,' arsa Conchúr, agus chuireadar chun bóthair.

Go baile Mhic Cathmhaoil leo i gcéadóir agus, ansin, i gcuideachta Thomáis Charraigh, thugadar aghaidh ar an scoil: foirgneamh fada bán faoi cheann úr tuí, dhá fhuinneog bheaga chúnga ann agus doras oscailte, gaineamh leata os comhair an dorais agus boladh an aoil ar an tsráid.

D'ísligh Feilimí den stail mhór dhubh, thug an srian dá ghiolla agus isteach leis.

Arsa Conchúr de ghlór íseal, 'Maidir leis an eallach, a Thómáis, táim buíoch díot.'

'Ná habair é. Chuala an scéal ar fad ó Dhonncha.'

'Rud eile, a Thomáis. Cúrsaí cleamhnais. Tá mac inphósta agam. An féidir go mbeadh céile nuachair sna bólaí seo dó?'

'Do Ghiolla Phádraig, an ea? Tá an iníon is sine agam féin gan phósadh.'

'Tá go maith, labhróimid faoi sin arís.'

'Labhróidh. Ach déanta na fírinne, nuair a luaigh tú cúrsaí cleamhnais, shíleas gur bean duit féin a bhí uait.'

Rinne Conchúr gáire. 'Bean domsa? Pósadh arís, a deir tú?'

'Nár chuimhnigh tú air? Is beag biatach nó brughaidh nach dtabharfadh iníon i gcleamhnas do rúnaí Uí Néill.'

Leanadar Feilimí isteach sa scoil. Laistigh, ar thaobh amháin, bhí cúigear daltaí ag aithris os ard faoi shúil an oide óig; ar an taobh eile, bhí ógbhean ag fuint ar an teallach, mar a raibh áit chónaithe ag mac Thomáis. Ar ordú Thomáis, scoir a mhac an scoil agus d'imigh an cúigear ógánach de ruaig reatha amach an doras tharstu ag gárthaíl go ríméadach.

'Ardóimid an díon, méadóimid na fuinneoga,' arsa Feilimí. 'Céard a déarfá, a Chonchúir?'

'D'fhéadfaí suanlios a thógáil i mbarr an tí, nó aireagal don oide.'

'Anseo a theagascfaí an *trivium*: gramadach, reitric agus loighic. Agus an *quadrivium*.'

'Agus na hábhair nua, a mhic Uí Néill,' arsa Conchúr, 'na *studia humanitatis*, an stair agus an fhilíocht mar atá i bPadua agus i Salamanca?'

'An stair agus an fhilíocht agus an ceol, a Chonchúir. Agus an ceol.'

'Agus an féineachas?

'I dteach an dlí, a Chonchúir. Tógfaimid teach eile, béal dorais, teach don dlí, don uimhríocht, don chéimseata agus don réalteolaíocht.'

'Tá áit ann freisin do bhothanna le haghaidh na n-oidí agus na ndaltaí,' arsa Conchúr.

Lean Feilimí amach é, Tomás ag teacht ina dhiaidh agus na cosa beaga ag rith uaidh. Bhí na daltaí ag imirt báire ar an bhfaiche os comhair an tí.

'Tógfar bothanna ann ar dtús,' arsa Feilimí. 'Tá mac Mhic Giolla Mhura ag obair agamsa in Inis Dabhaill. Nuair a bheas sé críochnaithe ansiúd, cuirfead anseo é go dtógfaidh sé tithe cloiche dúinn. Suanleasa. Agus má.'

'Má?'

'Is ea, glanfar má imeartha don mhacra, a Thomáis. Ná dearmadaimis an oiliúint chorpartha. Má imeartha agus ré don eachra mar a bhí i scoil ghaisce na hEamhna fadó. Feicim os comhair mo dhá shúl é, a Chonchúir, ag síneadh uainn ar gach taobh. *Universitas Tironis*.'

NÍOR fhill Conchúr ar Dhún Geanainn go maidin. Caitríona agus Sadhbh a bhí i dteach an fhíona roimhe agus bairíní á bhfuint ar an tine acu, Gilidín suite chun boird agus é ag cleachtadh a chuid peannaireachta, agus an t-urlár fúthu clúdaithe nach mór ag cléibh is ciseáin lán fearais tí. D'ardaigh Caitríona a ceann gur fhéach go dólásach ar a hathair. Chuir Gilidín uaidh a pheann, thóg úll beag seargtha as a ionar agus chaith in airde é gur rug arís air agus gur shín chuici é. Las an dá shúil inti. Rinne Conchúr gáire agus leag lámh go buíoch ar ghualainn Ghilidín. 'Geallaim daoibh, a chailíní, nach mbeidh sibh i bhfad eile anseo. Tá Maigh gCaisil tugtha ag ár dtiarna dá chomhairleoir is dá chara rúin.'

'Duitse, a Dheaide?'

'Dúinne, a pheata. Tá sin, agus seanfhearann an easpaig.'

'Aililiú!' arsa Sadhbh.

'Amárach,' arsa Conchúr le Caitríona, 'tabharfad go hArd Mhacha thú. Tabharfad sin, agus ceannód ionar nua duit agus bróga.'

'Agus Bran?'

Phóg sé ar a baithis í. 'Cuirfimid Bran i Maigh gCaisil, a pheata, ar dheisiúr na gréine.'

Go sásta, bhain Caitríona plaic mhór as an úll.

Níor thúisce Conchúr suite go sámh cois teallaigh ná chualathas coiscéim ar an staighre agus tháinig Conchúr Óg isteach, a anáil i mbarr a ghoib aige. 'Tá an tiarna tite,' ar sé.

Phreab Conchúr ina sheasamh. 'Céard seo?'

'Tá Ó Néill sínte ar an tsráid lasmuigh gan aithne gan urlabhra. Tá an constábla chun fios a chur ar an Meirg.'

'Ar Niall Conallach?'

'Ar an tánaiste, ar ndóigh! Mura dtaga an tiarna chuige féin, is é Niall Conallach a bheas i gceannas.'

Rug Sadhbh greim láimhe ar Chonchúr. 'Buail fút, a Chonchúir, go mbogfaidh mé braon bainne duit, tá dath an bháis ort.'

Lasmuigh, chualathas gearrchaile ag olagón.

'Go beo, a Mháistir,' arsa Donncha, 'níor mhór duitse imeacht as seo.'

CAIBIDIL 5

An Mheirg

AMACH le Conchúr. Bhí slua ag cruinniú ar aghaidh an chaisleáin; an doirseoir, Eoin mac Somhairle, ag teacht de rith ina chóta fada máille agus a thruaill ag scríobadh na sráide ina dhiaidh; Solamh Mac Con Mí ar sodar lena chois agus a ál éigsíní sna sála air. D'fhéach Conchúr in airde. Sháigh bean a cloigeann amach as fuinneog chúng i mbarr an tí gur fhéach anuas. Bhrúigh Conchúr a bhealach thar bhantracht an dúin go bhfaca Conn luite ar a dhroim, a shúile dúnta mar a bheadh leanbh ann, agus Pádraig Óg Ó Maoil Chraoibhe cromtha os a chionn.

'A Chríost na bhfeart, tá sé caillte,' arsa duine de na cailíní. Boiseog faoin gcluais a thuill an chaint sin di.

'Maireann sé,' arsa Pádraig Óg. 'Titim as a sheasamh a rinne sé.'

'Cá bhfuil a lia?'

'Tá an Máistir Ó Caiside ar cuairt ar a mhuintir. Cuirfead fios air.'

'Caithfear é a leagan go compordach in áit níos feiliúnaí,' arsa Conchúr.

Chuaigh Conchúr ar a chromada agus chuir Pádraig Óg focal ina chluais. 'Mura ndúisíonn sé, is é an Mheirg a thiocfas ina áit. Ba chóir duitse é a thabhairt do na boinn go beo.'

Chrom Donncha agus labhair i gcogar le Conchúr. 'Gabhfadsa na heacha.'

'Agus nuair a dhúiseos sé?' arsa Conchúr le Pádraig Óg. 'Céard a dhéanfas sé nuair a fheicfeas sé go bhfuil sé fágtha ar chlár a dhroma ag a rúnaí? An gceapann tú go maithfear sin dom?'

'Má dhúisíonn sé ar chor ar bith,' arsa Pádraig Óg go ciúin.

Bhí an gleo ina dtimpeall ag dul i méid. D'éirigh eachlach ar mhuin mairc.

Sheas Eoin mac Somhairle lena dtaobh. 'Cuirfead scéala chuig an tánaiste,' ar sé.

'Nuair a thiocfas sé siúd,' arsa Pádraig Óg, 'céard a bheas i ndán dár dtiarna?'

'Agus má dhúisíonn an tiarna sula dtaga an tánaiste,' arsa Conchúr, 'ní bheidh sé buíoch den té a chlis air.'

Lig Eoin osna as agus d'iompaigh i dtreo dhoras mór an dúin gur lig béic ar bheirt ghallóglach a bhí ina seasamh ar an táibhle. 'Dúntar an doras mór! Ná ligtear aon duine amach.'

De chlingireacht slabhraí agus díoscán adhmaid, dúnadh an doras. Ar bhóthar an dúin lasmuigh, chuaigh trup capall i léig.

Thug Conchúr súil ina thimpeall. 'Cá bhfuil Solamh Mac Con Mí?'

Donncha a d'fhreagair. 'Imithe le duan a reic do Niall Conallach, gan amhras.'

'Níl neart air,' arsa Pádraig Óg. 'Cuirtear eachlaigh amach le fios a chur ar lucht leighis.'

Rinne Conchúr sin, agus d'ordaigh Pádraig Óg an tiarna a thabhairt isteach sa gcaisleán. D'iompair ceathrar óglach isteach ar a fhallaing é gur leag ar leaba luachra ar bhunurlár an túir thiar é. Chrom Pádraig Óg ar a dhá ghlúin lena thaobh, chuir a chluas lena bhéal gur airigh a anáil ar a leiceann, ansin d'fhógair go raibh an tiarna le tabhairt in airde go grianán an tí san áit a mbeadh teas agus teolaíocht ann dó.

Ar threoracha an reachtaire, ceanglaíodh an tiarna de shínteán adhmaid, ardaíodh cláir urláir, cuireadh ulóga is roithleáin i bhfearas agus, go mall cáiréiseach, crochadh in airde é.

I leataobh, chuir Conchúr Donncha ag triall ar Ghiolla Phádraig le hordú dó súil a choinneáil ar dhoras an dúin. Chuaigh i gcomhairle le hEoin ansin gur ordaigh gallóglach a chur ar staighre an túir thiar agus gan aon neach a ligean suas an staighre ach iad féin agus na giollaí tí.

NÍ RAIBH sé ina mheán lae fós nuair a d'fhógair an gallóglach ar bharr an staighre go raibh na lianna is na fisigigh tagtha, agus aníos leis an Máistir Ó Caiside agus lia de mhuintir Icí gona ndaltaí. Threoraigh Conchúr isteach sa gclúid iad. Bhí an tiarna sínte gan cor as san aireagal beag ar chúl an teallaigh agus na cailíní á fhuarú le ceirteanna fliucha, comhla na fuinneoige bige ó thuaidh oscailte acu chun aer a ligean leis an othar. Tar éis mionscrúdú a dhéanamh air, chrom na lianna ar a gcuid buidéal is posóidí agus ba ghearr go raibh luibheanna á ndó, orthaí á n-aithris, agus na reanna neimhe á ríomh i leabhair agus i gcairteacha.

Chualathas torann na gcos ar an staighre. Aníos na céimeanna le hÓ hÁgáin faoi ghúna fada buí-odhar is bairéad mór cluasach, séiplíneach Róise Ní Dhónaill ag dreapadh ina dhiaidh faoina bhairéad beag cúil.

Sheas Conchúr ar bharr an staighre rompu. 'D'iarr an

reachtaire an tiarna a fhágáil faoi na lianna go fóill.'

Bhrúigh Ó hÁgáin isteach thairis.

Chuir an sagart é féin in aithne. 'Is leis an ola dheireanach a chur ar Ó Néill a thánag,' ar sé.

'Ní bheidh aon ghá leis sin,' arsa Conchúr.

'An amhlaidh atá tú ag diúltú an *oleum infirmorum* do do thiarna?'

Leath streill go cluasa ar Ó hÁgáin.

Lig Conchúr osna as. 'Déantar amhlaidh, más ea,' ar sé, agus sheas siar lena ligean isteach sa ngrianán. Go díomách, lig sé a dhroim leis an gcornchlár gur bhain cnagarnach is clingireacht as na plátaí.

'An bhfuil fios curtha ar an tánaiste, a chléirigh?' arsa an séiplíneach.

'Tá fios curtha ar chlann mhac an tiarna,' arsa Conchúr.

'Nó go n-éirí Ó Néill dá leaba — má éiríonn — ní thusa ach an tánaiste is tiarna.'

'Táim cinnte nach bhfuil ann ach taom tuirse a tháinig air agus nach gá buairt a chur ar do mháistir.'

'Is é Dia mo mháistirse, a chléirigh, ach, ós rud é go bhfuil do mháistirse ar a leaba bhreoiteachta, cé atá i gceannas anseo?'

'Pádraig Óg Ó Maoil Chraoibhe, ós é reachtaire Uí Néill é.'

Las súile an tséiplínigh le binb. 'Reáchtáil tí is cúram don reachtaire, agus maidir leatsa, a rúnaí, níl de chúram ort ach do dhá chab a choinneáil ar a chéile. Is é Niall Conallach mac Airt Óig Uí Néill an tánaiste agus is aigesean go dlisteanach atá cúram an tiarnais anois.'

Las Ó hÁgáin le teann sásaimh. 'Is fíor dó, a chléirigh,'

ar sé. 'Is faoin tánaiste a bhíos an tiarnas tráth *interregnum*, agus fúinne, ardfheidhmeannaigh Uí Néill le sinsear is le hoidhreacht.'

'Is gearr a thógfas sé ar Niall Conallach teacht chugainn,' arsa an séiplíneach agus meangadh na hurchóide ar a bhéal. 'Agus cuirfidh sé siúd rith ort féin agus ar do chuid comhairleoirí caca.'

Isteach leo beirt sa gclúid.

Labhair Donncha i gcogar le Conchúr. 'Níl sé ródheireanach. Is é Giolla Phádraig atá i bhfeighil an dorais. Abair an focal agus gabhfadsa na heacha dúinn.'

Nuair nár fhreagair Conchúr é, d'imigh Donncha agus d'fhill le Conchúr Óg is Gilidín, seaca leathair ar gach aon duine díobh faoina ionar, agus scian le coim.

SEACHT léig ó láthair, i gClann Chana, bhí muintir Fheilimí Chaoich ar buaile. Bhí an bhólacht seolta ó dheas thar an gcriathrach ag mac Mhic Cana agus botháin nua á dtógáil ag na giollaí, slata sailí á mbá i dtalamh agus taobhanna na mbothán á dtógáil le scraitheanna, na buachaillí ab óige ag baint fraoigh mar leapacha dóibh. Bhí Feilimí féin tagtha an mhaidin sin agus ceathrar óglach ina dháil. Ar bhruach an tsrutháin, bhí tine lasta, leamhnacht is min choirce á dtéamh agus builíní á gcuimilt san im leáite, clann mhac Fheilimí agus macra Mhic Cana ag imeacht sna cosa boinn sa bhfraoch. Ba mhar sin dóibh go bhfacadar chucu, agus í suite in airde ar sheanbhó chnámhach, seanchailleach chrón, smig ribeach uirthi agus srón ghobach cham, cuinneog ar a droim agus fáinne óir faoi bhuachloch ghlas ar a méar cham chrobhingneach.

'Cén scéala agat dúinn, a bhean mhaith?' arsa Feilimí.

D'fhreagair an tseanbhean é gan ísliú den bhó. 'Tá d'athair ar chlár a dhroma ar a leaba bhreoiteachta i nDún Geanainn agus Cineál Eoghain gan triath gan taoiseach inniu.'

'Dia idir sinn agus gach tubaiste, a bhean mhaith, ach an baol do m'athair?'

'Ní heol do leá na bhFiann é sin, a rídhamhna, ach tá fios curtha ar ollúna leighis ó gach uile chearn den chúige.'

Shín an tseanbhean a lámh amach ag iarraidh a luach saothair agus, ó tharla gan sparán é, thug sé a scian óna chrios di .i. scian dornóir a bhain sé de mhac Mhig Uidhir i bhFear Manach, agus ghabh buíochas léi.

'Tá sin,' arsa an tseanbhean, 'agus scéala eile agam duit.' Rug sí greim ar rí a láimhe gur chuir crúca go cnámh ann. 'Geis duitse an tsúil a bhaint as an dall.'

Scaoil sí lena láimh ansin agus bhuail boiseog ar chliathán na bó gur imigh chun siúil arís.

Ghabh Feilimí a chead ag na buachaillí agus d'éirigh sé féin agus a mhac agus a cheathrar óglach ar mhuin each. Siar leo ar sodar, agus sos ná cónaí ní dhearnadar nó gur shroicheadar a ndea-bhaile féin i nDoire Barrach mar a raibh an coirce á mheilt ar bhró ag gearrchaile ar an tsráid agus boladh an aráin úir ó dhoras an tí amach chucu. Isteach le Feilimí gur inis a scéala dá bhean. Ina suí ar a leaba a bhí Onóra, a droim leis aici agus a dlaoithe fada dubha á gcóiriú ag a cailín cuideachta. A hiníon ag léamh go tuisleach i Laidin dóibh. Ar chomhartha ó Onóra, chuir an cailín cuideachta a cochallbhrat breac-dhearg thar a guaillí agus leagadh an leabhar i leataobh. D'éirigh Onóra ina seasamh.

'Ní hé tráth na muiníle laige é,' ar sí. 'Cruinnigh chugat

gach uile dhuine dá bhfuil anseo agat agus imigh go Dún Geanainn láithreach bonn go mbí neart na seilbhe leat. Coinneodsa Clann Chana duit. Imigh go beo.'

Agus d'imigh, na corra éisc ag cnagaireacht sna crainn péine lena chúl.

TRÁTHNÓNA, fógraíodh teacht mórshlua go doras mór an dúin. D'éirigh Pádraig Óg dá ghlúine agus d'fhág leaba Choinn gur imigh de sciotar i dtreo na fuinneoige ó thuaidh.

Bhí Conchúr ann roimhe, é ag scairteadh amach ar óglach ar tháibhle an dúin. 'An é Feilimí Caoch atá chugainn?'

Scairt an t-óglach ar ais air. 'Feicim Mac Annaidh agus slua cos is each.'

'Lucht leanúna Néill Chonallaigh atá tagtha thar sliabh aniar,' arsa Pádraig Óg go gruama. 'Bíonn cosa faoin drochscéala.'

As taobh a bhéil a labhair Conchúr. 'Bíonn, agus eireaball is adharca! Féach isteach Niall Conallach féin agus Giolla Easpaig mac Colla Óig agus a chuid gallóglach á thionlacan.'

'Tá an diabhal déanta, más ea,' arsa Pádraig Óg. 'Seo chugainn Mac Dónaill Gallóglach chun an tánaiste a thabhairt go Leac na Rí,' óir bhí Niall Conallach, an constábla agus Mac Annaidh agus os cionn dhá chéad marcach tagtha isteach i mbábhún an dúin.

'Caithfear géilleadh dóibh,' arsa Ó hÁgáin. 'Is é an ceart é.'

'Imigh thusa,' arsa Pádraig Óg le Conchúr. 'Mura bhfanfadsa anseo lena thaobh, ní fheicfidh Conn solas an lae amárach.'

Chrom Conchúr chuig Donncha, agus, go ciúin, d'ordaigh

dó a mhac agus Gilidín a thabhairt abhaile. Chroith Conchúr Óg a cheann, deora lena shúile aige.

'Imígí,' arsa Conchúr faoina fhiacla. Rug Gilidín greim láimhe ar Chonchúr Óg agus thug amach é.

Chuaigh Conchúr chun na fuinneoige. Bhí na marcaigh tar éis ísliú ar an tsráid agus buíon díobh ag déanamh ar dhoras an chaisleáin. Ba ghearr gur chualathas trup is treathan ar an staighre. Isteach le Niall Conallach de thuairt agus triúr ceithearnach lena shál aige gur sheas go dána i lár an urláir. Fear fada cnámhach a bhí sa tánaiste, é sramshúileach, liathghnúiseach, cochaileach, sceadfholtach. Ionair leathair os cionn léine mháille air. Labhair go hard gan beannú don chomhluadar. 'Cé mar atá Conn Bacach?'

Sheas Conchúr roimhe. 'Tá Ó Néill ina shláinte,' ar sé. 'Cé mar atá Niall Conallach?'

Sháigh Niall Conallach a bhéal ina phus gur rad rúisc seileogach leis. 'Tabharfaidh tú Mac Uí Néill orm agus dúnfaidh tú do bhéal, a chléirigh,' ar seisean, agus bhrúigh thairis go dtí an chlúid. Theann na giollaí siar uaidh. 'An bhfuil Conn ina dhúiseacht agus an bhfuil sé in ann feidhmiú mar thaoiseach?'

Arsa Pádraig Óg go teann, 'Ina chodladh atá Ó Néill agus ní maith a rachaidh an scéal don té a dhúiseos gan fáth é.'

'Is oth liom a rá,' arsa Niall Conallach, 'murab infheidhme Conn gurb é an tánaiste atá i gceannas, agus mura bhfuil a fhios ag an reachtaire ná a ghiolla pinn é,' ar sé, agus thug súil nathrach ar Chonchúr, 'is mise an tánaiste.' Le pont a ordóige, thaispeáin sé Conchúr dá cheithearnach. 'Maidir leis an truán seo nach bhfuil a fhios aige cén cú a chac é, ná lig amach as seo é,' ar sé. 'Baisteoimid féin ar ball é.'

Dhún an ceithearnach an doras de phlab gur baineadh tuisle pléascach as na soithigh ar an gcornchlár. Phlanc sé a dhroim leis an gcomhla adhmaid.

Leis sin, tháinig monabhar ón gclúid.

'Aililiú!'

Ar an leaba istigh, bhí Conn sínte gan cor as, a dhá shúil oscailte aige. Chaoch sé a shúile mar a bheadh an solas á dhalladh.

'Moladh go deo le Dia,' arsa an Máistir Ó Caiside, 'tá sé ina dhúiseacht!'

Ar a fheiceáil do Chonchúr go raibh Giolla Easpaig ag braiteoireacht os cionn na leapa agus go raibh an ceithearnach sa doras ag amharc ar Niall Conallach, rith sé go dtí an fhuinneog oscailte gur bhéic amach, 'Ó Néill ina dhúiseacht! Tá Ó Néill ina dhúiseacht!'

Ar shráid an dúin, bhreathnaigh na hóglaigh in airde ar an bhfuinneog go balbh nó gur bhéic duine díobh 'Ó Néill!' agus gur thosaíodar ar fad ag béiceadh as béal a chéile.

Leis sin, d'fhógair óglach ar an staighre go raibh Feilimí Caoch tagtha.

Chuir Pádraig Óg adhairt faoi cheann Choinn agus chrom os a chionn gur thóg a chloigeann ina dhá láimh agus gur phóg a bhaithis. '*Laus tibi Deo*!'

Isteach le Niall Conallach sa gclúid. Rinne Pádraig Óg áit dó, agus shín Conn amach a lámh le go bpógfadh Niall í.

Ar a chromada cois na leapa a bhí Niall Conallach nuair a tháinig Feilimí Caoch isteach taobh thiar de. Dhearc Niall ar Chonn agus labhair. 'Is maith liom thú a fheiceáil i do shláinte arís, a Choinn,' ar sé. 'Is beag nach raibh tú curtha ag do mhac.'

'Ag mo mhac? Ag Feilimí?' Thug Conn súil fhaiteach ina thimpeall.

'Níl ann ach go bhfuilim tagtha, a athair,' arsa Feilimí.

Ghéaraigh súile Choinn. 'Nach bhfanfá go mbeinn fuar i mo leaba?'

'Is ar mhaithe leat atá Feilimí, a Thiarna,' arsa Conchúr.

'Is ea más ea,' arsa Conn. 'Fágtar anois mé go labhród le mo lia. Fan thusa, a Phádraig,' ar sé lena reachtaire. 'Agus tusa, a Chonchúir.'

Ar a bhealach amach as an gclúid dó, nocht Niall Conallach a dhraid le Conchúr. 'Beidh tú agam fós!' ar sé. Chúb Conchúr isteach i log na fuinneoige roimhe agus Niall Conallach ag greadadh amach thairis, Ó hÁgáin sna sála air.

Gan focal as, lean Feilimí amach iad. Ar an staighre anuas, chuala sé glór a athar aniar as an seomra, 'An é nach bhfuil agam de chlann mhac ach é siúd?' Níor chuala sé an freagra. 'Má tá,' arsa Conn, 'cuir chugam iad.'

GO DEIREANACH an oíche sin, d'fhill Conchúr ar theach an fhíona, Donncha sna sála air agus leabhair an tiarnais ar iompar aige i mbacán a lámh. Bhí Sadhbh ann rompu, í cromtha os cionn an teallaigh agus an tine á fadú aici. Bhí páipéir Chonchúir carntha go néata ar an mbord agus leann is feoil shaillte leagtha ar thrinsiúr dó.

'Bí ag ithe,' ar sise. 'Chuireas Conchúr Óg agus Gilidín abhaile le dreas codlata a dhéanamh. Beidh siad ar ais chugainn ar maidin le harán is leamhnacht — agus léine ghlan duitse. Ní dhéanfadh sé cúis go bhfeicfí rúnaí an tiarna ag imeacht ina ghiobail.'

Sméid Conchúr a cheann go traochta léi, dhiúg an braon

deireanach leanna gur shín é féin siar ar an iomaí cois teallaigh. Gan a shúile a oscailt, labhair sé os íseal. 'Thugamar na cosa linn inniu,' ar sé, 'ach ní raibh ann ach sin. Ní sheasfaimid i bhfad i gcluiche na cumhachta gan fir is claimhte. Cuirfead Giolla Phádraig ó dheas go Muineachán amárach le fios a chur ar mo chuid deartháireacha.' D'iompaigh sé ar a thaobh ansin.

Nuair a bhí a chuid ite ag Donncha, rinne sé sráideog dó féin le taobh a mháistir. Leath Sadhbh brat os cionn Chonchúir, ansin chas uirthi a brat féin agus mhúch an choinneal sular shín sí í féin siar ar an taobh eile den teallach. Chodlaíodar.

CAIBIDIL 6

Ó Cheann go hImleacán

I nDEIREADH an fhómhair a tháinig Cormac. Aníos an staighre bíse agus isteach in aireagal Chonchúir leis. D'éirigh Conchúr ar a chosa agus bhreathnaíodar beirt a chéile. Cúig bliana is dhá fhichead a bhí slánaithe ag Cormac; cúig bliana déag ag Conchúr air. Dhá mhart den tseanbhó chéanna; iad beirt dingthe, déanta, dubhdaolach. Rugadar greim barróige ar a chéile.

Go Maigh gCaisil a chuir Conchúr a dheartháir is a mhuintir chun an chathair a chur i gcaoi chosanta dó, agus is go subhach somheanmnach a chaith sé féin an tSamhain ann in ucht a chlainne is a mhuintire. Ansin, sna laethanta liatha tar éis na Féile Mártain, in áit filleadh istoíche ar Mhaigh gCaisil — cé go raibh Sadhbh agus Caitríona ina gcónaí arís ann — shocraíodh sé leaba dó féin i dteach an fhíona ionas go bhféadadh sé luí isteach ar an obair. Agus ba mhór an obair í óir bhí méadaithe ar ruathair na nGall agus ar ruaigeanna Fheilimí Rua ó briseadh ar armshlua Uí Néill i mBéal Átha hÓ, agus bhí an deisceart creachta agus taoisigh na dúiche in earraoid is in achrann le chéile.

Ar an Aoine roimh an Aidvint, cuireadh fios ar na huaisle agus is i seomra mór an túir thiar a suíodh an chomhairle. Ciste folamh agus cúrsaí cíosa ba mhó a bhí le plé. Ní raibh Ó Néill i láthair ós in Ard Mhacha i bhfochair an Fhir

Dhorcha a bhí seisean, agus, in éagmais Néill Chonallaigh, Fheilimí Chaoich agus Ghiolla Easpaig mhic Colla Óig, ba bheag achrann a bhí ann.

Tar éis an chruinnithe, go teach an fhíona le Conchúr, Gilidín lena ais agus é ag at le teann mórtais san ionar nua dearg a bhronn Conchúr air. Las an t-ógánach tine sa teallach agus chuaigh an rúnaí i mbun na leabhar, a spéaclaí nua gloine leagtha lena shrón aige, an gaineamh ag sní san orláiste lena thaobh. Bhí tuairisc an chruinnithe curtha sa leabhar mór nuair a chualathas glór an tiarna lasmuigh: é tagtha chuige ó Ard Mhacha, beart éadaigh á iompar ag a ghiolla dó, agus a ghallóglach lena sháil.

'A Thiarna, dá gceapfainn go raibh tú fillte as Ard Mhacha, bheinn tagtha faoi do dhéin.'

Rinne Conn gáire. 'Ó nach bhféadaim an torc a thabhairt chun na tine, tabharfad an tine chun an toirc,' ar sé, agus chomharthaigh dá ghiolla an beart éadaigh a oscailt gur nocht fallaing dhubhghlas den éadach uasal. 'Shíleas gur maith a d'fheilfeadh sí seo thú.' Bhain Conn féin an seanbhrat de Chonchúr. Ghlac Conchúr buíochas leis, lig dó an fhallaing a chrochadh thar a ghuaillí agus a cheangal faoina bhráid, agus in éineacht, scrúdaigh siad an bóna fionnaidh agus an fháithim sróil, gur mhol an t-éadach agus an obair láimhe.

'Luíonn sí go deas ar do ghuaillí,' arsa Conn. 'Féach, a Chonchúirín, a chara is a chomhalta liom, tá sé in am againn do chuid droichead a phlé. Tá a fhios agam go rímhaith go bhfuil cloch á carnadh ar an bPort Mór agat le cúpla mí anuas.'

Thug Gilidín dhá chorn chopair chucu gur bhearnaíodar feircín den fhíon gascúnach, agus chaitheadar an tráthnóna ag ibhe os cionn cairteanna an tsaoir. Nuair a d'fhág Conn slán aige, bhí an fonn oibre imithe de Chonchúr agus shocraigh sé an oíche a chaitheamh i Maigh gCaisil agus Gilidín a fhágáil i mbun theach an fhíona dó.

'Céard a shíl tú de sin?' ar sé le Gilidín roimh imeacht dó.

'An té a bheireann dea-scéala chugat,' arsa Gilidín, 'ní hiondúil go mbeireann sé féirín chugat chomh maith.'

Rinne Conchúr a mhachnamh air sin, d'fháisc air a fhallaing nua agus bhuail leis amach.

SADHBH a bhí roimhe sa teach agus dabhach mór umha an easpaig á líonadh aici dó — bhí Caitríona ar cuairt ar a deirfiúr i nDún Geanainn, Donncha lena mhuintir, agus Cormac ina theach féin béal dorais. Bhain Conchúr de a fhallaing. Thóg sí óna láimh í, á crochadh ar chrúca ar chuaille an tí. Bhain sé de agus isteach leis sa dabhach gur ísligh go sáil sámhasach san uisce bog-the.

'Fallaing nua,' ar sí. 'Shílfeá go mbeifeá sásta?'

'Tá imní orm faoin tiarna,' ar seisean.

'Cad chuige sin?'

'Róphlámásach atá sé liom. Tá sé i mbun cainte faoi rún leis na Gaill, agus is dóigh liom go bhfuil uisce faoi thalamh á bheartú aige féin is ag an bhFear Dorcha.'

'Seachain thú féin ar bheartaíocht na beirte úd. Tá a fhios ag Dia go bhfuil dóthain ar d'aire.'

Níor nós le Conchúr moill a dhéanamh sa dabhach. D'éirigh aníos as an uisce, chlúdaigh é féin lena bhratóg agus, fad a bhí Sadhbh ag réiteach iomaí cois tine dó, sheas amach ar an urlár agus ghabh á thriomú féin.

'Buail fút go dtabharfad fíon spríosraithe chugat.'

Thóg sé an brat mór a bhí leagtha amach aici dó, á

chasadh air féin, agus lig sé é féin siar go sásta ar an gcuilce bhog chlúimh. Leag Sadhbh bairíní mine ar clár lena thaobh, líon meadar fíona agus théigh sí leis an tlú é. D'ól sé bolgam as agus shín chuici é.

'Ní ólfad,' ar sise. 'Tá éadaí le cur ar triomú agam.'

'Is gearr gurb í an Nollaig í,' ar seisean. 'Triomóidh siad sa teas.'

'Tá fuáil le déanamh.'

'Suigh agus coinnigh comhluadar liom. Seo,' ar sé, agus shín an meadar chuici arís.

D'ól sí bolgam. Cuireadh an meadar anonn is anall eatarthu go ndearna sé áit lena thaobh di agus gur shíneadar siar. An tráthnóna sin, luíodar le chéile cois ghríosach na tine ach, má luigh féin, néal níor chodlaíodar go raibh an ghealach go hard ar an spéir.

TRÁTH an ama sin, ina dhea-bhaile féin, ina chodladh go sámh le sliasaid a mhná, dúisíodh Feilimí Caoch ag torann is treathan ar shráid an tí. Seoladh giolla isteach le scéala chuige: bhí na hOirthir trí lasadh. Lig Feilimí liodán eascainí le Feilimí Rua agus lena sheacht sliocht gur éirigh as a leaba chluthair agus gur chuir eachlach ó dheas le faire a dhéanamh dó. D'fhill ar a leaba ansin go ndéanfadh dreas eile codlata.

Roimh bhreacadh an lae, dúisíodh an athuair é agus taispeánadh solas na dtinte os cionn Loch gCál dó. Chuir sé dalta dá chuid chuig na buachaillí gur ordaigh dóibh an bhólacht a chruinniú le seoladh soir thar Banna le héirí gréine, agus chuir dalta eile chun na graí le hordú an t-eachra a thabhairt go hInis Dabhaill. 'Folmhaítear an iothlainn,' ar sé lena ghiollaí, 'agus tugtar an t-arbhar go dtí an t-oileán.'

Ghléas, ghabh a each, agus d'imigh de ruaig go barr an aird gur sheas faoi bhun na gcrann péine leis an bpúir dheataigh a fheiceáil ag éirí os cionn Eanach Samhraidh thiar. Go port leis ansin. Glanadh bád dó agus crochadh seol.

Ba gheall le dúnáras Inis Dabhaill an tráth úd óir bhí obair chaisleoireachta déanta ag na saoir ar an gcaisleán agus ar an gcaladh, agus sonnach ard cosanta tógtha mórthimpeall ar an teach fuinte agus ar an bhfleá-theach. I mbun maoirseachta ar dhaingniú na gcuaillí sa sonnach a bhí Feilimí nuair a d'fhógair an fear faire go raibh bean ar a bealach aniar ón bport chucu agus í ag marcaíocht ar bhó. D'fhéach Feilimí agus chonaic gurbh fhíor don fhairtheoir é. Bhí seanbhó chnámhach chuige ar an tóchar aniar — slí siúil ar an tanaí idir Doire Barrach agus an t-oileán nár léir don tsúil agus nárbh eol don choimhthíoch — í go heasnacha in uisce an locha, an tseanchailleach ar a muin, a gúna crochta aníos thar a coim, a glúine cnámhacha is a lorgaí dubha ar taispeáint aici, agus cuinneog ar a droim. Go doras an dúin le Feilimí gur fháiltigh roimpi.

'Ba á dtiomáint, bailte á loscadh, fir á ngoin,' a d'fhógair an tseanbhean. 'Mórshlua na nGall ag doirteadh aneas as Dún Dealgan agus an Giúistís ar a gceann. Tá in Ard Mhacha anois agus beidh ar an Abhainn Mhór amárach.'

Chuir Feilimí fios ar airgead. Shín an chailleach amach a géag fhada chnámhach gur sciob an sparán as a láimh agus gur shac isteach faoina brat é.

'Tá sin, agus an Conallach cois Moirne ag beartú uisce faoi thalamh.' Thug sí an bhó thart agus d'imigh léi ar ais sa tslí as a dtáinig, a cuinneog ar a droim agus an tseanbhó ag longadán léi go malltriallach ar an tóchar.

Go hOnóra a chuaigh Feilimí lena scéala. Ar shráid an tí di siúd, í ag saoisteacht ar na giollaí a bhí ag carnadh bairillí ar urlár an chaisleáin.

'Céard a dhéanfair?' ar sise.

'Tabharfad mo chuideachta ó dheas go dtabharfaimid aghaidh ar an namhaid.'

'Múin dreoilín do bheagchuideachtasa i gcoinne rabharta na nGall,' ar sise. 'Tá do bhólacht á tabhairt go háit slán ag do mhac agus leath do chuid arbhair tugtha anseo againne. Gabh thusa ort do mhaoin is do mhuintir ar an oileán seo a chosaint inniu, agus an lá a mbeidh neart an tséin leatsa agus an meath leosan, íocfaidh tú an comhar leo.'

'Tá go maith,' arsa Feilimí. 'Déanfar amhlaidh.'

San iarnóin, nuair a bhí an lasta deireanach arbhair á thabhairt i dtír in Inis Dabhaill, tháinig eachlach aniar chucu. Cuireadh bádóir chuige lena thabhairt isteach ar an oileán.

'Scéala ó d'athair,' arsa an teachta le Feilimí. 'Tá iarrtha aige ort teacht faoina dhéin gan mhoill le slógadh iomlán do thíre.'

Ghlac Feilimí buíochas leis agus sheol ar ais gan freagra é.

Tráthnóna, bhain díorma de mharcshlua na nGall an t-ard laisteas de Mhachaire Gréine amach. Ghabh muintir Fheilimí a n-ionaid ar shonnach an dúin, a n-airm faoi réir. D'fhan na ridirí armúrtha scaitheamh ag amharc amach thar an loch ar dhúnáras Inis Dabhaill sular imíodar leo le contráth na hoíche.

NUAIR a d'éirigh an ghrian, bhí an deatach ag ardú san iardheisceart os cionn Loch gCál agus armshlua na nGall ar an mbóthar siar. Fíoradh focail na caillí an lá sin óir, faoi mheán lae, nocht a gcuid marcach ag an Abhainn Mhór, ar an ard laisteas den Bhinn Bhorb. Lastuaidh den abhainn, faoi bhun chaisleán na Binne, bhí sluaite Chineál Eoghain á gcruinniú idir aill agus áth, onchoin is bratacha ar taispeáint agus píoba ag cur ceoil go fraitheacha na spéire. Gaireadh Ó Néill agus a lucht comhairle go táibhle an chaisleáin chun an namhaid a bhreathnú. Ansiúd, bhí dhá shaecéar mhóra práise lochtaithe ag an máistir ordanáis agus idir ghunnadóirí agus shaighdeoirí ag grinnfhéachaint thar bhalla an chaisleáin ar mharcshluaite an namhad taobh thall den abhainn.

'Níl ansin ach a gcuid fear eolais,' arsa an máistir ordanáis. 'Ní bheidh na coisithe i bhfad ar a gcúl.'

Lig Conn osna as. 'Ní fhágfaidh siad gráinne coirce ón bhFeadán go Dabhall, ach dá dhonacht an scéal sna hOirthir, ba mheasa i bhfad dúinn é dá ligfí dóibh an abhainn a thrasnú,' ar sé. 'Cén scéala ó mo chlann mhac?'

'Tá an Fear Dorcha, Toirealach, Conn Óg agus Brian tagtha lena ndíormaí cos is each,' arsa Conchúr Mac Ardail.

'Agus Feilimí?'

'Níor chuala aon scéala ó Chlann Chana.'

Le seanbhlas a labhair Séamas Buí Mac Dónaill. 'Ní hé seo an chéad uair a loic sé orainn.'

Rop Conn freagra chuige. 'Agus d'fhear gaoil féin, cá bhfuil sé siúd?'

Thost Séamas Buí.

Is é Conchúr a d'fhreagair. 'A Thiarna, tá ocht bhfichid tua curtha chugainn ag Mac Dónaill Gallóglach.'

'Ach tá sé féin gan teacht! Tá pus air linn, an bhfuil?' arsa Conn.

'Níl sé ar fónamh, a Thiarna,' arsa Séamas Buí.

'An mar sin é?' arsa Conn le searbhas, agus chroch a dhá láimh go gceanglódh a ghiollaí scaball iarainn agus truaill de. 'Agus Aodh na hÓmaí?' ar sé le Conchúr.

'Níl aon scéala faighte againn ón Ómaigh, a Thiarna.'

'Agus is dóigh nach bhfuil tásc ar an Meirg?'

'Deamhan díoscán féin le clos ón tánaiste, a Thiarna.'

'Tá go maith,' arsa Conn. 'Teanntar ár gcuid cathlán leis an áth. Má dhéanann na Gaill iarracht ar an abhainn a thrasnú, bíodh a fhios acu nach ligfear dóibh iad féin a chur i riocht cosanta ar an mbruach. Agus scaoiltear urchar fainice leo ar fhaitíos nach eol dóibh go bhfuil gunnaí ordanáis anseo againn.'

Ghabh Conchúr a chead ag Conn go ndeachaigh isteach doras na binne go dtí an t-aireagal beag faoin díon, áit a raibh a oirnéis scríbhneoireachta i log na fuinneoige aige, gur shuigh agus gur bhreac litir faoi dheifir: *Beannacht ó Chonchúr Mac Ardail ar Fheilimí mac Uí Néill,* a scríobh sé, *agus bíodh a fhios aige go bhfuil na Gaill ag an mBinn Bhorb agus go bhfuil an t-áth á choinneáil ag Ó Néill orthu agus go nguíonn sé air teacht i bhfortacht air gan mhoill le neart iomlán a thíre.* Shínigh sé an litir agus thriomaigh í. Ar an ordú sin dó nuair a chuala dhá ollphléascadh os a chionn agus búir mholta ón slua lasmuigh. Síos an staighre bíse leis.

Sa mbábhún faoi bhun an chaisleáin, tháinig sé ar a bheirt mhac ag géarú claimhte ar chloch fhaobhair — iad faoi shúil Chormaic, é siúd gléasta in ionar leathair agus claíomh i dtruaill lena dhroim. Dá mhac féin, Giolla Phádraig, a thug Conchúr an litir. 'Beir leat Donncha agus tabhair scéala uaim soir go hInis Dabhaill,' ar sé os íseal. 'Ach in áit an abhainn a thrasnú, gabh soir go hAchadh Uí Mhaoláin go bhfostóidh tú bádóir a thabharfadh thar loch thú. Tabhair mo litir don ghiolla caoch ach tabhair mo theachtaireacht féin ó bhéal dó. Éist go maith liom,' ar sé agus leag a lámh thar shlinneán a mhic gur thug i leataobh é agus gur chuir cogar ina chluais. Sméid Giolla Phádraig a cheann. Labhair Conchúr i gcogar arís leis, ghabh Giolla Phádraig agus Donncha ar mhuin each agus d'imíodar doras mór an dúin amach.

Níor thúisce an bheirt ar a mbealach soir ná tháinig marcach an bóthar aniar gur thuirling ar shráid an tí.

Lig Cormac béic air. 'Cén scéala agat dúinn, a eachlaigh?'

'Tá Niall Conallach chugainn,' arsa an t-eachlach.

'Scéala sochair, a óglaigh,' arsa Cormac.

'Ní hea ná é! Tá Ó Dónaill ina chuideachta maille le dhá chéad déag idir chos is each agus tá caisleán na hÓmaí faoi imshuí acu.'

Amach le Conn ar shráid an tí, a thaoisigh is a ghiollaí ina dhiaidh aniar. 'Mo léan,' a deir sé, gur thug súil nimheanta ar Chonchúr, 'is géar a íocfaimid as bradáin na Moirne.'

Focal féin ní dúirt Conchúr.

Ligeadh béic ar tháibhle an chaisleáin. 'Táid chugainn! Mórshlua ar an mbóthar aneas.'

IN INIS Dabhaill, tráthnóna, tháinig Giolla Phádraig i mbád ó Achadh Uí Mhaoláin agus tugadh go dtí an seomra i mbarr an chaisleáin é, chuig Feilimí agus Onóra. Ina suí cois teallaigh a bhí Onóra, Feilimí ar a chosa lena hais. Shín Giolla Phádraig an litir chuig Feilimí agus shín seisean chuig Onóra í gur léigh os ard.

'Níl aon scéala nua ansin,' arsa Onóra. 'An bhfuil aon ní eile agat dúinn?'

'Tá sin,' arsa Giolla Phádraig, 'tá teachtaireacht ó m'athair agam le haithris ó bhéal. Daoibhse agus daoibhse amháin,' ar sé, agus dhearc sé ar an ngiolla a bhí ag freastal orthu.

Sméid Onóra a ceann agus amach leis an ngiolla.

Labhair Giolla Phádraig:

'Ó cheann go himleacán,
slán gach ball.
Ach as sin go feadán,
slí nach slán.'

Lig Feilimí racht gáire as. 'Mar a dúirt an té a dúirt, is maith é an dán don té a thuigfeadh!'

'Cé nach aon ollamh éigse ár gConchúr,' arsa Onóra, 'tá ciall lena chuid cainte. Dar leis féin, is anseo in Inis Dabhaill atá an t-imleacán, agus ó cheann go himleacán sin í an tslat droma, an Abhainn Mhór. Agus an feadán, is cinnte gurb é sin Caisleán an Fheadáin sa deisceart. Mar sin, is éard atá á rá aige linn go bhfuil an Abhainn Mhór slán ach go bhfuil na Gaill i bhfad siúil óna mbunáit sa deisceart agus gur baol dóibh aon slua a thiocfadh idir iad agus Dún Dealgan.'

'Ach cá bhfaighfí slua?' arsa Feilimí. 'Níl leathchéad fear anseo againn.'

'Cuirtear eachlaigh amach ag cuardach a bhfoslongfoirt ós cinnte go bhfuil sin acu in áit éigin idir Ard Mhacha agus Dún Dealgan. Mura ndéanfá ach an slua beag sin agat a thaispeáint ann, is dóichí go gcuirfidís teachtairí go dtí an Bhinn Bhorb ag iarraidh cabhrach agus go gcasfadh na Gaill ansiúd abhaile le faitíos roimh ionsaí ar a gcúl.'

'Ach dá n-imeoinnse ó dheas, nach bhfágfaí Inis Dabhaill gan chosaint?'

'Ní heol d'aon duine ach dúinn féin é sin. Mura dtiocfaidh neart iomlán na nGall inár n-aghaidh anseo — agus ní móide go dtiocfaidh — choinneodh Toirealach agus deichniúr óglach Inis Dabhaill duit go ngabhfainnse thar loch ó thuaidh go hÉadan Dúcharraige ag iarraidh cúnaimh ar mo dheartháir.' Nuair a d'imigh Giolla Phádraig, labhair sí lena cailín cuideachta. 'Beir chugainn an bhratach,' ar sí.

D'fhill an iníon le cornán dearg síoda agus leath an t-éadach amach ar an mbord. Chrom Feilimí go scrúdódh sé an mhionobair bhróidnéireachta sa ngunna mór buí a bhí gréasta ar an mbratach.

'Is mór an áilleacht í,' ar sé.

'Ní miste a mheabhrú dár muintir gurb é Feilimí Caoch laoch Inis Ceithleann,' arsa Onóra, agus b'fhíor di sin óir is faoi cheannas Fheilimí a bhain marcshlua Uí Néill Caisleán Inis Ceithleann agus gunnaí móra na nGall de Mhag Uidhir trí bliana roimhe sin.

Shín Feilimí an bhratach chuig a ghiolla agus phóg sé a bhean. 'Níl amhras, a chroí, ach gur ort atá mo bhrath.'

ROIMH bhreacadh an lae, ghabh Onóra ar bhád ó thuaidh go hÉadan Dúcharraige, d'fhág Feilimí a mhac i bhfeighil ar Inis Dabhaill agus ghabh sé féin agus dhá fhichead marcach trasna an locha go Doire Barrach.

Faoi dheireadh na maidine, bhíodar ar an mbóthar ó dheas. Chuir Feilimí eachlaigh amach roimhe go Loch gCál agus go dtí an Chill Mhór ag bailiú slua agus thaispeánadar iad féin san iarnóin ar an ard taobh thoir d'Ard Mhacha, céad fear agus leathchéad marcach. Ní raibh tásc ar an namhaid.

Chuireadar chun siúil an athuair. Sheasadar ag Maigh Lorcáin tráthnóna gur tháinig Ó hÉanaigh agus Ó Lorcáin chucu le slógadh a dtíre. Arís, ní raibh tásc ar an namhaid.

Go Loch Goilí leo ansin agus b'fhíor d'Onóra é, óir is ann, i mbaile Uí Anluain, a bhí foslongfort na nGall: dhá chéad fear i mbun oibre, cuaillí á mbaint agus á mbiorú, agus sonnach nua á thógáil ar an ráth cois locha. Ar fheiceáil mharcshlua Fheilimí agus Uí Anluain dóibh, d'fholmhaigh barda na nGall a bhfoslongfort rompu, d'fhágadar a gcreach ina ndiaidh, agus theitheadar ó dheas go Dún Dealgan — ach má theith féin, ní dhearnadar faillí ina ndualgas gur chuir eachlach le scéala ó thuaidh go dtí an Bhinn Bhorb. Chaith óglaigh Fheilimí an oíche sin ag an bhFeadán agus roimh dheireadh na maidine arna mhárach, bhí fearann na nGall in Ó Méith trí lasadh.

TRÁTH an ama sin, i mbarr tí ar an mBinn Bhorb, cuireadh comhairle an chogaidh ina suí: Conn agus a dhroim leis an matal aige, a ioscaidí á dtéamh ag an tine, taoisigh na tíre suite mórthimpeall.

'Cén scéala aniar?' ar sé.

'Tá an Droim Mór agus Fionntamhnach á gcreachadh ag mac Uí Dhónaill agus marcshlua na gConallach,' arsa Ó Doibhlin, 'fad is atá Ó Dónaill féin agus Niall Conallach in imshuí thart ar an Ómaigh. Tá an caisleán á chosaint ag Aodh mac Néill orthu.'

'Mo ghraidhin iad Sliocht Airt,' arsa Conn, óir ba den sliocht sin Aodh na hÓmaí agus a mhuintir, sean-naimhde Néill Chonallaigh. 'Céard é do bharúil, a Mhánais?' ar sé le hÓ Donnaíle, óir ba é siúd marascal agus — ó d'fhuaraigh ar chairdeas Choinn le Giolla Easpaig mac Colla Óig — *senescallo guerrarum* Uí Néill.

D'éirigh an fear beag dearg-ghnúiseach ar a chosa ina

lúireach ghlas iarainn, a fhéasóg bhearnach ghlibeach á tochas aige. 'Fad is go bhfanfaimidne anseo ar aghaidh shluaite na nGall,' ar sé, 'leanfaidh na Conallaigh d'imshuí na hÓmaí agus de chreachadh an iarthair, sin nó tiocfaidh siad aniar chun sinn a fháisceadh idir goba an teannchuir, idir iad féin agus na Gaill. Ach dá bhfágfaimis an áit seo agus dá dtabharfaimis ár slua agus ár mbólacht linn ar an iargúil i gCoill Íochtarach nó i nGleann Con Cadhain, d'éireodh linn iad a thabhairt slán ón námhaid agus, cé go mbeadh an tiarnas gan chosaint rompu, ní leomhfaidís siúd moill a dhéanamh anseo ar fhaitíos go dtiocfaimis aniar aduaidh orthu le neart iomlán ár dtíre.'

'An é go bhfuil tú ag iarraidh orainn ár maith is ár maoin a fhágáil gan chosaint roimh an namhaid?' arsa Ó hÁgáin, a dhá mhala fite ar a chéile aige.

'Nuair ba chrua do Chú Chulainn féin, a dhuine chóir,' arsa an Donnaíleach, 'd'fhág sé an tslí faoin namhaid agus ghabh dá thailm ó chéin orthu.'

'Déantar amhlaidh, más ea,' arsa Conn.

Leis sin, tháinig óglach ag tuairteáil anuas an staighre bíse ó tháibhle an chaisleáin chucu agus gach uile bhéic as. 'Táid chugainn!' ar sé. 'Deir an máistir ordanáis, a Thiarna, go bhfuil na Gaill ag réiteach chun gluaiseachta.'

'Dar fia,' arsa Ó Donnaíle, 'táimid rómhall! Táid ag teacht san ionsaí orainn sula mbeidh deis éalaithe againn!'

Scairt Conn ordú chuig na fir a bhí ina thimpeall. 'Ordaítear do na cinn feadhna an slua a chóiriú chun catha. Go beo! Go beo!' ar sé, gur lean sé Ó Doibhlin agus Ó Donnaíle suas an staighre.

I mbarr an chaisleáin, chualathas stoic is buabhaill ó

fhoslongfort na nGall. Bhí Ó Donnaíle sínte thar an táibhle agus a fhéasóg sceadach crochta amach thar mhúr an chaisleáin aige agus é ag déanamh iontais dá bhfaca.

'*Mirabile dictu*! Is ag imeacht uainn atáid!'

Thost an chuideachta go bhfacthas gurbh fhíor d'Ó Donnaíle é. Bhí a bhfoslongfort á scor ag na Gaill, a mbratacha crochta agus colún fada coisithe ag gluaiseacht ó dheas in ord agus in eagar, an marcshlua faoi réir ar a gcúl.

'Áiméan,' arsa duine.

'Aililiú,' arsa duine eile.

'Ach céard is údar lena n-imeacht?' arsa Ó Doibhlin.

Ní dhearna Ó Donnaíle ach a cheann a chroitheadh.

'D'eile,' arsa Conn, 'ach torann na ngunnaí móra! Is beag a cheapadar go mbeadh ordanás anseo agam dírithe ar an áth. Ní hiontas ag cúlú uainn iad!'

Ach bhí freagra eile ar an gceist ag Conchúr Mac Ardail. 'A Thiarna,' a deir sé, gur dhreap aníos an staighre bíse chucu agus gur scairt amach go lúcháireach: 'Tá do mhac ag múrtha Dhún Dealgan agus tá Cuailnge trí lasadh aige. Is lena dtóin a chosaint atá na Gaill ag cúlú.'

'Mo ghraidhin é Feilimí Caoch!' Agus lig na giollaí ordanáis gáir bhuacach eile astu.

D'fhigh Conn a mhalaí ar a chéile agus chuaigh ag tarraingt ar a fhéasóg. 'Amaidí,' ar sé. 'Cá bhfaigheadh sé siúd slua chun cath a fhearadh ar na Gaill?'

Conchúr a d'fhreagair. 'Cloistear dom go bhfuil slua de mhacra is d'ógra na tíre imithe ó dheas chuige.'

Thug Conn súil mhíchéadfach ar Chonchúr.

'Tá, agus mo mhac féin ina gcuideachta,' arsa Ó Coinne, 'agus clann mhac Mhic Cathmhaoil.'

Las Conn go bun na gcluas. 'Deargamaidí!' ar sé. D'iontaigh sé a dhroim le Conchúr gur labhair le hÓ Donnaíle. 'Cá fhad a thógfadh sé orainn lón bóthair a sholáthar don slua seo?'

'Lá nó dhó,' arsa Ó Donnaíle.

'I gcead daoibh, a uaisle,' arsa Conchúr, 'in áit moill a dhéanamh anseo, d'fhéadfaí an lón bóthair a sheoladh go hArd Mhacha nó go hionad éigin ar an tslí ó dheas dúinn. Cén chonair a ngabhfaimid? Caithfear fóirithint ar Fheilimí go beo!'

'Caithfear, a deir tú? Caithfear!' arsa Conn arís, a ghlór ag éirí ina shian. 'In ainm Dé, a chléirigh, an ag iarraidh m'áit féin a thógáil atá tú!'

'Gabh mo leithscéal, a Thiarna. Níor mhian liom ach a rá go bhfuil do mhac ag brath orainn agus nár mhiste gníomhú gan mhoill.'

'Cé a d'iarr do ghnóthaí ort!' arsa Conn. 'Fág sin faoin marascal,' ar sé, 'agus tabhair thusa leat buíon den ghiollanra go hAchadh an Dá Chora go bhféacha tú chuige go leagtar na coraí. Féach chuige go mbristear an uile cheann, a deirim.'

Le teann ríméid, nocht Ó hÁgáin draid mhór bhuí.

Leath an dá shúil ar Chonchúr. 'Ach, a Thiarna, is ag cúlú uainn atá na Gaill. Níl aon bhaol go dtrasnóidís an abhainn anois.'

Phreab Conn chuige, a dhoirne fáiscthe aige. Chúb Conchúr siar uaidh, é chomh bán leis an bpáipéar, a dhorn á thomhas ag Conn lena bhéal.

'An bodhar atá tú? Déan mar a deirim. Agus cuir na hOiriallaigh oilbhéasacha sin agat soir go dtí an Port Mór chun an droichead a bhriseadh ansiúd chomh maith!'

'A Thiarna, is ar mhaithe leis an tiarnas atáim,' arsa Conchúr.

'Is mise an tiarnas,' arsa Conn.

D'umhlaigh Conchúr dó.

Bhí slócht tagtha ar Chonn. 'Soir leat anois agus ná feiceam cloch thirim ann i do dhiaidh.'

SOIR gach ndíreach le Conchúr, Cormac ag marcaíocht lena thaobh agus dhá fhichead giolla gona ngróite gona ngraiféid ag teacht sna cosa ina ndiaidh. Ar ard an bhóthair os cionn Achadh an Dá Chora, fuair sé amharc ar an abhainn agus ar an droichead súgáin is clár ag síneadh ó dheas thar na coraí ísle cloiche, agus chuir brod san each. I mbéal an droichid dó, chualathas trup ar an mbóthar: Conchúr Óg agus Gilidín ag teacht ar sodar aniar. D'fhan Gilidín sa diallait, d'ísligh Conchúr Óg dá each agus shín bileog fhillte chuig Conchúr.

'Eachlach Fheilimí Rua,' ar sé, 'tá sé i Maigh gCaisil againn agus litir aige do Mhac Dónaill Gallóglach. Deir an giolla rua go bhfuil an giolla caoch tar éis creach a bhreith uaidh agus tá sé ag iarraidh ar Ghiolla Easpaig cathlán gallóglach a chur chuige.'

D'oscail Conchúr amach an bhileog gur léigh í.

'Ar chóir dúinn an litir a dhó?' arsa Conchúr Óg. 'D'fhéadfadh an t-eachlach a rá lena mháistir gurb iad na Gaill a bhain de í.'

'Do bharúil?' arsa Conchúr le Gilidín.

'Ligtear an litir go ceann scríbe,' arsa Gilidín, 'óir is mó tairbhe muinín a mháistir as an teachtaire ná an buntáiste a bhainfí as teachtaireacht a lot.'

'Tá go maith,' arsa Conchúr Óg. D'fhéach sé ar ghróite

is ar ghraiféid na ngiollaí agus labhair arís. 'Céard seo?' ar sé.

Cormac a d'fhreagair. 'An tiarna a d'ordaigh na coraí a bhriseadh,' ar sé.

Chroch Conchúr Óg a mhalaí. 'Ach tá an namhaid imithe ó dheas anois! Níl sé fós i gceist an droichead a bhriseadh, an bhfuil?' ar sé.

Scrúdaigh Conchúr na súgáin cheangail ar an dá chuaille a bhí báite sa talamh. Nuair nach bhfuair Conchúr Óg freagra uaidh, labhair sé arís.

'Dá mbrisfí an t-adhmad ach na clocha a fhágáil ina seasamh?' ar sé.

'Ní cheadódh an tiarna é sin,' arsa Cormac, 'ach d'fhéadfaí na clocha a bhaint anuas agus a chur i leataobh ionas go mbeimis in ann an droichead a thógáil arís gan costas mór.'

'Ach má d'ordaigh an tiarna dúinn an droichead a bhriseadh,' arsa duine de na giollaí, 'nach gcaithfear sin a dhéanamh scun scan?'

Arsa Conchúr, 'Ní duitse ach domsa a d'ordaigh. Déan thusa mar a deirimse leat.' Shocht an giolla. Arsa Conchúr ansin le Conchúr Óg, 'Cén scéala ó Chlann Chana?'

'Cloisim nach ar na Gaill atá sluaite an tiarna ag triall ach ar Chlann Chana,' arsa Conchúr Óg. 'Tá an Fear Dorcha agus Ó hÁgáin seolta soir aige leis an gceithearn tí. Is léir go bhfuil fearg a athar tarraingthe ag giolla na leathshúile air féin.'

'Tá go maith,' arsa Conchúr, 'Abair le Tadhg Bán teachtaireacht a bhreith go hInis Dabhaill dom.'

'Níl tásc ar Thadhg Bán,' arsa Conchúr Óg.

Bhain Conchúr a bhairéad de gur scríob mullach a chinn. 'Tabhair leat Gilidín,' ar sé. 'Soir leat chuig an ngiolla caoch agus abair leis go bhfuil fostú á lorg ag Conchúr Mac Ardail.

Folmhóimid Maigh gCaisil anocht agus beimid ag fanacht le scéala uaibh i mBaile Uí Choileáin amárach.'

'Agus maidir linne,' arsa Cormac, 'céard a dhéanfaimid leis an droichead seo?'

'Carnaítear an oirnéis i mbéal an droichid,' arsa Conchúr.

Rinneadh rud air gan cheist. Nuair a bhí na huirlisí bailithe ag na giollaí, dhearc Cormac go hamhrasach ar Chonchúr.

'Caitear sna abhainn iad,' arsa Conchúr.

Chroith Cormac a cheann. 'An oirnéis? Is leis an tiarna í sin. Ní mhaithfear sin dúinn, a Chonchúir.'

Labhair Conchúr leis na giollaí. 'Bodhar atá sibh, an ea? Caithigí an oirnéis san abhainn.'

Níor chorraigh na giollaí.

Leis sin, shín Conchúr a fhallaing chuig duine de na giollaí, chrap suas a mhuinchillí, thóg ord den talamh, chroch, agus theilg amach thar bruach é gur thit de phleist sa linn dubh uisce. D'ísligh Gilidín dá each agus chrom chun na hoibre. Chrom agus Conchúr Óg. Rinne Cormac amhlaidh freisin. Ina gceann is ina gceann, chaitheadar na hoird, na gróite is na graiféid amach san abhainn.

Nuair a bhí sé sin déanta acu, d'fhéach an ceathrar ar a chéile, gan focal as aon duine, iad deargtha le teann saothair.

Ar deireadh, ba é Conchúr a labhair. 'Bígí aireach,' ar sé le Conchúr Óg agus Gilidín. 'Is gearr go mbeidh an tiarna ar ár lorg.'

CAIBIDIL 7

Prionsa an Dóchais

LÁ AGUS oíche a chaith Feilimí Caoch agus a shlua sa bhFiodh. An dara lá, faoi ardtráthnóna, ghluaiseadar ó thuaidh, creach bó á tiomáint rompu acu. Os comhair bhaile Mhic Comhghain i Lios an Daill, tháinig Feilimí ar bhuíon dá mhuintir agus dhá chróchar á n-iompar acu — beirt dá líon a maraíodh i scliúchas le muintir Fheilimí Rua. D'ordaigh sé an baile a loscadh.

'Go deimhin is go dearfa duit, a Fheilimí, is deas é teach Mhic Comhghain,' arsa Mac an Déagánaigh. Agus b'fhíor dó, óir bhí fleá-theach nua tógtha ag Mac Comhghain, áras íseal cloiche a raibh ceithre fhuinneog de chloch ghreanta ann mar a bheadh i séipéal, iad ina gcúplaí ar dhá thaobh an dorais. Bhí aol curtha ar bhalla na binne agus bhí oirnéis an tsaoir leagtha le giall an dorais.

Ceann i ndiaidh a chéile, bhris na ceithearnaigh pánaí na bhfuinneog. Rug óglach lasóg amach as an teach le cur faoin mbunsop.

'Ná déan,' arsa Feilimí agus íslíodh an tóirse. 'Cuirigí uaibh na bairillí,' a dúirt sé le ceann feadhna na gceithearnach, óir bhí bairillí fíona is leanna á rothlú amach ar shráid an tí acu le tabhairt leo ó thuaidh. 'Tugtar na fuinneoga linn,' ar sé, 'idir leaca, lindéir is chlocha géill.'

Cuireadh chun na hoibre. Faoi mhaoirseacht Fheilimí féin

— le grónna, le dingeanna is le ceapoird — cuireadh naonúr fear ag baint gialla na bhfuinneog as balla an tí. Go mall, cáiréiseach, leagadh na clocha gearrtha i málaí leathair gur lochtaíodh naoi gcapall. Ghluaiseadar chun siúil ansin gur ghabhadar láimh dheas le hArd Mhacha ar lorg an tslua, giolla i ngreim in adhastar gach capaill agus Feilimí Caoch ar a gceann.

MAIDIR le Conchúr agus Gilidín, sos ná seasamh ní dhearnadar in Achadh an Dá Chora ach imeacht leo ar geamhshodar soir gur bhaineadar Achadh Uí Mhaoláin amach le titim na hoíche. Rinneadar dreas codlata i dteach an bhádóra agus, roimh bhreacadh lae, chrochadar seol. Bhí slua an Fhir Dhorcha tagtha go Clann Chana le linn na hoíche agus an talamh ó dheas ina chaor thine acu. Chuir Conchúr Óg agus Gilidín i dtír in Inis Dabhaill agus, ar tháibhle an chaisleáin, thángadar ar Onóra, í timpeallaithe ag saighdeoirí agus lucht diúractha agus bruach theas an locha á ghrinneadh acu. Thug Conchúr Óg a theachtaireacht di, agus ghlac sí buíochas leis.

'Beidh áit faoi ghradam ag d'athair i gClann Chana i gcónaí,' ar sí. 'Ach mar is léir duit féin, ní bheimid in ann díon ná dídean a thabhairt daoibh fad is gur faoi iomshuí ag sluaite an Fhir Dhorcha atáimid. Agus ós rud é go bhfuil baol ann go ngabhfaidh siad an port ó thuaidh orainn,' ar sí, 'ná déanaigí moill anseo inniu, ach imígí faoi choimirce Dé.'

Gan fuireach gan faillí, d'fhágadar slán aici agus d'fhilleadar ar an mbád. Shádar amach arís, Conchúr Óg agus Gilidín ar an seas tosaigh, ceathrar fear ar na buillí agus fear an bháid chun deiridh. Ar chúl an bháid, bhí an deatach á shéideadh amach ar an loch. Siar thar Bhéal Dabhaill leo gur thugadar aghaidh an bháid ó thuaidh.

FAOI mheán lae, lastuaidh d'Ard Mhacha, chonaic Feilimí Caoch deatach ar an spéir. D'imigh sé gona bhuíon bheag marcach soir go bhfuair an tír roimhe ina phúir: doras an tséipéil i Machaire Gréine tarraingthe dá lúdracha; an díon bainte dá theach i nDoire Barrach agus — mar bharr ar an donas — na crainn úll scoite as an talamh. Bhrostaigh sé go bruach an locha go bhfeicfeadh sé ar shlán d'Inis Dabhaill.

Bhí an bádóir ann roimhe agus soitheach faoi réir aige dó. Shádar amach agus d'imigh ag scinneadh thar an tanaí de thréanbhuillí rámha. Ina shuí i ndeireadh an bháid dó, chonaic Feilimí báid strainséartha triomaithe ar chladach thuaidh an oileáin. Phreab a chroí ina chliabhrach. Ina seasamh ar bhalla an chalaidh roimhe, bhí buíon coimhthíoch faoi arm is éide. Óglach órbhuí ar a gceann, clogad is lúireach mháille air agus a bhrat thar a ghualainn anuas ar an nós Albanach; ógbhean phlucach fhionn lena thaobh, fallaing ghréasach ghlasuaine uirthi agus dealg órdhuilleach. Tháinig Onóra agus na giollaí anuas as an gcaisleán chucu agus tugadh an bád i dtír.

'A bhuí le Dia,' ar sí, 'fuaireamar scéala in am trátha ónár gcara i nDún Geanainn agus thugas ár gcairde chugat, Alastar mac Raghnaill Bhuí, agus a dheirfiúr, Máire — maille le dhá chéad Albanach.'

TRÁTH AN ama sin, is ar an loch a bhí Conchúr Óg is Gilidín. Amach ó Achadh Uí Mhaoláin dóibh, dhírigh Gilidín a mhéar le bruach.

'Is cinnte go bhfuilid curtha sa mbanrach ag na buachaillí.'

Thriomaíodar ar chladach an locha, ghabh lucht an bháid i mbun a gcúraimí, agus ghabh an bheirt cosán an tí.

'Nár chóir dúinn súil a chaitheamh timpeall an tí ar dtús?' arsa Gilidín.

'Ní baol dúinn, a deirim leat,' arsa Conchúr Óg.

Ar theacht go teach an bhádóra dóibh, fuaireadar óglach ann rompu. Sheas Conchúr Óg go héiginnte. Tharraing Gilidín ar a mhuinchille. 'Sin é mac Uí Ágáin,' ar sé. 'Rith.'

'Ach cén fáth a rithfinn?'

Leis sin, nocht triúr ceithearnach eile sna saileacha.

'Rith go beo,' arsa Gilidín arís.

Thug Conchúr Óg aghaidh ar an gcéad cheithearnach ach sula bhfuair deis labhartha, leagadh go talamh é le buille de sháfach tua. Le greim cúil, ardaíodh a chloigeann gur bhreathnaigh an ceithearnach sa tsúil air.

'Mac Chonchúir Mhic Ardail?'

Thaispeáin an ceithearnach faobhar na tua dó. Lig Conchúr Óg geoin as.

Theann an triúr eile le Gilidín. Rug an chéad cheithearnach greim cúil air agus bhain a chompánach a ionar dearg agus a léine bhuí de Ghilidín sular cheangail a lámha le gad. Ansin, le buille coise faoina ioscaid, leag sé lomnocht ar a ghlúine ar an gcosán é. Lig Gilidín sian as. Tharraing an dara ceithearnach ar a chúil arís gur ísligh a cheann go talamh.

Leag an tríú fear uaidh a thua, bhain de a ionar is a léine, á síneadh chuig a chompánach gur sheas ina chraiceann dearg os cionn Ghilidín. Thóg a thua. 'Teachtaireacht do Chonchúr Mac Ardail,' ar sé.

Shuigh Conchúr Óg suas.

'A Mhaighdean Mhuire Mháthair!' arsa Gilidín, a aghaidh

á brú anuas sa bhféar agus an tua á tomhais lena mhuineál.

Chroch an ceithearnach a thua, tharraing, agus, de phlab bog tais, bháigh an faobhar i muineál Ghilidín. Steall fuil ar chosa an cheithearnaigh. Leag sé a sháil ar a chloigeann, á bhrú anuas go talamh gur tharraing aníos as muineál Ghilidín ceann na tua. Leis an dara tarraingt, theasc sé an cloigeann de.

Lig Conchúr Óg glam as.

TRÁTH an ama sin, i Maigh gCaisil, bhí na capaill ualaigh á luchtú ag Giolla Phádraig agus Donncha, agus bairíní á bhfuint ag Caitríona don aistear. An athuair, d'fhiafraigh Conchúr an raibh dé ar Chonchúr Óg agus, nuair nach bhfuair freagra, d'ordaigh na capaill a ghabháil agus aghaidh a thabhairt ó dheas. Bhí Cormac imithe siar rompu leis an mbólacht.

'Trasnaígí an abhainn ag Achadh an Dá Chora,' ar sé, 'agus gabhaigí as sin siar le bruach na habhann go Baile Uí Choileáin. Fanfadsa anseo le Donncha go dtiocfaidh Conchúr Óg agus leanfaimid ó dheas sibh.'

'Ach níl Sadhbh tagtha fós,' arsa Caitríona.

'Ní fios cá ndeachaigh Sadhbh, a pheata. Is cinnte go leanfaidh sí sibh.'

Chun siúil leo. D'fhan Conchúr go rabhadar imithe thar ard an bhóthair ó dheas sular ghabh sé féin a each. 'Ní fhanfadsa níos faide,' ar sé le Donncha, 'ach gabhfad soir ar thóir Chonchúir Óig. Fanadh tusa leis. Má thagann sé, tabhair go Baile Uí Choileáin é.'

'Nach gcuirfeá mise soir i d'áit?'

'Níl aon bhaol go bhfuil an tóir amuigh orm fós,' ar sé, agus in airde sa diallait leis gur bhuail leis soir i dtreo an locha — é ag imeacht ar bogshodar, goirt lomtha ar gach uile thaobh, beithígh ar iníor agus ealta préachán ag fuirseoireacht sa gcoinleach. Níorbh fhada ar an mbóthar dó gur casadh marcach air — eachlach ar a bhealach anoir.

'Cén scéala agat, a óglaigh?'

Sheas an marcach a each. 'Ní slán an bealach soir,' ar sé. 'Tá sé ina chogadh dhearg idir an tiarna agus Feilimí Caoch cois Dabhaill.' Bhuail sé boiseog ar chliathán an eich agus d'imigh leis siar.

Dhearc Conchúr siar agus soir, dheasaigh a bhairéad ar a cheann, agus as leis ar cosa in airde i ndiaidh an eachlaigh. Ba ghearr gur nocht Dún Geanainn amach roimhe ar fhíor na spéire. Dhreap sé Cnoc an Chaisleáin agus d'imigh siar faoi tháibhle an dúin go bhfuair an doras mór ar leathadh roimhe. Isteach leis gan bhleid gan arraoid, d'ísligh ar an tsráid agus dhearc an t-eachra sa mbanrach: ní raibh dé ar alabhreac dubh is bán Chonchúir Óig ach bhí stail mhór dhonnrua ar fosaíocht ag beirt ghiollaí ina éide bhuí is ghorm an easpaig.

Go teach an fhíona agus suas an staighre bíse leis. Go sciobtha, chuaigh sé ag rannsú ina chuid páipéar gur aimsigh a raibh uaidh. Thóg sé na cairteanna agus cúpla bileog agus d'fhill i gcumhdach leathair iad. Go dtí an doras leis. Lasmuigh, chualathas capaill ar an tsráid agus allagar na bhfear. Sheas sé sa doras agus chaith súil ar an aireagal an athuair, ar an mbord scríbhneoireachta agus ar an stól; ar leabhar na litreacha agus ar leabhar na gcuntas. Ar an bhformna le balla, luigh a shúil ar *Elegantiae Linguae Latinae* Lorcáin Valla a bhí ar iasacht aige ó Onóra. Chuala glór ó bhun an staighre. Anonn leis, thóg an leabhar agus amach leis arís.

Ar an staighre, bhí triúr ag teacht aníos na céimeanna cloiche. Theann sé isteach le balla lena ligean suas thairis go dtí an túr faire. 'Isteach leat!' arsa bathlach mór buí agus, lena bhois, bhrúigh ar ais isteach san aireagal é. Rinne Conchúr iarracht sleamhnú tharstu. Rug an dara ceithearnach buille de chrann tua sna heasnacha air gur lúb sé faoi agus é ag sclogaíl is ag snagaíl.

Thóg an bachlach an cumhdach leathair den urlár. 'Glantar an teach seo,' ar sé, agus le sáfach na tua, thiomáin sé Conchúr síos an staighre roimhe fad a bhí an bheirt eile ag cartadh sna leabhair is sna páipéir. Ar bhun an staighre, sheas Conchúr le háiteamh ar an gceithearnach. Le soc tua i gcaol a dhroma, cuireadh amach ar an tsráid é. Tháinig an dara ceithearnach amach ina ndiaidh, feircín fíona ar iompar aige agus bairéad Chonchúir ar a cheann.

Ar shráid an dúin, bhí Ó hÁgáin suite in airde ar a each ina chóirséad is a phlátaí lúirí, cár mór buí air agus é ag maoirsiú na hoibre, Tadhg Bán ina sheasamh go maolchluasach lena chois, agus na giollaí ag folmhú an aireagail dó. Stán Conchúr go balbh ar Thadhg sular rug ceithearnach i ngreim cúil air, á ísliú go talamh.

'Go réidh!' arsa Eoin mac Somhairle gur tháinig de rith ón áirse chucu ina léine fhada mháille. 'In ainm Chroim, déanaigí go réidh!'

Scaoileadh dá ghruaig. Chualathas torann is gleo ó dhoras an dúin agus chroch Conchúr a cheann go bhfeicfeadh sé na marcaigh chucu isteach, an Fear Dorcha agus uaisle eile in aon-bhuíon taobh thiar den fhear brataí, airm ar taispeáint, an loinnir bainte dá lúireacha ag deannach an bhóthair, Ó Doibhlin agus na gialla ina ndiaidh aniar. Ghabh an Fear Dorcha thairis ar a each go gruama gnúisfheargach gan breathnú ina threo. D'éirigh Conchúr ar a chosa. I measc na marcach, cromtha sa diallait, bhí Conchúr Óg. Rith a athair go tuisleach faoina dhéin. Chas Conchúr Óg chuige; a lámha ceangailte, a shrón brúite agus a bheola ata. Rinne sé mugailt faoina fhiacla agus d'ísligh a cheann ina ucht gur ghoil go géar goirt. Sádh faobhar tua idir athair agus mac.

'Is linn féin an fear seo,' arsa Conchúr. 'Seo é mo mhac.' Nuair nach bhfuair sé aon fhreagra ó na marcaigh, labhair sé arís. 'Tógaigí mise ina áit,' ar sé.

Thug Ó hÁgáin a each a fhad leis. 'Maidir leatsa,' ar sé le Conchúr, 'bí ag déanamh d'anama.'

Thug Ó Doibhlin féachaint dhúr dhorcha orthu. 'Céard atá ar bun anseo?'

'Tabharfaimid linn an cléireach,' arsa Ó hÁgáin.

'Ní thabharfaidh,' arsa Ó Doibhlin. 'Is leis an tiarna na gialla seo.'

Ar chomhartha óna dtaoiseach, rug beirt cheithearnach faoina ascaillí ar Chonchúr gur chroch trasna na sráide é go dtí na cillíní. Osclaíodh doras roimhe agus caitheadh de thuairt isteach ar urlár crua an chillín é. Caitheadh Conchúr Óg isteach ina dhiaidh agus dúnadh an doras de chling.

AN LÁ dár gcionn, sna cillíní, d'oscail fear na heochrach an glas ar an doras. 'Do dheartháir,' ar sé.

D'éirigh an dá Chonchúr de phreab, osclaíodh an doras agus ligeadh Cormac isteach. Sa dorchadas, ghabh sé an bheirt i ngreim teann barróige.

Shuíodar ar leac fhuar an urláir. As a mhála, shín Cormac bairíní agus iasc saillte chucu. 'Thugas airgead don ghiolla le leann a bhreith chugaibh.'

Rinne Conchúr dhá leath de bhairín. 'Sadhbh a rinne?'

'Ó bhean Uí Choileáin a fuaireas iad,' arsa Cormac. 'Níl tásc ar Shadhbh.'

'Agus an tiarna?' arsa Conchúr.

'Labhair Pádraig Óg leis ar do shon ach deir sé nach gceadóidh an tiarna d'ainm a lua os a chomhair, fiú.'

Lig Conchúr osna as.

D'oscail an t-eochróir an doras do Chormac.

'Cá bhfios nach ndéanfadh an déan rud éigin ar ár son,' arsa Conchúr ansin, 'Cuir scéala chuig Feilimí Caoch.'

'Is air siúd atá ár mbrath anois,' arsa Cormac. Phóg sé an bheirt arís agus d'imigh.

Leag Conchúr an bia amach ar bhratóg. 'Caithfidh tú greim éigin a ithe.'

Chroith Conchúr Óg a cheann.

IN INIS Dabhaill an tráthnóna sin, sa seomra mór, bhí Feilimí Caoch ina shuí chun boird le hAlastar mac Raghnaill Bhuí nuair a tugadh isteach mac Uí Ágáin chuige. Chuir Feilimí fáilte roimh an bhfear óg agus chuir ina shuí ar a dheasláimh é gur chromadar chun cainte.

'Tá sé de rún agam a iarraidh ar m'athair tánaiste a dhéanamh díom,' arsa Feilimí.

'Ach is chun síocháin a dhéanamh eadraibh atáimidne anseo.'

'Tuigim sin,' arsa Feilimí, 'ach ní cúis ar bith é sin nach ndéanfadh m'athair tánaiste díomsa.'

'Ní chuirfimidne ar do shon ná i d'aghaidh.'

'Tá go maith,' arsa Feilimí.

Nuair a bhí a ngnó déanta, ghabh mac Uí Ágáin a chead ag Feilimí. I ndoras an tí, thug Onóra i leataobh é.

'Dúirt m'fhear leat go n-iarrfadh sé ar Chonn tánaiste a dhéanamh de,' ar sí.

'Agus dúrtsa nach gcuirfimidne ina aghaidh.'

'Ní leor sin,' ar sise.

'Gheobhairse tacaíocht m'athar má fhaighimidne Conchúr Mac Ardail.'

'Ní thabharfar Conchúr ar láimh daoibh,' ar sise leis, 'ach ní chuirfear in bhur n-aghaidh.'

'Bíodh sé ina mhargadh.'

'Cuirfear scéala chugaibh in am trátha, más ea, agus bígí-se romhainn i nDún Geanainn.'

'Tá go maith,' arsa mac Uí Ágáin, agus d'imigh.

Go dtí a haireagal beag faoi bhinn an tí le hOnóra. Bhí obair le déanamh: bhí litreacha le cur go hÉadan Dúcharraige agus go Droim Mairge, agus dhá choileán as cuan an chú bháin le seoladh chuig Seinicín Mac Daimhín. Bhí, agus fios le cur ar dhá chéad eile Albanach.

ROIMH Nollaig, bhí féiríní á gcur anonn is anall idir Feilimí agus Conn, agus faoi Nollaig Bheag, bhí athair is mac go sócúlach sómhar i gcuideachta a chéile i dteach Uí Néill in Ard Mhacha. Go deimhin, níor tháinig aon mhaolú ar shéasúr na cóisireachta ann go hInid.

I nDún Geanainn, sna cillíní, bhí sé ina charghas ó thús na bliana. Tháinig an tSeachtain Mhór, agus Céadaoin an Bhraith, tráth a raibh súil le Feilimí i nDún Geanainn chun freastal ar mhúchadh na gcoinneal i séipeal na bProinsiasach. Bhí an t-eochróir an lá sin ag suanaíocht lasmuigh de dhoras na gcillíní nuair a tháinig mac Uí Ágáin agus seisear óglach chuige.

'Tá ordú againn Conchúr Mac Ardail a thabhairt linn,' arsa an tÁgánach.

D'éirigh an t-eochróir ina sheasamh. 'Is le hÓ Néill an giall seo,' ar sé.

Dhlúthaigh na hóglaigh ina thimpeall go bagrach gur shín sé an eochair chucu.

Tugadh Conchúr amach ina mhaol, a shúile á gcosaint ar sholas an lae aige agus é ag imeacht roimhe go tuisleach. Rinne Conchúr Óg iarracht a athair a leanúint agus buaileadh iarraidh de chrann sleá air, á leagan go hurlár an chillín. Dúnadh an doras de chling.

'Cá bhfuil sibh á thabhairt?' arsa an t-eochróir.

'Go Tulach Óg,' arsa duine.

'Go ndéanfaidh sé dreas rince dúinn,' arsa duine eile.

'Rince na páise agus turas na croise!' arsa an tríú fear.

Choisric an t-eochróir é féin. Ní raibh smid as Conchúr.

D'ordaigh mac Uí Ágáin na heacha a ghabháil. Ceanglaíodh lámha Chonchúir agus tiomáineadh ar cheann sleá i dtreo dhoras an dúin é. Ar an tsráid lasmuigh de dhoras an chaisleáin, bhí stail dhubh Fheilimí Chaoich. D'fhéach Conchúr in airde go bhfaca Onóra i gcuideachta an reachtaire ar an táibhle os cionn áirse an dorais mhóir. De ghlór lag tláith, ghlaoigh sé as a hainm uirthi ach bhí a droim iompaithe leis agus í ag amharc amach thar mhúr an dúin. Ardaíodh glórtha fear in allagar ar dhíon an túir thoir.

Le priocadh de rinn sleá, tiomáineadh Conchúr isteach faoin áirse agus níor thúisce i ndoras mór an dúin é ná nocht slua Albanach lasmuigh faoi arm is éide. Phulcadar isteach an doras gur líonadar an áirse agus gurbh éigean do cheithearnaigh Uí Ágáin cúlú rompu agus an t-eachra a thabhairt ar ais isteach ar bhábhún an dúin. Theann Conchúr isteach in aghaidh an bhalla cloiche leis na hóglaigh a ligean thairis. Chroch mac Uí Ágáin a thua gur lig béic ar Chonchúr. Leis sin, ardaíodh claimhte móra na nAlbanach go bagrach agus d'ísligh sé a thua gur imigh i ndiaidh a chúil rompu isteach sa mbábhún. Nuair a dhearc Conchúr arís, ní raibh tásc ar lucht a cheaptha. Ar ais leis isteach sna sála ar na hAlbanaigh.

Leath óglaigh Mhic Raghnaill Bhuí ina mbuíonta ar fud an dúin. I ndoras an chaisleáin, ligeadh uaill agus tháinig díorma ceithearnach amach, Conn Bacach agus an t-easpag á dtiomáint rompu acu, an dá thiarna ag casaoid go callánach clamhsánach agus Pádraig Óg Ó Maoil Chraoibhe agus seirbhísigh is cailíní cuideachta ina dtimpeall ag impí ar na fir armtha gan lámh a leagan ar an mbeirt. Faoina gceann feadhna, ghluais na hóglaigh go diongbháilte i dtreo na gcillíní. Tháinig buíon eile ón áirse agus Eoin mac Somhairle acu, a thruaill fholamh ar sliobarna ina dhiaidh.

Rug an t-easpag greim muinchille ar Chonchúr. 'Fóir orainn, a Chonchúir,' ar sé. 'Fóir orainn!'

Ní dhearna Conchúr ach stánadh air. Sheas óglach eatarthu, leag a bhos ar dhroim an easpaig agus thiomáin roimhe isteach sa gcillín é. Buaileadh an doras de phlab ina dhiaidh agus lig na cailíní cuideachta olagón astu.

Leis sin, leagadh lámh ar ghualainn Chonchúir. 'Tá gnó agam díotsa,' arsa Pádraig Óg os íseal.

'Caithfead mo mhac a thabhairt as an gcillín.'

'Fág fúmsa é sin, a Chonchúir. Gabh i leith uait go dtabharfaimid slán as seo thú.' Le scian bheag, scaoil Pádraig Óg an gad air. 'Go beo!' ar sé. 'Tá na hÁgánaigh ar do lorg.'

Thug Conchúr súil imníoch ina thimpeall. Bhí seilbh glactha ag na hAlbanaigh ar tháibhle an dúin, agus bhí óglaigh Fheilimí i gceannas an chaisleáin. Ar shráid an dúin, bhí anraith á bhruith ag giollaí agus arán úr á iompar isteach i gciseáin. Lig sé a mheáchan anuas ar Phádraig Óg agus ghluaiseadar go mall i dtreo an túir thoir.

SA TÚR thiar, an oíche sin, tionóladh an chomhairle i ngrianán an tí. Suite chun boird, bhí Feilimí ina ionar dubh sróil, Onóra agus Máire nic Raghnaill Bhuí lena chliathán, an bheirt bhan go mómhar maorga ina gceannbhearta síoda, gúna gréaschraobhach ar Mháire, gúna dubh dearg-chiumhsach ar Onóra. Ar chliathán clé Fheilimí, bhí Tomás Carrach, é gléasta ina ailb bhán is a stoil agus peann is pár roimhe, na taoisigh ina suí feadh an bhalla ar dhá thaobh an tseomra.

Chrom giolla agus chuir cogar i gcluais Fheilimí. Labhair sé siúd le hOnóra. 'Tá an Déan Mac Cathmhaoil ar a bhealach isteach,' ar sé.

'Go gcoinní Dia uainn é!' arsa Onóra.

'Cuirfidh sé faoi choinnealbhá sinn mura ligfimid amach an t-easpag.'

'Cúis gháire a chloigín is a choinnle múchta.'

'B'fhéidir go bhfuil leigheas air.'

'Agus cén leigheas é sin, a rún?'

'Conchúr Mac Ardail.'

'Chuireas a thuairisc,' arsa Onóra,' ach níl tásc air. Is cinnte gur teite as seo atá sé. Cloisim go raibh Ó hÁgáin ar a lorg.'

'Cuirfead eachlach soir go Maigh gCaisil ar a thóir.'

Isteach leis an déan, a mhaide siúil á bhualadh roimhe

aige. Thost an chomhairle. 'Dar a bhfuil ar Neamh,' ar sé go mantach, 'ní fheicim Ó Néill.'

Onóra a d'fhreagair. 'Tá Ó Néill curtha ar láimh shábhála, a Dhéin, go gcuirfear an uile ní ina cheart anseo.'

'Agus cá bhfuil Easpag Chlochair, más ea?'

'I bhfochair Uí Néill atá sé siúd ós é séiplíneach Uí Néill é.'

'Sa gcillín, an ea? A Fheilimí, a mhic, ní leomhfaidh Dia duit easpag ungtha a choinneáil i ngéibheann.'

'Tá dul amú ort, a Dhéin,' arsa Feilimí. 'Is é m'athair atá curtha ar láimh shábhála agus is lena fhaoistin a éisteacht atá an t-easpag ina chuideachta.'

'Faoistin, a deir tú? Faoistin!' Chroch an déan a mhaide agus d'ardaigh a ghlór. 'Scaoiltear an t-easpag amach chugam láithreach in ainm Dé nó fágfar gan faoistin, gan aifreann, gan adhlacadh i reilig choisreactha, sibh féin agus gach n-aon dá ngabhann libh.'

Thost an chuideachta. Tháinig Seinicín Mac Daimhín go doras an ghrianáin.

Is í Onóra a d'fháiltigh roimhe. 'A Sheanascail, is geal linn do theacht. B'fhéidir go bhfuil réiteach agatsa ar cheist seo an déin.'

'Agus cén cheist í sin, a bhean uasal?' arsa Seinicín.

Le binb a d'fhreagair an déan é. 'Cén cheist í sin? I gcuntas Dé, tá easpag ungtha á choinneáil i ngéibheann agus dímheas á chaitheamh le seirbhíseach Dé, sin í an cheist!'

'Easpag Chlochair?' arsa Seinicín. 'Táim cinnte go bhfuil dul amú ort, a Dhéin. Nó b'fhéidir gurb é an t-easpag a chuaigh amú óir is fada ó Dheoise Chlochair sinn.'

Chualathas monabhar gáire ó na huaisle ar dhá thaobh an tseomra.

Phléasc an déan. 'In ainm dílis Dé, céard atá á rá agat?'

'Sílim gurb é an t-easpag a chuaigh amú agus go bhfuil sé beartaithe ag mac Uí Néill é a sheoladh abhaile go dtí a dheoise féin.'

'Sin é go díreach atá beartaithe,' arsa Onóra.

'Ar fhaitíos an dul amú ort féin,' arsa an déan le Seinicín, 'más fada féin sinn ó dheoise Chlochair, ní fada sinn ó shúile Dé!'

'Ní fada, a Dhéin,' arsa Seinicín, 'agus mura bhfuil dul amú orm, tá súil ag mac Uí Néill go bhfanfaidh tú i do chúram mar bhreitheamh i ngnóthaí an tiarnais in Oirialla.'

'Is fíor sin go deimhin is go dearfa duit,' arsa Feilimí.

Dhearc Feilimí go sásta ar Sheinicín sular shuigh siar ina shuíochán. Sméid an déan a cheann go humhal agus tháinig monabhar eile gáire ó na huaisle.

Leis sin, las faghairt i súile an déin gur bhuail trí bhuile dá mhaide ar an urlár adhmaid. 'Déanaigí beag díomsa más maith libh óir níl ionamsa ach giolla beag i slua an Tiarna, ach ná déanaigí beag de dhlí ná d'aitheanta Dé óir is eol go rímhaith do sheanascal an ardeaspaig nach ar mhaithe le maoin ná tuarastal a ghlacfainnse le cúram an bhreithimh ach lena chinntiú gur de réir dlí Dé agus le honóir is le glóir don Mhaighdean Mhuire a rialaítear an tiarnas seo!'

'Is maith is eol duit nach é sin a bhí i gceist agam,' arsa Seinicín.

'Agus is rímhaith is eol d'uaisle na tíre seo nach aon chara leo Seinicín Mac Daimhín.'

'Is fíor gurb é maor cíosa an ardeaspaig é,' arsa Ó Coinne.

'Tugtar Ó Néill i láthair chun na ceisteanna seo a phlé, más ea,' arsa Ó Doibhlin.

Leag Tomás Carrach uaidh a pheann agus thóg a cheann as a leabhar gur labhair. 'Nó an iarrfaimid ar Easpag Chlochair idirghabháil a dhéanamh idir an t-oifiseal agus an déan?'

Bhí Feilimí deargtha le cantal. Thug Onóra súil imníoch ar Sheinicín ach d'fhan Seinicín ina thost.

Leis sin, nocht Pádraig Óg sa doras agus isteach le Conchúr de mhaol a mhainge, faoi bhrat agus léine ghlan. 'B'fhéidir,' arsa Feilimí, 'go bhfuil réiteach ag Conchúr Mac Ardail ar na ceisteanna crua casta seo.'

Ardaíodh glórtha na dtaoiseach go callánach agus thug Ó hÁgáin súil fhiata ar Onóra. Stán Onóra ar ais go dána air agus bhuail tailm dá bois anuas ar chlár an bhoird gur bhéic. 'Éistígí!' ar sí gur shocht an slua. 'Abair leat.'

Chrom Conchúr a cheann le hurraim d'Fheilimí is d'Onóra, ach sular oscail sé a bhéal, labhair an déan de ghlór íseal leis. 'Cuimhnigh gur easpag ungaithe é d'iarmháistir,' ar sé, 'agus gur sagart thú féin.'

Theann Conchúr isteach leis agus d'fhreagair os íseal. 'Nach maith nár chuimhnigh tusa air sin nuair a bhain tú mo pharóiste díom.'

'*Eris sacerdos in aeternum*,' arsa an déan de chogar ar ais leis. 'Beidh tú i do shagart go deo, agus is maith atá a fhios agat é!'

'*Vade retro, decane*, nó cuirfead i ndiaidh do mhullaigh síos an staighre cloiche sin thiar thú. Siar, a deirim, nó leanfad le do mhaide beag thú go mbainfead ceol as do bhundúinín bán!'

Leath an dá shúil ar an déan.

D'iompaigh Conchúr go tapa chuig Feilimí is Onóra.

'Maidir le ceist seo an tiarnais,' ar sé os ard, 'tá uaisle anseo a bhfuil Ó Néill tógtha ar láimh acu — ar mhaithe leis an tiarnas, dar ndóigh — ach is uaisle oirirce iad agus ní mian leo a mharú, agus is daoine stuama staidéarach freisin iad agus ní mian leo a mbás féin dá bharr. Céard is déanta leis, mar sin?'

Ní raibh gíoc as aon duine. Thug Feilimí súil imníoch ar a bhean. Gáire fuar tirim a rinne sise.

'Ar ndóigh, níor labhair aon duine ar mharú,' ar sí, 'ach is í an cheist mhór, mar a dúrais, céard is déanta leis.'

'Ní hansa,' arsa Conchúr. 'Ligtear a bheatha le hÓ Néill ar choinníoll go n-ainmneoidh sé a mhac Feilimí ina thánaiste agus go dtabharfaidh sé Dún Geanainn ar láimh dó, agus go ngabhfaidh sé féin chun cónaithe i mbaile iargúlta de chuid an tiarnais. Mar sin, in éagmais an tiarna féin, géillfidh pobal an tiarnais dá thánaiste mar urlabhraí agus mar ionadaí an tiarna.'

Sméid Feilimí a cheann go sásta. 'Is maith an chomhairle é.'

Arsa Pádraig Óg, 'Dar ndóigh, caithfear cúram a dhéanamh de chothabháil an tiarna mar is cuí.'

Labhair Conchúr arís. 'Caithfear sin,' ar sé. 'Agus mar chomhalta agus mar chara grá de chuid Uí Néill, iarraim go ligfí a aos grá ina chuideachta agus go gceadófaí a bheathú ag a bhiataigh óna fhearann féin i nDún Geanainn, mar is dual do thaoiseach, ach go bhfágtar faoi bharda é ionas nach baol dósan sibhse agus nach baol eisean d'aon duine agaibhse,' ar sé. 'Agus nuair a bheas Ó Néill curtha ar láimh shábhála, molaim an t-easpag a ligean ar ais go Clochar ar choinníoll go bhfanfaidh sé ann agus go bhfágfaidh sé dlínse Ard Mhacha faoin ardeaspag agus faoina dhéan,' ar sé, agus thug súil ar an déan. 'Le caoinchead an ardeaspaig agus a dhéin, dar ndóigh.'

Smideanna beaga a bhí ag an déan.

'Áiméan,' arsa Ó Doibhlin. 'Is stuama na focail iad sin, a Chonchúir.'

'An é sin bhur gcomhairle?' arsa Feilimí.

D'aontaigh an chuideachta leis sin.

'Déantar amhlaidh, más ea,' arsa Feilimí.

Labhair Ó Coinne. 'In éagmais Uí Néill,' ar sé, 'is mian leis na huaisle ceannaire a chosnódh a maith is a maoin ach ní mian leo tarbh-rí ná tíoránach a ghabhfadh a gcrodh is a n-ionnús chun cogaí a fhearadh ar an gcoigríoch.'

Arsa Ó hÁgain go searbh, 'Is dócha go bhfuil réiteach ag an gcléireach dúinn air sin freisin, an bhfuil?'

'Tá sin,' arsa Conchúr. 'Gealladh Feilimí mac Coinn go gcuirfear scoileanna á ndéanamh don mhacra, coraí do na hiascairí, muilte do na bó-airí, bóithre is droichid d'uaisle is d'ísle, agus gabhadh sibhse — maithe an tiarnais — i mbannaí dó air sin, agus geallaigí i gcúiteamh ar an mórmhaith sin uaidh go gcosnóidh sibh an tiarnas, idir mhaith is mhaoin.'

'Is cuí sin,' arsa Ó Donnaíle.

'Is cuí sin go deimhin,' arsa cách, agus chúb Ó hÁgáin faoi.

'Déanfar amhlaidh,' arsa Feilimí le Conchúr. 'Leagaim mar chúram ortsa, más ea, mianta na comhairle a chur i bhfeidhm agus dul faoi dhéin m'athar leis na coinníollacha sin a chur faoina bhráid.'

Chrom Conchúr a cheann go humhal agus ghabh a chead ag an gcomhairle.

AR SHRÁID an dúin a bhí Conchúr nuair a tháinig Onóra agus a cailíní cuideachta ina dhiaidh. Glaodh as a ainm air agus sheas sé. Shín duine de na cailíní a bhairéad chuige.

'Bhaineamar seo d'aitheach éigin de chuid Uí Ágáin,' arsa Onóra. 'Ní maith linn do theacht inár láthair gan an feisteas is dual do chomhairleoir.' Ghlac sé buíochas léi, agus d'fháisc an bairéad ar a cheann. 'Agus féachtar chuige,' ar sise, 'go gcúiteoidh tú a chaillteanas le hÓ hÁgáin.'

Rinne sé leamhgháire. 'Nach tráthúil gur tháinig crochadóir Uí Ágáin do m'iarraidhse an lá a raibh seilbh á glacadh agaibhse ar an dún?'

'Nach tráthúil!' arsa Onóra go dána, agus ar chomhartha uaithi, chúlaigh an bhantracht uathu. 'Tá céile á lorg ag Alastar mac Raghnaill Bhuí dá dheirfiúr Máire. Ba mhaith leis a ngaol leis an tiarnas a neartú. Ba mhaith linne é sin freisin.'

'Tuigim,' arsa Conchúr go hamhrasach.

Rinne Onóra gáire. 'Na fir,' ar sí, 'deirid go dtuigid ní nuair nach dtuigid faic. Is fear inphósta thú a bhfuil cluasa na n-uaisle aige, nach gcuimhneofá ar phósadh arís?'

Tháinig aoibh an gháire ar Chonchúr. 'Tuigim níos fearr anois thú,' ar sé.

'Agus tuig seo anois,' ar sise, 'an té a sheasfas linne, déanfar a leas.'

Chrom sé a cheann agus ghabh buíochas léi.

Nuair a bhain sé na cillíní amach, bhí Pádraig Óg ann roimhe.

'Níor thúisce ligthe amach as an gcillín é ná d'imigh sé leis,' arsa Pádraig Óg. 'D'iarr mé air labhairt leat ar dtús ach ní thabharfadh sé aon chluas dom ná ní inseodh sé dom cá raibh a thriall. Ar a laghad ar bith, tá a fhios againn go bhfuil sé slán.'

Sméid Conchúr a cheann leis agus d'imigh.

CAITHEADH Aoine an Chéasta le troscadh is tréan-aithrí agus, cé nach ngéillfeadh Conn an tánaisteacht d'Fheilimí, ní dhearna Feilimí aon mhoill an mhaidin dár gcionn ach chuir Conn siar go crannóg Loch Corráin faoin ngradam ba dhual dó lena fhágáil ann faoi chúram Uí Maoil Chraoibhe agus faoi bharda d'óglaigh Mhic Cana — óir ba mhian leis é a bheith as láthair sula gcuirfí tús le ceiliúradh na Cásca.

Go hArd Mhacha leis féin agus Onóra ansin, maille le trí chéad de mhuintir an tiarnais, idir uaisle, fheidhmeannaigh is óglaigh. San ardeaglais an oíche sin, d'fhreastalaíodar ar Bhigil na Cásca, iad cuachta sa dorchadas faoina bhfallaingí troma olla. Ar a gcúl, i measc uachtaráin is íochtaráin an tiarnais, d'ísligh Tomás Carrach é féin ar a ghlúine le hais Chonchúir. Buaileadh clogán ar theacht don déan agus dá chliar ina n-éide aifrinn go doras mór na heaglaise, agus thángadar aníos trí chorp na heaglaise, coinneal na Cásca crochta roimhe ag an déan, na Céilí Dé sna sála air, ceol an orgáin á dtionlacan. Os comhair na haltóra, ina gceann is ina gceann, lasadh na coinnle.

Agus an *Exsultet* á chanadh, theann Tomás le Conchúr gur chuir cogar ina chluais. 'Ar labhair Feilimí faoi thús a chur le hobair na saor?'

'Oiread agus focal. Tá sé róghafa le ceist a athar fós.'

'Tuigeann tú féin gur mar sin a bhíos. Beidh ceisteanna níos práinní i gcónaí ann agus cuirfear obair an tiarnais ar an méar fhada.'

Ba le glasú an lae a dhoirt lucht na bigile amach thar dhoras mór na heaglaise, lóchrainn na ngiollaí ag lasadh an bhealaigh dóibh, na capaill le cloisteáil ag cuachaíl sa dorchadas amach rompu.

D'fhill Conchúr a lámh faoi uillinn Thomáis agus leanadar na huaisle amach. 'Tá barr nimhe air,' ar sé. 'Dé Luain, cuirfidh tú tús leis an obair ar theach na scoile agus sula mbeidh an tseachtain caite, tabharfaidh tú cuireadh chun fleá i gCluain Eo d'Fheilimí go bhfeice sé an tús atá curtha leis an obair agat.'

'Tá go maith,' arsa Tomás.

Ag cros thiar na heaglaise, bhí bairíní mine á ndáileadh ar lucht déirce ag na giollaí. Shín Onóra bairín chuig cláiríneach agus chrom Feilimí chuige gur labhair focail chineálta leis. As an slua, tháinig seanbhean ina threo, a moing stothalach liath scaoilte thar a breacán smolchaite anuas agus a súile ar beolasadh. Shín Feilimí bairín chuici. Nocht lann scine gur phreab sí siar thairis, an scian á radadh roimpi aici. Léim ceithearnaigh chuici. Thug Conchúr céim i ndiaidh a chúil, stiall bainte as a bhrat. Dhruid Donncha agus Cormac leis, sceana nochta acu. Ardaíodh lóchrainn agus d'iaigh ceithearnaigh thart timpeall ar an mbean gur bhain duine díobh an scian di, agus gur brostaíodh Feilimí agus Onóra chun siúil faoi thionlacan na ngallóglach. Rinne an bhean casadh is lúbadh i ngreim na gceithearnach gur lig uaill éadóchais aisti. 'Sceith cró is fola thar do bhéal bréagach amach, a Chonchúir Mhic Ardail!' ar sí de bhéic. 'Go raibh do shúile ag na héisc, a fheallaire bhréin! Go raibh do phutóga ag na cait is na madraí!'

'Aingeal in aghaidh do ghuí,' arsa Tomás, agus d'iompaigh chuig Conchúr gur labhair i gcogar. 'Cé hí siúd?'

'Máthair an ógánaigh a maraíodh in Achadh Uí Mhaoláin,' ar sé, agus d'iompaigh chuig Donncha. 'An bhféadfaidh muid aon ní a dhéanamh ar a son?'

'Fanacht glan uirthi,' arsa Donncha.

'*Absolvo*,' arsa Conchúr gur chomharthaigh soilíos a dhéanamh ar an mbean, agus folaíodh sceana Chormaic is Dhonncha go ciúin agus na ceithearnaigh á tabhairt leo.

Leis sin, labhair glór as an slua, 'Cá bhfuiltear ag tabhairt na mná seo?'

'Go teach mhaor Uí Néill.'

Sagart óg rua a labhair. 'Is í an Cháisc í,' ar sé. 'Déantar trócaire uirthi.' D'iompaigh an sagart chuig Conchúr agus chrom a cheann go humhal. 'Mochean do theacht, a oide. Tá áthas orm nár bhain aon ghortú duit.'

D'aithin Conchúr a dhalta féin, Toirealach Rua Ó Donnaíle agus fallaing mhór os cionn éide an aifrinn aige. 'Is ionúin liom sin, a Thoirealaigh,' ar sé de ghlór lag.

Ghluais an cheithearn chun siúil, an bhean i gceangal acu, Toirealach agus an chléir sna sála orthu. Ina measc, bhí Conchúr Óg faoi ghúna donn an nóibhísigh. Ghlaoigh Conchúr as a ainm air ach bhí a dhroim iompaithe ag an ógánach leis agus é ag imeacht faoi dheifir i gcuideachta na cléire. Ghlaoigh sé arís air sular imigh sé as amharc.

Leag Tomás a lámh ar ghualainn Chonchúir, á fhostú. 'Éist go fóill leis, a Chonchúir. Ar a laghad, is eol duit go bhfuil sé slán.'

Chroith Conchúr a cheann. 'Dúirt sé cheana nár mhian leis dul sna sagairt.'

'Agus arbh é sin ba mhian leat féin?'

'Dúrt leis gur mhaith liom go gcuirfí oideachas air.'

'Slis den seanmhaide.'

'Nó buille de mo mhaide féin?'

'Gabh i leith uait isteach ón bhfuacht,' arsa Tomás, rug greim láimhe ar Chonchúr agus thug leis ar ais i dtreo dhoras na heaglaise é, Donncha agus Cormac ag teacht sna sála orthu. Thug sé chuig suíochán sa gcór é agus shuigh Conchúr.

'Is fuaire anseo é ná lasmuigh.'

'Cuirfead fios ar dheoch duit. Baineadh preab asat, teastaíonn rud éigin a chuirfeas an dath ionat arís.'

'Ná himigh,' arsa Conchúr le Tomás. 'A Chormaic,' ar sé, 'tabhair Donncha leat chun braon uisce beatha a thabhairt chugam go labhród le Tomás.'

Rinne an bheirt rud air agus d'imigh.

'A Thomáis, níl uachta déanta agam.'

'Agus cad chuige a mbeadh, a Chonchúir? Tá dalladh ama ann dó sin.'

'Bíodh a fhios agat gur ag Giolla Phádraig a bheas mo sciar den fhearann in Oirialla. Nuair a bheas pé fiacha atá orm glanta, ba mhaith liom airgead a chur i leataobh mar spré do Chaitríona agus do Ghráinne. An chuid eile le roinnt idir Conchúr Óg agus Niall. Tugtar mo chuid leabhar do Chonchúr Óg, an cheannann do Chormac agus dhá phunt do Dhonncha. Iarrfad ar an Athair Pilip dul i slánaíocht air.'

'Ach níl aon chiall leis an gcaint seo, a Chonchúir, is cinnte go mbeidh mise curtha sa talamh i bhfad sula mbeidh gá agatsa le huachta!'

'Féachfaidh tú chuige? Cuirfimid i scríbhinn an tseachtain seo é.'

Sméid Tomás a cheann.

CAITHEADH na cúpla lá tar éis na Cásca in Ard Mhacha agus níor thúisce Feilimí fillte ar Dhún Geanainn ná tháinig Tomás Carrach chuige le cuireadh chun fleá. Glacadh go fonnmhar leis an iarratas. Bhí Conchúr tagtha chuige féin agus, ó tharla go raibh súil le maithe is móra an tiarnais ann, chuaigh sé féin agus a mhuintir soir roimh Fheilimí le cúnamh a thabhairt do Thomás.

Lá na fleá, nuair a bhí an teach á ullmhú ag giollaí Thomáis, chuaigh Conchúr amach ar mhá an tí go bhfeicfeadh sé obair na ngiollaí ag na tinte fulachta. Bhí Niall agus a chomhaltaí tagtha aniar as Baile Uí Dhonnaíle go gcaithfidís cúpla lá ina gcuideachta agus is á mbreathnú i mbun each-chleasaíochta ar an bhfaiche a bhí Conchúr nuair a tháinig Cormac amach ina dhiaidh.

'Conchúr Óg atá ag déanamh imní duit?' ar seisean.

'Ní hé. Ós i dteach an déin atá sé, tá a fhios againn go bhfuil sé slán. Is iad na giollaí is na cailíní atá ag déanamh imní dom — tá siad gan taithí san obair seo agus airím uaim lámh thíobhasach Shaidhbhe.'

'Cloisim gur imigh sí siar go Clochar, agus gur i seirbhís an easpaig atá sí anois.'

'Aireoimid uainn í.'

D'ísligh Cormac a ghlór. 'Chuala go bhfuil sí ag iompar linbh.'

Focal ní dúirt Conchúr leis sin.

Sa bhfleá-theach, bhí brait lín á leathadh ar chláir ag na giollaí agus áit suí á réiteach mórthimpeall. Tugadh an t-aos ceoil isteach agus níor thúisce áit glanta dóibhsean i gcúil an tí ná tháinig Feilimí agus a chuideachta i láthair. Cuireadh ina shuí ag ceann an tí é agus bhuail Conchúr faoi lena thaobh.

'A Mhic Uí Néill,' arsa Conchúr, 'an bhfuil sé in am síocháin a dhéanamh le Giolla Easpaig?'

'Nílim réidh le labhairt leis siúd fós.'

'Tuigeann tú gur tú an prionsa anois?'

Sméid Feilimí a cheann.

'Gabh i leith uait, más ea, go scríobhaimid litir chuige.'

Chuir Conchúr fios ar a chuid oirnéise agus, le chéile, dhréachtaíodar an litir, shínigh Feilimí í, agus chuir Conchúr eachlach chun bóthair.

Bhí go maith. Cóiríodh na boird. Cuireadh Tomás ina shuí le ciotóg Fheilimí, Alastar mac Raghnaill Bhuí lena dheasóg, agus Conchúr lena thaobh siúd, agus cuireadh gach aon duine eile ina shuí ina áit féin de réir gradaim is uaisleachta. Leag an lucht freastail miasa anlainn rompu agus bairíní cruithneachta, agus dáileadh spólaí súmhara solamaracha uaineoile orthu ar fad. Chroch an lucht ceoil dreas binn meidhreach agus isteach le Máire nic Raghnaill Bhuí chucu, a cailíní cuideachta ina scuaine taobh thiar di, a gruaig cuachta in airde faoi bhanda breac ar bharr a cinn agus caille anuas thar a cúl i bhfaisean na Fraince, péarlaí faoina bráid nocht agus gúna gréasduilleach uirthi. Phreab Conchúr ar a chosa le fáilte a chur roimpi agus las a haghaidh thibhreach phlucach. Chrom sé a cheann go humhal di gur chuir ina suí chun boird í lena ais.

'Deir Onóra liom go bhfuil an Laidin ar do thoil agat?' arsa Conchúr léi.

'Tá agus smuta den Fhraincis, a Mháistir Mhic Ardail. Chaitheas tréimhse i gcuideachta iníon Mhic Cailín i gcúirt na banríona.'

'I nDún Éideann, muis? Agus céard a thug ort imeacht as an dea-bhaile ríoga sin?'

'Pósadh iníon Mhic Cailín le Mac Dhónaill na hÍle agus thánag abhaile,' ar sí, agus nocht déad geal gáiriteach. 'Ach is fada le mo dheartháir go n-imeoinn arís.'

'B'fhéidir nach bhfuil múineadh ná míneadas na Fraince le brath ar bhailte is ar fhleá-thithe Thír Eoghain ach is géar atáimid ina ghá, agus is géar é ár ngá le hógmhná léannta dea-labhartha a chuirfeadh ar bhóthar ár leasa sinn.'

'Cloisim go bhfuil *studium generale* ar na bacáin agaibh?'

'Is é mian mo chroí é, a Mháire.'

'Tá súil agam go bhfuil áit i do chroí do leabhair, a Chonchúir.'

'Tá sin, a Mháire, táid á gcnuasach cheana féin agam duit.'

Gáire a rinne sí leis sin.

Iar bproinn dóibh, dáileadh leann, d'aithris reacaire Mhic Con Mí scéal ar na Trí Dhearg gur chuir sceimhle ar an líon tí le hoidhe agus le hanbhás Chonaire Mhóir sa teach fleá cois Dothra sular suaimhníodh arís iad le claisceadal ceolmhar na gcruitirí nó gur cheanntrom codlatach gach aon duine díobh agus go ndeachadar chun suain go sách somheanmnach.

AN LÁ dár gcionn, níor dhúisíodar go raibh an ghrian go hard ar an spéir. Thug lucht freastail a gcéad phroinn chucu agus nuair a bhí ite acu, mhol Feilimí go dtabharfaidís cuairt ar an scoil ós rud é, ar sé, go raibh 'bís ar Thomás bocht agus gur fada leis go gcuirfear tús leis an obair.'

'Tá sin orm gan bhréag, a Fheilimí,' arsa Tomás, gur éirigh ina sheasamh.

Amach leo ar fhaiche an tí gur réitigh chun imeachta. Bhí na heacha gafa ag na giollaí dóibh nuair a chonaiceadar buíon marcach ar an mbóthar aniar. An Fear Dorcha a bhí chucu. D'ísligh sé féin agus a mhuintir ar fhaiche an tí, chuir Feilimí fáilte rompu agus d'ordaigh Tomás leann a bhreith chucu.

'Gabhaigí soir mar a bhí beartaithe,' arsa Feilimí le Conchúr, 'agus gabhfadsa i gcomhairle le mo dhearthháir sula leanfad sibh.' Bhí smut ar Thomás. Thóg Feilimí a lámh. 'Bead soir in bhur ndiaidh.'

Leis sin, thug Conchúr ordú do Ghiolla Phádraig fanacht i gcuideachta Fheilimí, agus as leis féin agus Máire i gcuideachta Thomáis.

Níor thúisce imithe iad ná shuigh Feilimí ar bheartán luachra, d'umhlaigh an Fear Dorcha dó, agus bhuail faoi lena ais.

'Ní leor seo,' arsa Feilimí. 'Tabharfaidh tú cuireadh go dtí do bhaile féin dom agus umhlóidh tú ansin dom os comhair do mhná, os comhair d'easpaig, agus os comhair maithe is móra do thíre.'

Lig an Fear Dorcha osna as. 'Tá go maith,' ar sé.

Rinneadar dreas cainte agus nuair a bhí an Fear Dorcha ar tí imeacht, thug sé súil ina thimpeall. 'Feicim nach bhfuil Giolla Easpaig mac Colla Óig i do chuideachta?' ar sé.

'Mura bhfuil, is gearr go mbeidh,' arsa Feilimí.

'Ní rún é nach bhfuil aon ghean agat air.'

'Rún diamhair an gean atá agatsa air tar éis dó breith a shárú agus tusa i mbannaí air.'

'Ní raibh sa mbreithiúnas ach bréagaireacht,' arsa an Fear Dorcha.

'An amhlaidh a chuireann tú bréag i leith an déin?'

'Ní ina leith siúd é ach i leith Eoghain Uí Bhreasláin.'

'Cé a déarfadh a leithéid?'

'An tOllamh Mac Con Mí, an Máistir Ó Coileáin. Fiafraigh de mhac Uí Anluain é.'

'Mac Uí Anluain? Céard a bheadh ar eolas aige siúd?'

'Labhair leis go bhfeice tú.'

'Labhróidh,' ar sé, agus ó bhí sé i measc óglaigh Fheilimí, cuireadh fios air.

Tháinig mac Uí Anluain ina láthair agus cheistigh an Fear Dorcha é os comhair Fheilimí Chaoich. 'Inis d'Fheilimí,' a dúirt sé leis, 'cé mar a fuair Giolla Easpaig Machaire Locha Cubha.'

'Inseod,' arsa mac Uí Anluain. 'Is é mo shin-seanathair a thug Machaire Loch Cubha mar mhaoin nuachair dá iníon féin Caitlín. Phós sí sin Eoghan mac Néill Óig Uí Néill agus eisean a bhronn an fearann ar Mhac Dónaill.'

'Mar sin, níor bhain an fearann le Niall Óg ná lena shinsir?'

'Níor bhain, ach linn féin!'

'Agus céard is brí le rann úd Mhic Aogáin, más ea?'

'Cumadóireacht Eoghain Uí Bhreasláin!'

'Chan an máistir gó, a deir tú? Agus cé a ghabhfadh i mbannaí duit air seo?'

'A dheartháir féin, an tOllamh Ó Breasláin.'

'Cad chuige nach ndúrais é seo leis an mbreitheamh?' arsa Feilimí.

'Ní rabhamar i láthair. Nach dár gcosaint féin ar Fheilimí Rua a bhíomar?'

'Ach dá gcloisfí a fhianaise sin lá an bhreithiúnais, bhréagnófaí fianaise mhac Uí Bhreasláin agus ní thabharfaí an bhreith do m'athair,' arsa an Fear Dorcha. 'Nach fíor dom é?'

'Is dócha gur fíor.'

'Anois, an bhfuilir sásta?' arsa an Fear Dorcha le Feilimí.

'Níl ná é,' arsa Feilimí, agus d'ordaigh dá óglaigh an t-eachra a ghabháil.

'Cá bhfuil do thriall?' arsa an Fear Dorcha.

'Ar Chnoc na Cloiche.'

Scoir Giolla Phádraig Mac Ardail dá thost. 'An mian leat go gcuirfinn fios ar m'athair, a mhic Uí Néill,' ar sé, 'óir ní féidir gur stuama an beart é cuairt a thabhairt ar Mhac Dónaill Gallóglach gan comhairleoirí cuí agus mórchuideachta faoi arm.'

D'éirigh Feilimí ina sheasamh. 'Stuaim? Ní stuaim is dual do mhac Uí Néill, a Pháidín liom, fágfad an cúram sin fút féin is faoi d'athair — go bhfága Dia bhur stuaim agus bhur sláinte agaibh. Is í an fhéile is dual don fhlaith. Cuirfead eachlach siar romham go Cnoc na Cloiche anocht agus, ar maidin, gabhfaimid féin siar, gan armshlua, gan slógadh, gan chealg, go dtabharfad mo lámh i gcairdeas dár gconstábla, do Ghiolla Easpaig mac Colla Óig.' Chuimhnigh sé air féin agus d'fhógair go sásta, 'Béarfad uain na hInide chuige, béarfad sin agus leann úr Chluain Eo.'

MAIDIR le Tomás Carrach Mac Cathmhaoil agus a chuid-eachta, is ar an bhfaiche os comhair na scoile a bhíodar siúd. Bhí leaca, lindéir is gialla na bhfuinneog leata amach ar an bhféar agus Tomás á mbreathnú le spéis, Conchúr i ngreim láimhe ar Mháire agus an foirgneamh á thaispeáint aige di, óir bhí sé in am na proinne bige agus bhí a gceapoird is a siséil leagtha uathu ag na saoir. I leataobh uathu, bhí Niall mac Conchúir agus a cheathrar comhaltaí i mbun macnais is cleasa lúith, iad ar fad gléasta ar aon-dath, óir ba leasc leis an gcúigear a n-éadaí oireachtais a chaitheamh agus, ina áit sin, ghléasadh gach aon duine acu ina léine bhuí agus d'imíodh cosnochta mar a dheineadh a chompánaigh.

Sheas an saor os cionn na leice agus chroith a cheann. 'Súile an daill, muis.'

'Céard seo?' arsa Tomás.

'Fuinneoga iad seo ó theach Mhic Comhghain i Lios an Daill.'

'Fuinneoga a thóg Feilimí Caoch in éiric ar mharú bheirt de Chlann Chana ar an láthair,' arsa Tomás. 'Beidh siad crochta agat faoi cheann cúpla lá, a deir tú?'

'Faoi cheann seachtaine. Agus céard í an obair eile a luaigh tú?'

Conchúr a labhair. 'Ba mhaith liom go bhféachfá ar chairt nua dom. Tá an leagan amach grafa ar páipéar agam do dhroichead is dúnáras cloiche in Achadh an Dá Chora.'

Thóg sé corn páipéir as a fhallaing agus scaoil an ceangal air gur nocht cairt bhán ghrafaíochta.

'Dar mo lámh,' arsa Tomás le spéis, 'ach seo í an chnámh droma sin agat.'

'Cnámh de chnámha droma an tiarnais,' arsa Conchúr.

Chuimil an saor a dhá bhois dá chéile. 'Obair mhór,' ar seisean. 'Is mó go mór é seo ná an chéad droichead.'

'Obair éadálach,' arsa Conchúr.

Leis sin, d'éirigh spraoi na n-óganach ina chlampar agus an cúigear acu ag gabháil dá chéile le maidí, na cúite ag tafann go fraochta orthu. Ghabh Conchúr agus Tomás eatarthu lena scaradh ó chéile.

'Is é mac Uí Néill is cion siocair leis,' arsa Tomás agus dhírigh a mhéar ar dhuine den mhacra, ar Sheán mac Coinn. 'Chonac á thabhairt faoin gcluais dó lena mhaide.'

'Dúirt sé sin gur phógas an chailleach!'

'Agus gur thaispeáin sí a ribín duit!'

'Níor thaispeáin sí!'

'An Dualtach Ó Donnaíle a labhair ansin. 'I gcead duit, a Mháistir, is mise is ciontaí. Is mé a bhí á shaighdeadh. Ní raibh aon neart ag Seán air.'

Rug Seán greim láimhe ar an Dualtach agus phóg ar a leiceann é gur iompaigh chuig Tomás. 'Féach, a Mháistir, níl aon ghangaid ann, níl ionainn ach páistí i mbun a gcluichí macnais.'

'Tá go maith,' arsa Tomás, 'ach cuirigí uaibh na bonsacha nó bainfear an tsúil as duine éigin.'

Rinneadar rud air agus thugadar na cúite leo de rith. Bhí a nglórtha ag dul in éag nuair a thug Tomás Conchúr i leataobh.

'Tá leithscéal le gabháil agam leat,' ar sé. 'Bhí cleamhnas á phlé againn idir do Ghiolla Phádraigse agus Nuala sin againne agus thugas uaim í do chomharsa a tháinig á hiarraidh. Ba mhaith liom é sin a chúiteamh leat féin agus le do mhac. Tá iníon eile agam. Is é sin más toil le Conchúr Mac Ardail a mhac a phósadh ar iníon a oide.'

'Ná déanadh sé imní duit, a phopa, a Thomáis, labhróimid faoi sin arís.'

'Labhróidh, a dhalta bhig,' arsa Tomás go geanúil.

'Agus cloisim gur mó an spré atá ag gabháil leis an dara hiníon.'

Dhearg Tomás.

Chualathas capall ar an mbóthar anoir chucu agus ba ghearr gur ísligh marcach rompu ar an má. 'A Mháistir,' arsa an t-eachlach le Conchúr, 'is oth le Feilimí mac Uí Néill nach mbeidh sé in bhur gcuideachta inniu ach deir sé go bhfillfeadh sé ar Chluain Eo gan mhoill.'

Lig Tomás ochlán as.

Labhair an t-eachlach arís. 'Agus deir do mhac, Giolla Phádraig, go bhfuil mac Uí Néill imithe siar le cuideachta bheag chun síocháin a dhéanamh le Mac Dónaill Gallóglach, gur ar Dhún Geanainn atá a thriall anocht agus go ngabhfaidh sé go Cnoc na Cloiche ar maidin. Tá imní ar do mhac agus síleann sé gur chóir duit féin a bheith ar an gcuideachta sin.'

Labhair Conchúr faoina anáil i gclos do chách. 'Dia idir sinn agus prionsaí a ghabhann orthu féin a dtír a rialú,' ar sé.

Rinne Máire gáire.

'Dea-scéala dúinn é seo,' arsa Conchúr, 'ach faraor, gabhaim mo chead agaibh, a uaisle. Caithfead imeacht ar ghnóthaí an tiarnais.'

'Gabhfaimid siar i do chuideachta, a Chonchúir,' arsa Máire.

Agus leis sin, glaodh ar an macra, gabhadh an t-eachra, d'fhágadar Tomás i ndoras na scoile agus ghluaiseadar siar in éineacht, Máire nic Raghnaill Bhuí agus Conchúr chun tosaigh, Alastar mac Raghnaill Bhuí, Niall agus a chomhaltaí ina ndiaidh anoir.

TRÁTH an ama sin, san úllord i gCnoc na Cloiche a bhí Giolla Easpaig, é ag siúl siar is aniar faoi ghéaga bachlógacha na gcrann gur tháinig a bhean amach ina dhiaidh.

'Tar isteach as sin, a chroí,' arsa Mór, 'nó beidh an cosán caite agat. Is gearr go mbeidh an tAthair Brian anseo.' Beag beann uirthi féin, ar an úllord, agus ar an luibhghort a thug oiread sásaimh dó tráth, choinnigh sé air ag siúl an chosáin.

'Agus caith súil ar an bhfeoil dom,' ar sí sular fhill ar an teach.

Bhí an ghrian ag dealú léi siar nuair a chualathas capall ar an mbóthar anoir. Chrom Giolla Easpaig gur tháinig coileán beag glas go lúcháireach chuige. Ar amharc amach faoi ghéaga na n-abhlacha dó, chonaic sé marcach ag ísliú dá chapall ag doras an tí agus Mór ag deifriú amach chuige, a brat gearr go dtí na ceathrúna uirthi agus a colpaí bána leis aici. Shín sí méar leis an úllord. Tháinig an t-eachlach aníos an cosán chuig Giolla Easpaig, cár go cluais air nó go bhfaca súil nimhe an chonstábla air agus gur théaltaigh aoibh an gháire dá aghaidh. Thóg Giolla Easpaig an litir ó láimh an eachlaigh agus, de chaint bhorb, sheol isteach é le greim a ithe. D'oscail sé an litir lena léamh ach ó bhí an lá imithe ó sholas, rug sé leis i dtreo an tí í.

Ar shráid an tí, sheas sé ag an tine fulachta go bhfeicfeadh sé an banbh á róstadh ag giolla na leathláimhe don chuideachta istigh. Bhí na cúite ag glamaíl sa gcró agus mac tíre mór liath crochta dá chosa deiridh ó cheann de thaobháin an ghrianáin, an fhuil ina linn dhorcha faoi. Chrom sé cois tine chun an litir a ghrinneadh faoina solas preabach. Ar léamh thús na litreach dó, dhírigh sé suas go ríméadach.

'Éist leis seo, a Alastair,' ar sé leis an ngiolla, agus ghuigh beannacht Dé ar Fheilimí Caoch sular léigh an litir de ghlór creathánach.

Níor thúisce í léite aige ná tháinig Mór amach chuige.

'Scéala ó Dhia chugainn,' arsa Giolla Easpaig. 'Tá síocháin á tairiscint ag Feilimí Caoch, a Mhóirín.'

'Dar mo choinsias,' arsa Mór, agus chrom os a chionn. 'Léigh í! Léigh go beo dom í.'

Léigh sé an litir os ard arís. Nuair a bhí sin déanta, d'fhill sé í agus shín chuig giolla na leathláimhe í lena tabhairt isteach dó. 'Agus beir deoch chuig an eachlach,' ar sé.

Lig Mór osna aisti agus líon a súile le deora. 'Aililiú,' ar sí. 'Deir sé go dtiocfaidh sé féin chugat. Ar mo shonsa agus ar son do chlainne, glac leis an láimh athmhuintearais seo. An té a bhíos go maith duit, bí go maith dó, a Ghiollagáin, a chroí. Féach, tá an sagart istigh. B'fhéidir gurb é seo an t-am leis an airgead sin a thabhairt dó?'

'Cén t-airgead?'

'Airgead na fuinneoige. Is cuí go ndéanfaí comóradh ar an uain seo le hofráil don eaglais.'

'Tá go maith.'

'Agus cuir fios abhaile ar Art is ar na hóglaigh.'

Bhíog Giolla Easpaig. 'Cuirfidh, a chuid, cuirfidh sin.' Chuimil sé a fhéasóg. 'Agus an bhfuil a fhios agat céard a dhéanfad?'

'Níl, a chroí.'

'Déanfad gairdín.'

'Gairdín, a Ghiollagáinín?'

'Is ea, gairdín cóirithe gona chosáin shiméadracha agus a cheapanna bláthanna. Agus cuirfead teach leabhar á dhéanamh anseo, *bibliotheca*. Is é Ciclearó a dúirt, an té a raibh gairdín agus teach leabhar aige go raibh gach rud ar a thoil aige.'

'Déanfaidh tú sin, a chroí.'

'Déanfaidh,' ar sé. 'Tá sé ráite go bhfuil dúil sna leabhair ag bean Fheilimí. Cuirfead leabhar á scríobh dó, leabhar ar a shinsir féin, ar Eoghan mac Néill Óig mhic Néill Mhóir Uí Néill, an tiarna a d'fhostaigh an chéad chonstábla, mo shin-seanathair féin, Toirealach mac Giolla Easpaig mhic Eoin Mhaoil.'

Chaitheadar na coinnle an oíche sin ag cur is ag cúiteamh gur aontaíodar ar dhath, ar chló, agus ar inscríbhinn na fuinneoige san eaglais — *Fortes creantur fortibus et bonis*, As na dílse agus na maithe a ghintear dea-óglaigh — agus, go deireanach san oíche, d'fhág an tAthair Ó Lúcharáin Cnoc na Cloiche, sparán teann faoin gcrios aige agus braon sa gcuircín.

MAIDIR le Feilimí Caoch, chuir sé chun bóthair go hardmheanmnach óir bhí a athair curtha ar láimh shábhála aige, bhí a dheartháir tar éis géilleadh dó, agus bhí síocháin á beartú le Mac Dónaill Gallóglach. Tráthnóna, ar bhóthar Dhún Geanainn dó féin is dá chuideachta, iad ag imeacht rompu de choisíocht bhog réidh — Mac Mhaor an Chloig ag déanamh siamsa is scoraíochta don mharcra le rannta graosta gáirsiúla agus an uile gháir astu — nuair a casadh slua gallóglach faoi arm is éide orthu agus iad ar a dtréansiúl ó dheas, beirt mharcach ar a gceann, constábla ina dhúchlogad cealtrach agus a lúireach mháille, agus a ghiolla ag marcaíocht lena thaobh.

Bheannaigh Feilimí dóibh. 'Cé sibh féin?' ar sé go suairc soilbhir leo. 'Agus cá bhfuil bhur dtriall?'

'Gallóglaigh sinne ar obair ár dtiarna,' arsa a gceann feadhna, 'agus is ag triall ar bhaile Fheilimí Rua sa bhFiodh atáimid.'

Rinne Mac an Déagánaigh gáire fiodmhagúil. 'Gheobhaidh sibh bhur ngoradh ansiúd óir níl sé ach cúpla seachtain ó lasamar tine ann.'

'Agus cé hé bhur dtiarna, a fheara?' arsa Feilimí.

Bhain Art a chlogad de gur fhógair os ard. 'Is é Mac Dónaill Gallóglach mo thiarnasa. Agus tá breis is dhá bhliain ann ó fuairis do ghoradh uaimse, a Fheilimí Chaoich, agus ní maith a chuaigh sé duit.'

Leis sin, dhún agus dhlúthaigh a chuid óglach thart timpeall ar Art agus bhuaileadar bun a gcrann sleá le lár is lántalamh.

Bheartaigh na marcaigh a n-airm siúd agus b'éigean d'Fheilimí a ghlór a ardú chun go gcloisfí os cionn chling an iarainn is trostán na gcrann sleá é. 'Is é Ó Néill do thiarnasa, a Airt mhic Colla Óig,' ar sé de bhéic, 'agus meabhródsa é sin do do dheartháirse sula n-éirí grian as cré arís!'

Gan a thuilleadh cainte, luigh Feilimí brod ar an each agus d'imigh leis ina chuaifeach. Bhrostaigh na marcaigh eile ina dhiaidh. Ar shroichint an chrosbhóthair dó faoi mhúrtha Dhún Geanainn, in áit Chnoc an Chaisleáin a dhreapadh, mar a bhí beartaithe, caol díreach ó thuaidh leis ar bhóthar Dhomhnach Mór, na marcaigh eile ina dhiaidh aniar, iad ar a mbionda ag iarraidh coinneáil leis in ainneoin na contúirte don eachra agus dóibh féin sa gclapsholas.

Sheas Giolla Phádraig a each, thug súil soir ar Dhún Geanainn agus thug súil ó thuaidh i ndiaidh na marcach gur fháisc a ghlúine le cliatháin an eich agus gur imigh ar cosa in airde ina ndiaidh.

Ghluais Feilimí Caoch roimhe ar geamhshodar. Ag séipéal Dhomhnach Mór dó, chuala sé cleitearnach sna crainn iúir agus d'iompaigh siar i dtreo an tsléibhe. D'éirigh sunda amach roimhe sa dorchadas: seanbhean ag marcaíocht ar bhó, agus í ag imeacht siar roimhe. Thug sí an bhó isteach ar cholbha an bhóthair. Bheannaigh Feilimí do sheanchailleach na cuinneoige agus é ag imeacht ar sodar thairsti. Freagra níor thug sise air ach teacht amach i lár an bhealaigh arís ina dhiaidh sular tháinig an bhuíon marcach aníos an cosán chuici.

'Fág an bealach,' arsa Mac an Déagánaigh léi.

In áit é a fhreagairt, choinnigh sí uirthi go malltriallach, an tseanbhó ag longadán léi i lár an bhóthair. Trí huaire a bhéic Mac an Déagánaigh uirthi. Ar deireadh, bhuail sé lasc de chrann a shleá ar chliathán na bó gur thiomáin isteach ar cholbha an bhóthair í agus gur ghabh sé thairsti de ruaig. Bhí Feilimí imithe chun cinn orthu. Bhroid Mac an Déagánaigh an t-each agus ghluais roimhe ina shodar sa dorchadas.

Amach rompu, ar Chnoc na Cloiche, ba é tafann an ghadhair a threoraigh Feilimí go baile Mhic Dhónaill agus ba é solas na gealaí a las an bealach roimhe. Mhaolaigh sé sa siúl agus thug sé a each go dtí an ráth de choisíocht mhall shocair. Mhéadaigh ar thafann na madraí agus tháinig giolla amach as an teach agus lóchrann mór copair ina chiotóg ag soilsiú na sráide dó.

Sheas Feilimí a each ag doras an rátha agus d'fhógair os ard: 'Feilimí mac Uí Néill,' ar sé. Ansin, labhair arís i nglór níos séimhe. 'Feilimí mac Coinn ar cuairt ar Chonstábla Uí Néill.'

Tríd an bpoll faire, d'aithin giolla na leathláimhe tiarna na leathshúile. 'Is ionúin linn do theacht, a Mhic Uí Néill,' ar sé. Shocraigh sé an lóchrann ar an gcuaille agus d'oscail an doras mór adhmaid dó gur threoraigh thar shonnach an dúin isteach ar an tsráid é.

Tháinig trup na gcapall chucu ón mbóthar anoir. Bhíog an giolla agus bhí ar thob an chomhla a dhúnadh orthu nuair a labhair Feilimí.

'Mo chuideachta féin atá chugainn. Fanaimis leo. Beirid uain na hInide chugainn agus leann úr Chluain Eo.'

Sméid an giolla a cheann go sásta agus threoraigh sé each Fheilimí i dtreo an tí.

Leis sin, nocht solas eile i ndoras an tí. Sheas giolla amach, geataire crochta roimhe aige, gur lig bean amach thairis, brat gearr uirthi agus a gruaig scaoilte. Thit an brat di ar an tsráid agus d'aithin Feilimí an bhean bheag ísealtónach ina seasamh roimhe, bean Ghiolla Easpaig, Mór Ní Ágáin, í nocht agus a folt gruaige in aimhréidh. Chlúdaigh sí í féin lena lámha chun a náire a cheilt.

Laistigh, chuala Giolla Easpaig cuachaíl an eich lasmuigh. Tharraing air a léine agus amach leis i ndiaidh a mhná. Bhí ógánach ina sheasamh roimhe sa doras agus geataire ar lasadh aige, a mhac féin lena thaobh agus ga ina láimh aige siúd. Lomnocht ar shráid an tí, chrom Mór gur thóg a brat den talamh. Suite in airde sa diallait os a comhair amach, bhí Feilimí Caoch, agus ar a chúl, isteach doras oscailte an rátha, bhí marcach ag teacht ar sodar, a shleá ardaithe aige, marcaigh eile le clos ar an mbóthar anoir. Shín Giolla Easpaig amach a lámh gur thóg an ga as láimh a mhic agus gur theilg óna ghualainn amach. Dhírigh Feilimí suas sa diallait agus thit siar i ndiaidh a chúil ar an tsráid de phlab, an ga ag gobadh aníos as a chliabhrach.

Léim Mac an Déagánaigh dá each, a shleá ina dheasóg, agus chrom os cionn Fheilimí.

Bhí ógánaigh is giollaí an tí tagtha amach ar an tsráid agus a ngathanna á mbeartú acu, na cúite ag tafann go fíochmhar sa gcró, Giolla Easpaig i ngreim i mbrat a mhná agus é ag iarraidh í a chlúdach leis. 'Cuir ort, a bhean!' ar sé go borb. Amhail is nár chuala sí é, siar léi i ndiaidh a cúil i dtreo an tí agus a dhá bois ar a héadan aici, coimirce na n-aingeal á hiarraidh os ard aici. Lean Giolla Easpaig isteach í. Chúlaigh na giollaí go doras an tí.

Shuigh Mac an Déagánaigh ar a chromada os cionn mhac Uí Néill, a shleá fós ina ghreim aige, na marcaigh eile ag dortadh isteach doras an rátha ar a chúl agus an dé ag éalú as aon-súil Fheilimí. Chrom giolla isteach thairis gur chuir a bhéal lena chluais agus gur aithris an *Pater Noster*. D'ísligh na marcaigh ar an tsráid agus thosaigh ag cruinniú ina thimpeall, glór á ardú in olagón agus an stail dhubh ag imeacht uathu, a srian ar liobar.

I ndoras na bruíne, chuir giolla bonnán seilge lena bhéal agus shéid.

ROIMH éirí gréine i nDún Geanainn, dhúisigh Donncha Conchúr i dteach an fhíona. Bhí clog an tséipéil á bhualadh, glór le clos lasmuigh agus an scéala á fhógairt arís is arís eile. 'Mac Uí Néill ar lár! Mac Uí Néill ar lár!' Amach le Conchúr ina léine. Tháinig giolla chuige agus tóirse ar lasadh aige dó. Bhí each ag pramsáil ar ghaineamh na sráide, Mac an Ghirr sa diallait agus é ag fógairt go raibh Ó Néill agus slua mór díoltasach ar a mbealach aniar as Loch Corráin.

'Cé atá caillte?'

'Ár rídhamhna, Feilimí.'

Choisric Conchúr é féin. 'Mo mhac Giolla Phádraig? An bhfacais é?'

'Ní baol dó, a Mháistir. Is é Feilimí amháin atá caillte. Tá do mhac fanta ag faire an choirp i gcuideachta Mhic an Déagánaigh,' ar sé. Bhuail rop ar chliathán a eich ansin agus d'imigh leis amach agus a chompánaigh ina dhiaidh aniar.

Ghearr Conchúr fíor na croise air féin arís agus chuir

Donncha go teach an fhíona ag iarraidh a fhallainge. Buaileadh clog eile ó dheas i gclochar na bProinsiasach.

I ndoras an chaisleáin, bhí Gráinne ina seasamh, brat fáiscthe uirthi agus mála ar a gualainn, slua de chailíní an tí ina cuideachta. Tháinig Onóra amach ina diaidh, í bánghnúiseach, a folt fada dubh scaoilte anuas thar a fallaing mhór bhreac-dhearg. Shocht a raibh ar an tsráid, ní raibh le cloisteáil ach clingireacht na gclog. Amach le Toirealach mac Feilimí i ndiaidh a mháthar agus chuir fios ar ghiolla capaill. Dhearc Onóra ar Chonchúr agus chrom Conchúr a cheann. Gan focal aisti, ghabh sí a heach agus shuigh in airde sa diallait. Ghabhadar amach ina scuaine faoi áirse an dorais mhóir.

Anuas na céimeanna cloiche ó tháibhle an dúin le hEoin mac Somhairle, a ghiolla lena sháil agus a thua á hiompar aige. 'Céard a dhéanfaimid?'

'In ainm Dé,' arsa Conchúr, 'cuir cúpla óglach amach ina diaidh!'

Rinne Eoin rud air agus d'ordaigh naonúr marcach chun siúil. Bhí an dún á fholmhú. 'Is gearr go mbeidh Conn Bacach chugainn. B'fhearr duitse bheith glanta as seo sula dtaga sé. Beidh tú slán i Muineachán.' Ghabh triúr nó ceathrar de mhuintir Fheilimí in airde ar a n-eacha. Nuair nár labhair Conchúr, labhair Eoin arís, 'An gcrochfaidh sé as tréas sinn nó as bás a mhic?' ar sé.

'Dhá fhreagra iad sin ar cheist nár chóir a chur,' arsa Conchúr, 'ach do réiteach féin a bhreith chuige.'

'Cén réiteach é sin?'

'Cogadh a fhógairt láithreach bonn ar an té a mharaigh mac Uí Néill. Go Cnoc na Cloiche leat go beo, go teach d'fhear gaoil, agus, más maith leat do mhaithiúnas, bíodh do lámh féin faoin lasóg a chuirfeas bladhm faoi bhunsop a thí.'

'Ní hiondúil leatsa labhairt ar chogadh.'

'B'fhearr liom é ná mo chrochadh.'

Bháigh an giolla an tóirse san umar uisce. Bhí an mhaidin ag bánú agus deireadh le clingireacht na gclog. Tháinig Máire nic Raghnaill Bhuí anuas as an gcaisleán, fallaing mhór ghréasach casta uirthi agus a cúl fada craobhach scaoilte, a cailín cuideachta á tionlacan.

'Ba é do phrionsa é,' a dúirt sí.

'Ba é prionsa an dóchais é,' arsa Conchúr.

'Céard a dhéanfair anois?'

'Lorgód dóchas in áit éigin eile.'

'Sna leabhair?'

'Nuair a phósfair, cuirfeadsa leabhair chugat.'

'Nuair a phósfadsa?'

'Ó tharla Feilimí Caoch ar lár, beannacht Dé leis, tuigeann tú go mbeidh nuachar eile á lorg ag do dheartháir duit, agus máistir nua á lorg agamsa.'

Sméid Máire a ceann. 'Thaitin an smaoineamh liom go mbeinn i mo mháistreás timpeallaithe ag leabhair is páistí i Maigh gCaisil.'

'Thaitin agus liomsa, a Mháire.'

'Dá bhfostóinnse thú, a Chonchúir, an gcuirfeá leabhair á ndéanamh dom?'

'Chuirfinn, a Mháire,' ar sé, agus thost sular labhair arís. 'Agus gheobhad fear do dhiongbhála duit.'

Phóg sí ar an leiceann é. 'Gabhfad i gcomhairle le mo dheartháir,' ar sí. 'Tá imní air faoi theacht an tiarna.'

'Ní baol dó, ach tú féin a chur chuig Ó Néill roimhe chun bhur gcuid óglach a thairiscint dó.'

'Táim buíoch díot, a Chonchúir liom,' ar sí, agus d'imigh.

Bhí Donncha tagtha ar ais, fallaing mhór Chonchúir fillte faoina ascaill aige. 'In ainm Dé, a Mháistir, gabh ó dheas go Muineachán go mbeidh an tiarna fuaraithe ina chraiceann. Má thagann sé anseo ort, crochfaidh sé ar an toirt thú.' Dheasaigh sé an fhallaing thar ghuaillí Chonchúir agus cheangail le dealg Uí Néill í.

'Níl dé ar Chonchúr Óg?' arsa Conchúr.

'Is leis an déan atá sé, a Mháistir.'

'Is ea, dar ndóigh,' arsa Conchúr. 'Nuair a fhillfeas Giolla Phádraig ar an dún, táim ag iarraidh ort é a thabhairt siar go hOirialla.'

'Agus Niall?'

'Ó tharla faoi choimirce Uí Dhonnaíle é, ní baol dó.' Thost sular labhair arís. 'Mura dtagaim slán, tabhair m'fhallaing agus mo dhealg do Shadhbh.'

'Do Shadhbh?' arsa Donncha. 'Nach dtiocfá féin go hOirialla linn chun do chlann ar fad a thabhairt ar láimh shábhála?'

'Cén leas a dhéanfainn do mo chlann in Oirialla? Seo é m'áitse.'

'Ach dá n-imeofá anois, bheifeá ar ais arís gan mhoill.'

'An té nach bhféachfadh sa tsúil ar Ó Néill inniu, is á sheachaint a bheadh sé feasta.'

DHÁ LÉIG as sin, i nDomhnach Mór, go gairid tar éis meán lae, osclaíodh doras theach an tsagairt agus d'éirigh scata caróg in airde as craobhacha na gcrann iúir. Sheas óglánach ar an tairseach agus é ag féachaint uaidh go bolgshúileach. Bhí salachar báistí i mbéal na gaoithe, an ghrian faoi scamall agus, ar an mbóthar aduaidh, triúr marcach ag teacht chucu ar sodar, a mbrait ag gaothaíl is ag guairfeach. Amach leis an Athair Ó Lúcharáin ina chasóg fhada dhúdhonn gur bhiorraigh a chluasa: chuala géimneach is búireach bólachta san aird thiar.

D'ísligh Mór Ní Ágáin dá capall ag ardchros thiar an tséipéil, agus d'fhág sí a bean chuideachta agus an giolla ar fhaiche na reilige go ndeachaigh de rith i dtreo an tí. Thug ógánach an chloiginn mhóir céim i ndiaidh a chúil. D'fháisc Mór i ngreim barróige é gur bháigh a cheann ina gualainn. Chas agus lúb an t-ógánach i ngreim na mná agus, nuair nár éirigh leis é féin a shaoradh, d'iompaigh sé a chloigeann i dtreo an tsagairt gur thug súil impíoch air.

Leag an sagart lámh ar ghualainn na mná. 'Tabharfaimid aire mhaith dó, a Mhór.'

'Cuirfead fios air nuair a bheas áit againn dó.' Tháinig snag ina glór. 'Ní raibh sé d'am againn ar maidin ach an t-eallach agus an troscán a thabhairt linn.'

'Ná déan aon imní faoi sin anois ach imigh leat go beo. Cuirfeadsa scéala chugat.'

Chuir sí an t-ógánach faoi choimirce na Maighdine, scaoil sí dá greim air agus d'imigh sé de sciotar ar ais isteach i dteach an tsagairt uaithi. Thug an seansagart go dtí a capall í agus chabhraigh a giolla léi suí in airde sa diallait.

'Le cúnamh Dé, ní fada go mbeidh sibh ar ais.'

Chroch sé a lámh orthu.

Amach rompu, thar mhala an chnoic thiar, nocht buíon marcach: fiche gallóglach faoi arm agus faoi chathéide agus iad ag imeacht leo ó dheas de shodar bog réidh. Go gearr ina ndiaidh a thosaigh an fód ag creathadh fúthu agus tháinig a sé nó a seacht de chéadta beithíoch ina dtáinrith aniar le taobh an chnoic: madraí ag tafann, ba ag géimneach, buachaillí ag fógairt in ard a gcinn. Sna sála orthu, bhí beagnach dhá chéad fear, ban is páistí, agus ina ndiaidh sin arís, an tríú buíon agus gearráin ualaigh ar srian acu. Ar a gcúl, tháinig Giolla Easpaig agus a mhac agus deichniúr marcach, a mbrait ag bolgadh sa ghaoth, agus aon stail dhubh amháin faoi dhiallait gan mharcach.

D'ísligh an t-ógánach dá chapall, thóg spalla ar thaobh an bhóthair agus chaith leis an stail í. Sheas an stail. Thug Giolla Easpaig súil soir ar fhuinneog dhorcha an tséipéil. D'fhanadar mar sin meandar sular ghluais arís. Tháinig an stail ina ndiaidh an athuair.

'Nach breá í, bail ó Dhia uirthi!'

'Sin í a ghnóthaigh sé ar aonach Mhuineacháin, tá sé bliana ó shin.'

'An dtabharfaimid linn í?'

'Ní thabharfaidh, a Raghnaill. Bheadh mí-adh ag baint leis sin.'

Sméid an t-ógánach a cheann. 'Cá seasfaimid anocht, a Dheaide?'

'Deamhan seasamh a dhéanfar anocht,' arsa Giolla Easpaig go tuirseach, 'ach imeacht romhainn i ndiaidh ár mullaigh go mbainfimid ballaí liatha na nGall amach i nDún Dealgan,' ar sé.

D'ardaigh an t-ógánach a dhá láimh leis an stail a scanrú. Níor chorraigh sí. Chomharthaigh Giolla Easpaig dá mhac ligean léi agus leanadar orthu ó dheas agus an stail ag teacht ina ndiaidh aniar.

NÍ DHEARNA Conchúr moill, agus ba ghearr go rabhadar

ar a mbealach siar, Máire mhic Raghnaill Bhuí agus dhá fhichead marcach ina chuideachta, idir Albanaigh is Ardalaigh. Sheasadar ar an mbóthar lastuaidh de Loch Corráin go bhfaca, os a gcomhair amach, dhá dhlaoi deataigh ag éirí ón gcrannóg agus, cúpla céad slat lastoir den loch, i Seisíoch Mhic Fhearghail, buíon bheag cruinnithe faoi lomdhoire darach ar chnocán íseal an tseanleasa. Bhí an scéala tagtha ann rompu: i leataobh ó na crainn, bhí Conn Bacach ar a dhá ghlúin ar an bhféar agus é ag olagón go cráite, an t-easpag cromtha os a chionn, Pádraig Óg Ó Maoil Chraoibhe agus na giollaí ina dtimpeall, seabhcóir an easpaig ar a dhícheall ag iarraidh an spioróg mhór ar a dhorn a shuaimhniú, an t-éan ag bualadh a dhá sciathán dhonna go fraochta nó gur éirigh leis an seabhcóir an púicín a chur ar ais air.

Ar theacht na marcach ar an láthair, bhreathnaigh Conn in airde go mearbhlach orthu. D'ísligh Conchúr dá each agus d'umhlaigh dó.

'Déarfaimid paidir ar a shon,' arsa an t-easpag.

Ar chomhartha ó Chonchúr, tháinig na marcaigh dá n-eacha agus chuaigh an uile dhuine — easpag, cléireach, mná agus óglaigh — ar na glúine go ndúirt an t-easpag an *Requiem Aeternam* os ard agus gur ghuigh Feilimí faoi chúram Dé. Dúradar deichniúr den phaidrín sular chabhraigh an t-easpag le Conn éirí ar a chosa. Bhrúigh Conn uaidh lámh an easpaig agus d'fhéach ar Chonchúr.

'Níor shíleas go bhfeicfinn tusa anseo,' ar sé.

Chrom Conchúr a cheann.

D'fhág Seán a chompánaigh gur sheas os comhair a athar. Stán Conn ar a mhac. Sméid Conchúr a cheann le Niall agus lean sé siúd a chomhalta, agus tháinig na daltaí eile ina dhiaidh gur bhailíodar in aon-bhuíon thart timpeall ar Sheán is Conn.

Ba é an Dualtach, compánach Sheáin, a labhair. 'Bainfimidne díoltas amach ar son do mhic, a Thiarna,' ar sé.

Shín Conn amach a lámha, chrom, agus rug greim barróige ar Sheán.

D'fhan Conchúr gur ardaigh Conn a cheann arís agus gur chuimil a shúile sular labhair. 'A Thiarna, ní maith liom cur isteach ort ar uair seo do bhrise, ach is chun tú a thabhairt as seo go háit slán a thángamar.'

'Cá háit slán?' arsa Conn.

'Is cinnte go bhfuil a chuid gallóglach á ngairm ag an té a bhain do mhac is d'oidhre díot, a Thiarna, gan trácht ar na sluaite a bheadh á slógadh ag Niall Conallach, agus ní miste aghaidh a thabhairt orthu gan mhoill.'

'Agus cé a thabharfadh aghaidh orthu?'

'Tá do cheithearn tí i nDún Geanainn ag fanacht leat, a Thiarna, do thaoisigh dhílse, agus ceithre chéad Albanach.'

Labhair an t-easpag faoina fhiacla. 'Is iad na *svizzeri* bradacha sin a chur i ngéibheann sinn.'

Sméid Conn a cheann leis. 'An bhfuil na hAlbanaigh iontaofa?'

D'iompaigh Conchúr chuig Máire agus chuir in aithne dá thiarna í mar iníon mhic Raghnaill Bhuí Mhic Dhónaill, ceann feadhna na nAlbanach. Le cúnamh a cailín cuideachta, bhain an ógbhean a fallaing di, sheas amach roimh Chonn agus chrom a ceann gur lig a treisleán fada fionn anuas thar a gúna glas gréasduilleach. Go caoinbhéasach, rinne sí comhbhrón le Conn. Ghlac sé buíochas léi agus d'umhlaigh go grástúil sular phóg ar an dá leiceann í.

D'ordaigh Conn a each a bhreith chuige agus d'éirigh ar muin mairc. D'iompaigh sé thart sa diallait gur fhéach ar Chonchúr. 'Níl dearmad déanta agam ar d'easumhlaíocht.'

Chrom Conchúr a cheann an athuair.

'Fan siar as mo radharc i gcuideachta an easpaig. Siar libh as mo radharc, an bheirt agaibh, go ndéanfaidh sibh cothromú ar mhíchlaonta a chéile.'

Gabhadh an t-eachra dóibh agus chuireadar chun siúil, Conn agus na comhaltaí chun tosaigh, Máire agus an bhantracht agus na hAlbanaigh sa dara buíon. Ar chúl, Conchúr, an t-easpag agus na hArdalaigh eile.

Arsa Conchúr leis an easpag, 'I gcúiteamh ar do thacaíocht, ceadóidh mé ceannas na comhairle duit.'

Rinne an t-easpag gáire searbh. 'An é go gceapann tú nach gcrochfaidh sé as láimh thú chomh luath is a bheas muid i nDún Geanainn?'

'Agamsa a bheas an rúnaíocht, agus roinnfead an chisteoireacht le hÓ hÁgáin. Ceadóidh mé duine amháin de do mhuintirse i measc na gcléireach — mar idirghabhálaí eadrainn — agus bead ag súil le háit do dhuine de mo mhuintirse i do theach féin.'

'Cén fáth a gceadóinnse aon cheo duit? Tá a fhios ag an tiarna faoi do chuid teachtairí chuig Feilimí Caoch. Ní bheidh de thacaíocht agamsa duit ach paidir le d'anam agus tú ag tabhairt na gcor ar an gcroch.'

'Níl a fhios aige fós cé a chum an rann a thiomáin a mhac chun a bháis.'

'Deargsheafóid. Agus má cheapann tú go dtabharfaidh sé cluas duitse, tá dul amú ort. Is liomsa a éisteann sé.'

'An gceapann tú gur ormsa atá an dul amú? Cé leis a

bhfuil sé ag éisteacht anois?' Chun tosaigh orthu, bhí Conn tar éis a each a thabhairt ar gcúl. Is ag marcaíocht le hais Mháire a bhí sé, ise ag caint agus eisean ag sméideadh a chinn go geanúil léi, a bhuairt curtha de go fóill aige. 'Ní inár mbeirt a bheas muid as seo amach ach inár dtriúr, agus is agamsa atá cluas Mháire,' arsa Conchúr.

As taobh a bhéil a labhair an t-easpag le Conchúr. 'Ná ceap nach bhfuil cloiste agam fút féin is Máire Bhuí,' ar sé. 'Tá súil agam nach mar a chéile a séala seo agus litir an eachlaigh?'

Níor thug Conchúr freagra air.

'Tá áras i nDún Geanainn uaim.'

'I gcúiteamh ar do thacaíocht iomlán. Agus ar Shadhbh.'

'Is liomsa Sadhbh.'

'*Staremo a vedere*,' arsa Conchúr, Feicfimid linn. Agus ní dúirt níos mó. Ghluaiseadar leo soir gur múchadh trostal na n-each le clingireacht chlog na heaspartan agus gur nocht Dún Geanainn rompu in aghaidh na spéire: dhá thúr bhána an chaisleáin faoi choróin préachán is caróg, fuinneoga barr tí deargtha faoi ghrian an tráthnóna.

Gurb é sin Scéal Fheilimí Chaoich mhic Coinn go foirceann, agus Croinicí na nUltach go nuige seo.

GLUAIS

Airchinneach — an té a raibh fearann ón eaglais le hoidhreacht aige agus cothabháil séipéil mar chúram air.

Albanach — sa chomhthéacs seo, saighdiúir tuarastail as Inse Gall nó Oirear Gael.

Aos grá — lucht leanúna

Arcabús — gunna fada láimhe; ón bhFraincis, *Harquebus* nó ón nGearmáinis, *Hakenbüchse*.

Ard-déagánach — sagart agus oifigeach de chuid an easpaig.

Baile — sa chás seo, áitreamh: baile Uí Néill, baile Uí Anluain srl.

Baile biataigh — fearann mór talún (ocht mbaile bó).

Baile bó — fearann beag talún.

Beinifís — ioncam eaglasta.

Berretto — bairéad nó caipín de chuid na hIodáile.

Biatach — feirmeoir gustalach.

Bó-aire — feirmeoir.

Brughaidh —feirmeoir gustalach a raibh de chúram air bia a sholáthar dá thaoiseach.

Buirginéad — clogad speiceach de bhunús na Burgúine; ón bhFraincis, *Bourguignotte.*

Caiseal — áitreabh a bhí cosanta ag múr ard cloiche (féach: cathair).

Cath — cathlán, líon áirithe saighdiúirí. B'ionann cath gallóglach agus 240 fear (80 gallóglach gona thua, a lúireach agus a chlogad, 80 óglach gona dhá gha, agus 80 giolla).

Cathair — sa chás seo, caiseal nó áitreabh a bhí cosanta ag múr ard cloiche.

Ceann feadhna — ceannaire ar dhíorma, ar bhuíon nó ar cheithearn.

Céile Dé — baill de chomhluadar eaglasta a raibh cúraimí an chóir agus cúraimí eile de chuid na hardeaglaise orthu.

Ceithearn — buíon saighdiúirí.

Ceithearnach — saighdiúir, ball den cheithearn.

Coinmheadh — cothbháil agus ceathrú do shaighdiúirí.

Cóisireacht — dualgas cóisir nó ábhar cóisire a chur ar fáil don taoiseach.

Comhalta — deartháir altrama nó comhghleacaí scoile.

Comharba — an té a raibh fearann naoimh le hoidhreacht aige. Ba bheag idir é agus an t-airchinneach.

Condottiero — (nó *condottiere*), amhas nó saighdiúir gairmiúil de chuid na hIodáile.

Constábla — ceannaire ar chathlán gallóglach; ceannaire míleata ar chaisleán nó ar bhaile; teideal oidhreachtúil ab ea Constábla Uí Néill ar cheannaire ghallóglaigh Uí Néill.

Cuailnge — Cuaille, leithinis láimh le Dún Dealgan.

Dabhaill, An — An Abhainn Mhór.

Déan — sagart a raibh údarás aige ar shagairt eile; ionadaí an easpaig; breitheamh eaglasta.

Díorma — buíon.

Each — capall maith marcaíochta, capall rásaíochta.

Eachlach — teachtaire ar chapall.

Easparta — feascar, paidir an tráthnóna; ón Laidin, *vesper*.

Féineachas — dlí.

Foslongfort — dún, campa míleata.

Fothragadh — folcadh, nó ionladh cos (mar a dhéantaí le fáilte a chur roimh dhuine).

Fuireaga — fleá.

Gallóglach — coisí trom faoi chathéide, saighdiúir a raibh a ghairm le hoidhreacht aige agus a bhain le ceann de na teaghlaigh mhíleata.

Giolla — searbhónta nó fostaí sa ghnáthchiall ach tugtar giolla go neamhfhoirmeálta freisin ar fhear nó ar ógánach agus ba mhinic an focal in úsáid i leasainm: an giolla rua, an giolla gruama, an giolla dubh, an giolla maol srl.

Goll — Goll mac Morna, gaiscíoch de chuid na Féinne a bhí ar leathshúil.

Ildánach — an tIldánach, Lugh Lámhfhada, rí ar Thuatha Dé Danann.

Iomaí — tolg nó leaba.

Ionladh — folcadh, nó fothragadh cos (mar a dhéantaí le fáilte a chur roimh duine).

Leac na Rí — áit, láimh leis an Tulach Óg i dTír Eoghain, a ngairtí Ó Néill ina thaoiseach.

Léibheann — slua míleata cóirithe go dlúth chun troda.

Lios an Daill — Lios an Daille láimh le hArd Mhacha.

Lucht Tí, an — teaghlaigh a raibh seilbh le hoidhreacht acu ar an bhfearann thart timpeall ar Dhún Geanainn agus a chuir maoir, feidhmeannaigh agus ceithearnaigh ar fáil don Tiarnas. Orthu sin bhí Doibhlinigh, Ágánaigh, Donnaíligh, Coinnigh, agus Cathmhaoiligh. Thugtaí an Lucht Tí freisin ar an bhfearann a bhí ag na teaghlaigh sin.

Mac Uí Néill — teideal a thugtaí ar mhac le Taoiseach Thír Eoghain, agus ní ar mhac an taoisigh reatha amháin a thugtaí é ach ar gach uile dhuine ar mhac le taoiseach Thír Eoghain é. Thugtaí Mac Uí Néill ar Niall Conallach, cuir i gcás, ar mhac é leis an té a bhí ina thaoiseach roimh Chonn Bacach agus a cailleadh in 1519.

Machaire Gréine — Machaire Grianáin ar bhruach theas Loch nEachach.

Manaois — sleá throm.

Óg-aire — an grád feirmeora ab ísle.

Saecéar — gunna mór práis; ón mBéarla, *saker*.

Sailéad — clogad cruinn, ón Iodáilis *celata*.

Seaca — ionar trom cosanta a chaitheadh saighdiúir; ón bhFraincis, *jacque*.

Suán — min choirce agus uisce.

Svizzeri — Eilbhéisígh (Iodáilis), nó sa chás seo saighdiúirí tuarastail.

Tánaiste — comharba ainmnithe an taoisigh.

Tochsal — athghabháil dhlíthiúil.

Tuiní — seilbh, úinéireacht.

Uirrí — miontaoiseach nó fothiarna.

Urra — an té a théann i mbannaí ar dhuine sa dlí.

BUÍOCHAS

Is mian liom buíochas a ghlacadh leo siúd a léigh an scríbhinn seo dom agus a chuir comhairle orm: Mícheál Mac Craith, Breandán Ó Cróinín, Diarmuid Johnson, agus m'athair Séamas Ó Scolaí — suaimhneas síoraí air. Liom féin na hearráidí, dar ndóigh.